샤나메

샤나메

Shahnameh

아볼 카셈 피르다우시 지음 | 헬렌 짐머른 영역 | 부희령 옮김

아시아

사나메 가계도

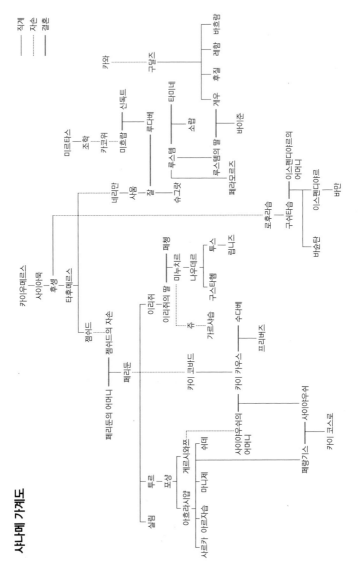

직계
자손
결혼

차례

일러두기

1. 이 책은 헬렌 짐머른이 영어역한, 아볼 카셈 피르다우시의『샤나메』를 우리말로 옮긴 것이다.
2. 옮긴이의 각주에는 '옮긴이'라고 덧붙였다.
3. 이 작품의 공간 배경은 오늘날의 이란을 중심으로 아르메니아, 터키, 파키스탄, 타지키스탄, 투르크메니스탄, 우즈베키스탄, 카자흐스탄, 아프가니스탄, 중국 에 이른다.

샤나메

1

고대의 샤들

최초로 페르시아의 왕좌에 앉은 카이우메르스는 세상의 주인이었다. 그는 산속에 거처를 두고, 호랑이 가죽으로 자신과 백성들의 옷을 만들어 입었다. 그때까지 알려져 있지 않던 적절한 섭생과 옷치레가 그에게서 비롯되었다. 사람과 짐승이 땅 위의 모든 지역에서 그를 섬기고 그의 법으로 다스림을 받고자 했다. 그의 영광은 태양에 버금갔다. 샤*의 명예가 나날이 높아 가자 악의 신 아리만이 시기심을 일으켜 이 세상을 다스리는 주인의 왕관을 빼앗고자 했다. 그래서 아들인 힘센 악마에게, 카이우메르스와 그의 사랑하는 아들을 철저히 파멸시키라고 명령했다.

악마의 덫으로부터 인간을 보호하는 천사이자, 오르마즈드의

---

* 이란 혹은 페르시아 황제·왕·영주들에게 주어진 칭호로, 페르시아어로 왕이라는 뜻이다.

자식들을 지키려고 밤마다 땅에서 일곱 바퀴씩 순찰을 도는 세로슈가 이 사실을 알고 아름다운 요정의 모습으로 나타나 카이우메르스에게 경고했다. 그래서 아리만의 군대를 상대하기 위해 전사들을 이끌고 출격할 때, 사이아묵은 악마와 대결해야 한다는 것을 알고 있었다. 그는 온 힘을 다해 싸웠다. 그러나 악마가 그보다 강했으므로, 그를 손쉽게 제압하여 짓이겼다.

그 비통한 소식을 듣고 카이우메르스는 땅으로 고꾸라졌다. 1년 동안 그는 눈물을 그치지 않았고, 그와 함께 군대도 울었다. 사나운 짐승들과 공중의 새들까지 통곡했다. 슬픔이 땅에 넘치고 세상이 어두워지니, 마침내 세로슈는 샤에게 머리를 치켜들고 복수를 생각하라고 말했다. 카이우메르스는 그 말을 따랐고, 사이아묵의 아들 후셍에게 명령했다. "군대를 이끌고 나가 악마들과 싸워라." 그리고 왕은, 나이가 아주 많았기 때문에, 뒤에서 따라갔다. 무리에는 요정들이 있었다. 또 호랑이, 사자, 늑대, 그 밖에 다른 맹수들도 있었다. 맹수들이 포효하는 소리에 검은 악마는 공포에 질렸다. 후셍은 제대로 맞서지도 못하는 악마를 단번에 이겼다. 사랑하는 아들의 복수가 이루어졌음을 보고 카이우메르스는 비로소 자리에 누워 세상을 떠났다. 그를 대신하여 후셍이 세상을 다스렸다.

후셍은 현명하고 공정했다. 40년 동안 하늘이 그의 왕좌를 굽어 살폈고, 그는 온 나라에 정의를 펼쳤다. 그가 다스리면서 세상이 좋아졌다. 그는 인간에게 최초로 불을 주었는데, 돌에서 불을 끌어

내는 법을 알려 주었다. 그리고 강의 흐름을 돌려 땅을 촉촉하고 기름지게 하는 법을 가르쳐 주었디. 그래서 땅을 갈아 곡식을 심어 거두게 했다. 또한 짐승들을 갈라서 짝을 지어 주고 이름을 주었다. 그가 더 밝은 삶으로 건너가면서 세상을 다스리는 왕좌가 비었다. 그의 아들 타후메르스는 아버지의 역할을 물려받기에 모자람이 없었다. 그 역시 사람들의 눈을 열어 실 잣는 법과 천 짜는 법을 가르쳤다. 그는 오래도록 굳건하게 나라를 다스렸다. 악마들이 또 시기하여 그를 파멸시키려 했지만 타후메르스는 그들을 제압하여 땅속에 가둬 버렸다. 몇몇 악마가 그에게 자비를 간청하면서, 만약 자기들을 용서해 준다면 한 가지 기술을 알려 주겠다고 맹세했다. 타후메르스는 그들의 간청을 들어주었다. 그러자 악마들이 그에게 글 쓰는 법을 가르쳐 주었고, 그리하여 인간은 사악한 악마로부터 한 가지 혜택을 입었다.

왕좌에 오른 지 30년이 되었을 때 타후메르스는 세상을 떠났다. 그럼에도 그의 업적은 지속되었다. 그의 영예로운 아들이며 아버지의 뜻을 심장 가득 담은 젬쉬드가 뒤를 이었다. 젬쉬드는 700년 동안 나라를 굳건히 다스렸으며 악마와 새와 요정도 그에게 복종했다. 젬쉬드 덕분에 세상은 더 행복해졌고 그도 역시 기뻤다. 사람들은 죽음을 몰랐고 고통이나 슬픔도 몰랐다. 그가 처음으로 사람들을 사제, 무사, 기술자, 농부 등 계급으로 구분했다. 그리고 1년을 시기별로 나누었다. 또한 악마들의 도움을 받아 엄청난 일들을 벌였다. 그가 세운 도시 페르세폴리스는 오늘날까지 '툭트에젬쉬드'라고 불리는데, '젬쉬드의 왕좌'라는 뜻이다. 이런 일들을 다 이루었을 때, 땅 위의 곳곳에서 몰려든 사람들의 무리가 그의 왕좌를 둘러싸고 머리를 조아렸으며 그 앞에 선물을 쌓아 올렸다. 젬쉬드는 축제를 열고 사람들에게 그 날짜를 계속 지키라고 명령했으며, 그날을 '뉴루즈' 곧 '새날'이라 이름 지었다. 페르시아 사람들은 지금까지 이 축일을 지키고 있다. 젬쉬드의 권능은 커졌고, 세상은 평화로웠으며, 사람들은 그에게서 선한 것 외에 그 어떤 것도 볼 수 없었다.

젬쉬드는 자만심으로 우쭐해져서 자신이 누리는 번영과 축복의 근원을 잊고 말았다. 그는 땅 위에서 오직 자기 자신만을 보았고, 스스로를 신이라 부르면서 경배를 받기 위해 자신의 초상을 보냈다. 그러자 점성술가이자 현자인 무비드들은 슬픔으로 고개를 숙였고, 누구도 샤에게 어떻게 대답해야 할지 몰랐다. 신은 젬쉬드로부터 손을 거두어들였고, 왕과 귀족들이 들고일어나 젬쉬드의 궁정에서 자신의 전사들을 철수시켜 버렸다. 그러자 아리만의 힘이 나라에 미치게 되었다.

한편 이때 아라비아 사막 타시스라는 나라에 미르타스라는 자애롭고 정의로운 왕이 살고 있었다. 그에게는 사랑하는 아들 조학이 있었다. 아리만이 귀족으로 변장하고 궁정에 나타나 조학에게 바른길에서 벗어나도록 유혹했다. 그가 조학에게 말을 건네었다.

"그대가 내 말을 듣고 계약을 맺는다면, 그대의 머리를 태양보다 더 높이 들어 올리게 해 주리라."

청년은 순진하고 단순해서 무슨 일이든 악마의 말을 따르겠다고 맹세했다. 그러자 아리만은 그에게 아버지를 죽이라고 명령했다. "왜냐하면 그 늙은이는 몹시 거치적거린다네. 늙은이가 살아 있는 한 자네는 두각을 나타낼 수 없어." 아리만의 말을 듣고 조학은 번민하며 맹세를 깨려 했으나, 아리만은 그를 괴롭히고 방해하면서 미르타스를 겨냥한 덫을 놓으라고 시켰다. 조학과 악신 아리만은 타협했으며 미르타스는 덫에 떨어져 죽었다. 조학은 타시스의 왕관을 스스로 머리에 썼고, 아리만은 그에게 마법을 가르쳐 주었다. 조학은 백성을 좋게도 나쁘게도 다스렸는데, 그가 아직은 완전히 교활해지지 않았기 때문이다.

아리만은 흑심을 품고 계략을 꾸몄다. 그는 젊은이의 모습으로 변신해서 왕에게 요리사로 일하게 해 달라고 간청했다. 아리만을 알아보지 못한 조학은 그를 받아들였으며, 부엌 열쇠를 내주었다. 그때까지 사람은 풀과 이파리만 먹고 살았으나 아리만은 조학을 위해 살코기를 준비했다. 새 요리가 조학 앞에 놓이자 맛깔스러운 고기에서 근사한 냄새가 풍겼다. 살코기가 왕에게 사자 같은 용기와 힘을 주었으므로, 왕은 요리사를 불러 자기가 들어줄 수 있는 소원을 하나 말하라고 했다. 그러자 요리사가 말했다.

"왕께서 이 종이 마음에 드셨다면, 왕의 어깨에 입을 맞추도록 허락해 주십시오."

약속대로 조학은 기꺼이 허락했고 아리만은 조학의 어깨에 입을 맞추었다. 그러자 그의 발밑 땅이 갈라지더니 요리사를 삼켜 버렸다. 그 자리에 있던 이들이 깜짝 놀랐다. 아리만이 입을 맞추었던 왕의 어깨에서는 쉿쉿 소리를 내며 뱀들이 솟아났다. 검은 독사들이었다. 두려워진 왕은 뱀들을 뿌리에서부터 잘라 내려고 했으나, 아무리 잘라 내도 뱀들은 곧 다시 자라났다. 현자와 의사들이 치료법을 알아내려고 무진 애를 썼지만 아무 소용이 없었다. 아리만이 학자로 변신해서 또다시 조학 앞에 나가 아뢰었다.

"이는 불치병인지라 뱀들을 뿌리째 뽑아 버리는 것은 불가능합니다. 그러니 뱀들이 실컷 먹을 수 있도록 먹이를 마련하세요. 인간의 뇌를 주는 게 좋겠습니다. 어쩌면 이런 방법으로 뱀들을 없앨 수 있을지도 모르니까요."

아리만의 비밀스러운 속셈은 세상을 황폐하게 만들려는 것이었다. 그렇게 해서 매일 뱀에게 먹이가 주어졌으며 온 나라가 왕에 대한 두려움으로 떨었다. 왕의 노예가 된 세상은 시들어 갔다. 선한 이들의 풍속은 잊혀 갔고, 사악한 자들의 욕심은 채워졌다.

강력한 힘을 가졌으며 적에게는 잔혹한 남자가 타시스라는 나라를 다스린다는 소문이 이란에까지 퍼졌다. 신에게 대항한 젬쉬드에게 등을 돌린 왕과 귀족들은 조학에게 가서 자기들의 통치자가 되어 달라고 간청했고, 마침내 조학을 샤로 추대했다. 아라비아와 페르시아의 군대가 젬쉬드를 쳐부수러 갔고, 그들의 눈앞에서 젬쉬드는 도망갔다. 50년이 두 번 지나는 동안 아무도 그가 간 곳을 알지 못했는데, 그가 뱀왕의 노여움을 피해 꼭꼭 숨었기 때문이다. 그러나 100년이 흘렀을 때 그는 조학의 분노로부터 더는 달아날 수 없게 되었다. 카타이의 해변을 어슬렁거리고 있는 그를 발견한 조학의 신하들이 그의 몸뚱이를 톱질해서 둘로 갈라놓았다. 그리고 그들의 왕에게 기별을 보냈다. 이리하여 젬쉬드의 왕좌와 권력은 잡초가 시들듯 소멸했으니, 그의 자만심이 자라나 자신을 창조한 조물주보다 스스로를 더 높이 끌어올린 탓이었다.

아리만이 총애하는 뱀왕인 조학이 빛의 왕국 이란의 왕좌에 앉았다. 그는 악행에 악행을 거듭 쌓아 악이 가득 차고도 흘러넘치게 했으며, 온 나라가 왕을 비난하며 울부짖었다. 그래도 조학과 그의 고문관인 악마들은 이러한 절규에 귀를 닫았다. 샤가 이렇게 천 년을 지배하니, 악덕은 대낮에 활보하고 미덕은 숨어 버렸다. 모든 사람의 가슴에는 절망이 가득 찼으니, 악에서 솟아난 그 뱀들의 식욕을 진정시키기 위해서 죽어야 마땅한 존재인 양, 사람이 매일 두 명씩 학살당했기 때문이다. 조학은 어느 누구도 가엾게 여기는 일이 없었다. 그의 사악함으로 인해 온 나라가 어둠에 뒤덮였다.

한편 오르마즈드가 자신의 백성들에게 깊은 연민을 느꼈다. 그는 백성들이 젬쉬드의 죄 때문에 더 고통받아서는 안 된다고 선언했다. 그리고 젬쉬드의 손자를 태어나게 했으며, 부모는 그 아이를 페리둔이라고 불렀다.

그가 태어날 무렵 조학은 자기가 삼나무처럼 호리호리한 젊은 이를 쳐다보는 꿈을 꾸었다. 젊은이가 소머리 철퇴를 들고 다가와 자신을 내리쳐서 쓰러뜨리는 순간 독재자는 잠에서 깨어나 몸서리를 쳤다. 그는 무비드들을 불러 꿈을 풀이해 보라고 했다. 무비드들은 당황했다. 그들은 위험을 내다볼 수 있었으나, 불길한 예언을 하면 조학이 자신들을 위협할 것이 뻔했기 때문이다. 그래서 그들은 사흘 동안 공포에 떨며 침묵했는데, 넷째 날 그들 가운데 용기 있는 자가 사실대로 말했다.

그 말을 듣자 조학은 기절했고, 무비드들은 그가 깨어나 분노하기 전에 달아났다. 그는 정신을 차린 뒤 온 세상을 샅샅이 뒤져 페리둔이라는 자를 찾아내라고 명령했다. 그 뒤로 그의 영혼은 고통에 시달리면서 스스로 쉴 수도 즐길 수도 없었다.

페리둔의 어머니는 페리둔이 젬쉬드의 자손인 것을 샤가 알아차리면 아이를 해칠까 봐 두려웠다. 그래서 공작새의 깃털처럼 털이 아름다운 경이로운 소 푸마예가 사는 깊은 숲 속에 아이를 숨기고, 소를 지키는 수호신에게 아들을 돌봐 달라고 빌었다. 3년 동안 아이는 숲 속에서 자랐으며, 푸마예가 그의 유모였다. 그러나 3년 만에 푸마예의 소문이 왕의 귀에까지 들어간 것을 알게 되었다. 어머니는 샤가 페리둔을 찾아낼까 봐 멀리 알베르즈 산에 사는 경건한 은자 인드한테 데려가서, 큰일을 할 운명인 소년을 지켜 달라고 빌었다. 은자는 그녀의 간청을 들어주었다. 그녀가 은자의 거처에 머무는 동안 조학이 아름다운 푸마예를 찾아냈고 페리둔에 대해서도 알게 되었다. 그는 소년이 달아났다는 사실을 알고 성난 코끼리처럼 길길이 뛰며 경이로운 소와 그 주위에 살아 있는 모든 것을 죽이고, 숲을 폐허로 만들어 버렸다. 그는 눈에 불을 켜고 소년을 찾았으나 페리둔에 대해 들려오는 것도 보이는 것도 전혀 없었다. 조학의 심장은 괴로움으로 들끓었다.

그해 조학은 군대를 강화하고, 백성들에게는 자기가 언제나 공정하고 온화한 왕이었다고 말하도록 강요했다. 백성들은 두려워서 복종했다. 백성들이 맹세를 하고 있을 때 샤의 궁전 문밖에서 정의를 요구하는 외침 소리가 났다. 조학이 소리 지른 사람을 데려오라 명령을 내렸고, 그 남자는 귀족 회의장에 서게 되었다.

조학이 말했다. "네게 부당한 짓을 한 자의 이름을 말하라."

자기를 심문하는 사람이 샤임을 알고 남자는 손으로 제 머리를 쳤다. 그럼에도 그는 대답하였다.

"저는 카와입니다. 대장장이이며 부끄럽지 않고 떳떳하게 살아왔습니다. 정의를 위해 소송을 제기하오니, 그 상대는 폐하입니다. 오, 왕이시여, 저는 가슴이 찢어집니다. 제게는 열일곱 명의 번듯한 아들이 있었으나 이제 오직 하나 남았습니다. 폐하의 뱀들의 허기를 잠재우기 위해 그 아이의 형제들이 죽임을 당했기 때문입니다. 이제 하나 남은 마지막 아이까지 끌려갔습니다. 폐하께 간절히 청하오니, 제발 그 아이를 돌려주고 지금까지 이 나라가 견뎌 온 잔혹한 고통을 더는 쌓아 올리지 마시옵소서."

카와의 분노가 어찌나 대단한지 샤는 기가 질려서 아들의 목숨을 살려 주겠다면서 부드러운 말로 그를 진정시켰다. 그러고 나서 조학이 공정하고 온화한 왕이라는 증명서에 서명하라고 했다.

그러자 카와가 외쳤다. "그렇게는 못합니다. 이 악랄하고 야비한 인간, 악마의 동반자여, 이런 거짓말에 동조하지 않겠소." 그는 증명서를 움켜쥐고 조각조각 찢어 허공에 뿌렸다. 그리고 궁전에서 성큼성큼 걸어 나가자 귀족과 시종들이 깜짝 놀라고, 아무도 그를 제지할 엄두를 내지 못했다. 카와는 시장으로 가서 사람들에게 자초지종을 이야기하고, 조학의 악행과 그동안 당한 고통을 상기시켰다. 그리고 아리만이 씌운 굴레를 떨쳐 버리자고 부추겼다. 카와는 대장장이들이 망치질할 때 입는, 무릎을 가리는 가죽 앞치마를 창끝에 꽂아 높이 치켜들고 외쳤다.

"이 앞치마를 깃발로 삼아 전진합시다. 페리둔을 찾아 우리를 뱀왕의 손에서 벗어나게 해 달라고 부탁합시다."

사람들이 환성을 지르면서 카와를 둘러쌌다. 그는 깃발을 높이 치켜든 채 무리를 이끌고 도시를 벗어났다. 그들은 여러 날 동안 페리둔의 왕궁을 향해 행진했다.

페리둔의 머리 위로 8년이 두 번 지나간 후에 이란에서 벌어진 일이었다. 세월이 그만큼 흐른 뒤 그는 알베르즈 산에서 내려와 어머니에게 자신의 혈통에 대해 물었다. 어머니는 그가 젬쉬드의 자손임을 알려 주고 조학과 그의 악행에 대해서도 말해 주었다.

이야기를 듣고 페리둔이 말했다. "제가 그 괴물을 땅에서 뿌리 뽑고, 그의 궁전을 무너뜨려 먼지로 만들어 버리겠어요."

하지만 어머니는 만류했다. "안 된다, 아들아. 젊은 혈기로 자신을 망쳐서는 안 돼. 네가 어찌 온 세상과 맞설 수 있겠느냐."

어머니의 말이 끝나자마자 엄청난 군중이 왕궁을 향해 몰려왔다. 한 남자가 창끝에 앞치마를 꽂아 치켜들고 앞장서서 오고 있었다. 페리둔은 자신을 도우려는 사람들이 왔음을 알았다. 카와의 말을 듣고 나서 그는 머리에 왕의 투구를 쓰고 어머니 앞에 가서 말했다.

"어머니, 저는 싸우러 갑니다. 저를 지켜 달라고 신께 기도드리세요."

그는 자신이 무기로 쓸 커다란 곤봉을 만들게 했다. 그가 그것을 가지고 다니면 땅이 파여 자국이 남았고, 꼭대기에는 그의 유모였던 소 푸마예를 기리는 소머리가 얹혀 있었다. 카와의 군기에는 룸*의 특산물인 두꺼운 비단으로 테를 두르고 보석을 매달았다. 준비가 끝나자 그들은 조학을 찾아 서쪽으로 향했는데, 그때까지만

---

* 아나톨리아. 서남아시아의 한 지역으로 오늘날 터키 영토의 대부분을 차지하는 반도 (옮긴이)

해도 조학이 페리둔을 찾아 인드*로 떠난 것을 몰랐던 것이다. 그들은 티그리스 강 강둑에 세워진 도시 바그다드에 다다르자 행군을 멈추었다. 페리둔은 강을 지키는 이들에게 강을 건너게 해 달라고 말했다. 그들은 왕실 문장이 없으면 강을 건널 수 없다면서 거절했다. 페리둔은 화가 나서 강의 빠른 물살도, 넘실대는 물결 속에 숨어 있는 위험도 아랑곳하지 않은 채 허리띠를 졸라매고 말을 몰아 물로 뛰어들었다. 군대가 그의 뒤를 따랐다. 그들은 빠른 물살과 사투를 벌였고, 물결이 그들을 덮칠 것 같았다. 하지만 용감한 말들이 위험을 헤쳐 나가 안전하게 건너편 강가에 닿았다. 그들은 오늘날 예루살렘이라고 불리는 도시로 향했으니, 조학의 영화로운 궁전이 거기 있었기 때문이다. 그들이 도시에 입성하자 사람들이 쏟아져 나와 페리둔을 에워쌌다. 사람들은 조학을 싫어했으며, 페리둔이 자신들을 구해 주기를 고대하고 있었다. 페리둔은 궁전을 지키는 악마들을 죽이고, 벽에 새겨져 있는 사악한 부적들을 넘어뜨렸다. 그리고 악마 숭배자의 왕좌로 올라가 이란 왕의 왕관을 스스로 머리에 썼다. 백성들이 그의 앞에서 머리를 조아리며 그를 샤라고 불렀다.

　페리둔을 찾으러 갔다가 허탕만 치고 돌아오던 조학은 그가 자신의 왕좌에 앉아 있는 것을 알게 되었다. 조학의 군대가 도시를

* 인도(옮긴이)

포위했다. 그러자 페리둔의 군대가 진격해 왔으며, 백성들은 그들과 뜻을 같이하고 있었다. 온종일 벽에서 벽돌이 쏟아져 내리고, 테라스에서 돌멩이가 날아왔으며, 먹구름에서 우박이 쏟아지듯 화살과 창이 빗발쳤다. 마침내 페리둔이 조학의 군대를 물리쳤다. 그가 뱀왕을 죽이려고 소머리 철퇴를 치켜들었으나, 신성한 세로슈가 급히 강림하며 외쳤다.

"안 되오. 그러지 마시오. 아직 조학의 때가 다하지 않았으니."

세로슈는 샤에게 왕위 찬탈자를 결박해 사람의 발길이 미치지 않는 곳으로 데리고 가서 바위에 묶어 두라고 말했다. 그에 따라 페리둔은 조학을 데마웬드 산으로 끌고 가 두꺼운 사슬로 바위에 묶고 손에는 못을 박았다. 그리고 그가 고통 속에 죽도록 버려두고 가 버렸다. 황량한 절벽에 뜨거운 햇볕이 내리쬐었고, 그늘을 드리워 줄 만한 나무도 덤불도 없었다. 사슬이 그의 살을 파고들었고 갈증으로 혀가 타들어 갔다. 마침내 세상은 사악한 조학으로부터 해방되었고, 페리둔의 다스림을 받게 되었다.

2
페리둔

페리둔이 세상을 다스린 500년 동안 나라의 힘과 덕이 온 누리에 퍼졌으며, 그는 오로지 선한 일만 했다. 페리둔은 왕국 구석구석을 돌아다니면서 드러난 것과 숨겨진 것을 찾아내어 잘못된 것을 바로잡았다. 악이 요동쳐도 부드럽게 제어했다. 그는 세상을 천국에 버금가도록 정돈했다. 거친 잡초가 돋아나던 곳에 삼나무와 장미를 심었다.

여러 해가 흘러 그는 젬쉬드 가문 출신의 부인으로부터 세 아들을 얻었다. 아들들은 늠름하고 훤칠하며 강했으나 이름이 세간에 알려지지 않았으니, 페리둔이 그들의 심성을 아직 시험하지 않기 때문이다. 아들들이 한창때에 이르자 그는 왕좌 가까이로 그들을 불러 모았다. 그리고 달처럼 어여쁜 세 딸을 둔 예멘의 왕을 찾아가 직접 청혼하라고 지시를 내렸다. 페리둔의 세 아들은 아버지의 명령을 따랐다. 그들은 별처럼 많은 무리를 거느리고 예멘을 향해 떠났다. 그들이 예멘에 이르렀을 때 왕이 손수 마중을 나왔는데, 그가 거느린 행렬은 꿩의 깃털과도 같았다. 페리둔의 아들들은 예멘 왕 서브의 딸들의 마음을 얻어, 그녀들과 함께 귀국 길에 올랐다. 서브는 사위들의 낙타 등에 보물을 실어 주었고, 왕의 신분을 나타내는 표시로 양산을 드리워 주었다.

아들들이 돌아온다는 소식을 듣고 페리둔은 그들의 심성을 시험하기 위해 미리 마중을 나갔다. 그는 입에서 분노의 거품이 부글거리고 턱에서 강한 불길이 뿜어져 나오는 용의 모습으로 변했다. 아들들이 산길로 접어들자 그는 회오리바람처럼 앞을 막아선 뒤 온몸을 비틀어 먼지 구름을 가득 피워 올리면서 귀가 먹먹하도록 으르렁댔다. 그가 맏이에게 달려들자 첫째 왕자는 창을 내려놓으며 말했다. "현명하고 신중한 사람은 용과 싸우지 않아." 그리고 다른 형제들을 내버려 둔 채 괴물 앞에서 등을 돌려 달아났다. 용이 둘째한테 돌진하자 둘째 왕자는 말했다. "싸워야 해. 이게 무시무시한 사자면 어떻고 용맹한 기사면 어떻단 말인가?" 그가 활을 들어 시위를 당겼다. 그때 막내가 다가오더니 용에게 말했다. "너 파충류, 우리 앞에서 냉큼 사라져. 사자들의 앞길을 막고 거들먹거리지 말란 말이야. 페리둔이라는 이름을 들어 본 적이 있다면 네가 무슨 짓을 하고 있는지 생각해 봐. 우리는 그의 아들이고, 창으로 무장하고 있어. 그러니까 후딱 사라지는 게 좋을 거야. 나는 원한으로 일그러진 왕관을 쓰고 싶지 않아."

영예로운 페리둔은 자식들의 심성에 대한 시험을 마치고 그들 눈앞에서 사라졌다. 그렇지만 곧 아버지의 얼굴로 다시 나타났다. 무사들, 코끼리들, 심벌즈를 든 악사들이 줄지어 그 뒤를 따랐다. 페리둔의 손에는 소머리 철퇴가 들려 있었으며, 머리 위에는 카와의 앞치마인 카와인, 즉 왕의 깃발이 나부끼고 있었다. 아버지를 보자 아들들은 말에서 내려 달려와 맞이했고, 그의 발 앞의 땅에 입을 맞추었다. 심벌즈는 쟁쟁, 트럼펫은 붐붐, 환희의 함성이 울려 퍼졌다. 페리둔은 아들들을 일으켜서 이마에 입을 맞추고, 그들에게 합당한 명예를 주었다. 왕궁으로 돌아와 신께 자손들을 축복해 달라고 기도한 후, 그들을 불러 화려한 왕좌에 한 명씩 앉혔다. 그리고 아들들에게 말했다.

"오, 나의 아들들아, 내가 하는 말을 잘 들어라. 내뿜는 숨길마저 위험했던 성난 용은 바로 이 아비였다. 너희들의 심성을 시험해 보고 싶었고, 흡족한 마음으로 물러났단다. 이제 너희에게 어울리는 이름을 주겠다. 첫째는 실림(너의 소망이 이루어지기를!)이라 하겠다. 용의 마수에서 너 자신을 구하려 했고, 싸움이 벌어졌을 때도 싸울까 말까 망설이지 않았기 때문이다. 코끼리나 사자 앞에서도 도망치지 않는 사람은 용감하다기보다는 무모하다고 해야 할 것이다. 그리고 둘째는 처음부터 용기를 보여 주었고, 그것은 불꽃처럼 열정적이었다. 둘째는 투르, 곧 용감한 자라고 부르겠다. 둘째는 성난 코끼리 앞에서도 의연할 것이다. 막내는 신중하면서도 용감하다. 서둘러야 할 때는 서두를 줄 알고 기다려야 할 때는 기다릴 줄도 안다. 셋째는 조언자에게 어울리도록, 불과 흙 사이의 중간을 선택했다. 또한 스스로 용기 있고 신중하며 대담하다는 것을 증명했다. 셋째를 이리쥐라고 부를 것이다. 권력의 문이 너의 목표일 것이니, 네가 처음에는 온화했으나 위기의 순간에는 용기가 솟구쳤기 때문이다."

페리둔은 말을 마치고 별자리에 관한 책을 가져오게 해서 세 아들의 별자리를 찾아보았다. 실림의 별자리인 사수좌는 목성이 군림하고 있고, 투르의 별자리인 사자좌는 태양이, 이리쥐의 별자리인 전갈좌는 달이 군림하고 있었다. 이를 보고 페리둔은 비탄에 잠겼다. 이리쥐의 별자리가 슬픔과 닥쳐올 재앙을 뜻했기 때문이다. 운명의 비밀을 읽고 나서 그는 세상을 세 부분으로 나누어 아들들에게 주었다. 석양의 땅인 룸과 카베르는 실림에게 주었고, 투란*과 투르키스탄은 투르에게 주어 그를 튀르크와 중국의 주인으로 삼았다. 이리쥐에게는 이란과 함께 권력의 왕좌와 지상 최고의 왕관을 물려주었다.

오랜 세월 페리둔의 아들들은 행복하고 평화롭게 황금 왕좌에 앉아 있었다. 그러나 운명의 가슴속에는 악의가 감춰져 있었다. 페

---

* 현재의 카자흐스탄, 우즈베키스탄, 투르크메니스탄(옮긴이)

리둔은 늙어 갔고 기력이 쇠약해졌다. 그의 생명이 시들어 가면서 자식들의 사악한 열정은 점점 강해졌다. 실림의 마음이 변하여 그의 욕망은 악으로 돌아섰다. 그의 영혼 또한 탐욕으로 기울었다. 그는 땅의 분할에 대해 심사숙고했고, 반란을 생각하게 되었으니, 막내가 최고의 왕관을 썼기 때문이었다. 그는 발 빠른 낙타에 전령을 태워 투르에게 보내 말을 전했다.

"투란의 왕이여, 그대의 형이 안부를 전하네. 그대의 나라에서 그대의 통치가 오래 지속되기를! 부탁하노니, 힘과 지혜를 가진 그대가 대답해 주게. 우리가 이대로 만족하고 살아야 하는가? 이란의 왕좌는 이리쥐의 것이 아니라 마땅히 우리의 것이거늘, 어찌 막내가 우리의 머리 꼭대기에 앉아 있는가? 우리가 아버지의 부당함에 맞서 싸워서는 안 되는 것인가?"

순간 투르의 머릿속에서는 일진광풍이 몰아쳤다. 그가 전령에게 말했다.

"네 주인에게 전하라. 오, 나의 형님, 용기로 가득 차신 분, 우리가 어리고 아무 속셈도 없을 때 아버지가 우리를 속였으니, 아버지는 피의 열매와 독의 이파리를 맺을 수밖에 없는 나무를 당신 손으로 심어 놓은 것입니다. 그러니 만나서 우리의 사악한 운명을 없애 버릴 방법을 상의하고자 합니다."

그리하여 실림은 룸에서 출발하고, 투르는 중국에서 출발했다. 둘은 어떻게 움직일지 상의하고, 영예로운 페리둔에게 전령을 보내 말했다.

"연로하고 위대하며 가장 두려운 왕이시여, 폐하께서는 신에게 기도하는 걸 깜빡하셨나 봅니다. 폐하답지 않게 악행을 저지르고 불의를 남겼으니 말입니다. 폐하는 부당하게 왕국을 나누었고, 장자를 냉대했습니다. 폐하의 자식들인 저희가 간청하노니, 더 늦기 전에 저희 말에 귀 기울여 주십시오. 이리쥐를 이란의 왕좌에서 끌어내리고, 어느 구석에 숨어 죽은 듯이 살라고 하십시오. 만약에 저희 말대로 하지 않는다면, 투르키스탄과 카베르에서 기이한 짐 승들을 데려와 이리쥐와 이란을 파멸시키겠습니다."

실림과 투르의 도발적인 언행에 격노하여 페리둔은 곧장 답했다.

"그자들에게 전하라. 무분별하고 불순한 자들, 아리만의 자식들, 성품이 비뚤어진 자들에게 이렇게 말하라. 페리둔은 너희가 본심을 드러내어 기쁘다. 너희가 어떤 인간들인지 알았기 때문이다. 왕국은 균등하게 나누었다. 원로들을 찾아가 의논했고, 그들은 밤낮을 심사숙고해서 가장 적합하게 나누었다. 너희에게 이르노니, 뿌린 대로 거둘 것이다. 우리에게는 또 다른 영원한 집이 있다는 걸 잊지 마라. 충고하노니, 탐욕으로 인해 형제를 배신하는 자는 고귀한 혈통에서 태어날 자격이 없다. 그러니 신께 너희의 심장이 악에서 멀어지기를 기도하라."

전령이 떠나자 페리둔은 이리쥐에게 두 형의 술책에 대해 경고

하면서 군대를 정비하여 형들과 맞서라고 했다. 이리쥐는 형제들 때문에 충격을 받았지만 가까스로 말하였다.

"오, 아버지시여, 제가 홀로 나가 형님들을 설득하여 증오를 누그러뜨릴 테니 너무 괴로워하지 마십시오. 저는 형님들에게 세속적인 영광에 집착하지 말라고 간청할 것입니다. 그리고 젬쉬드를 본받아 마음속에서 스스로를 드높였기 때문에 목적이 사악해졌음을 상기시켜 줄 것입니다."

페리둔이 말하였다. "네가 원한다면 가거라, 내 아들아. 네 형들이 전쟁을 바랄지라도 너는 평화의 길을 찾아라. 나는 네 소중한 전사들과 함께 너를 위해 기도할 것이다. 그리고 속히 돌아오너라, 내 삶은 네 행복에서 비롯되느니."

페리둔은 막내아들에게 왕실의 도장이 찍힌 편지를 주면서 룸과 중국의 왕에게 전하라고 했다. 그는 편지에 자신은 이미 늙어서 황금이나 보물 따위는 바라지도 않으며, 오직 아들들이 화합하기만을 바란다고 썼다. 그리고 왕좌에서 내려와 진정한 평화를 위해 형들을 만나러 가는 막내아들을 칭찬했다.

이리쥐가 실림과 투르의 군대가 진을 치고 있는 곳에 도착했을 때, 병사들은 그의 아름다운 용모와 왕다운 자태에 경탄했다. 병사들이 수군거렸다. "저분은 홀로 왕권을 장악할 만하네." 마침 그 소리를 들은 실림과 투르의 증오심은 더 깊어졌다. 두 사람은 막사 안에서 오로지 동생을 해칠 궁리로 밤을 새웠다.

밤의 장막이 걷히고 태양이 떠올랐을 때, 형제는 이리쥐의 막사로 향했다. 그들은 이리쥐가 반갑게 맞이하길 바랐지만 시큰둥하게 대하자 몹시 불쾌했다. 투르가 비난하는 어조로 말하였다.

"너는 어찌 우리 위에 군림하려 하느냐? 형들이 네 앞에서 머리를 조아려야 만족하겠느냐?"

이리쥐가 대답했다. "오, 권력에 눈이 먼 왕들이시여, 감히 말하노니, 행복을 바란다면 평화를 위해 노력하십시오. 저는 왕관도 이란의 군주 자리도 결코 탐한 적이 없습니다. 불화로 끝나는 권력이란 비극에 이르는 명예와 다름없으니까요. 우리 사이의 평화를 위해서라면 기꺼이 이란의 왕좌를 내놓겠습니다. 형님들의 흐려진 시야로 보는 것처럼 저는 세상을 소유하고 싶은 마음이 추호도 없습니다. 저는 진정으로 겸손하고 신실하기 때문에 사려 깊게 행동하는 것입니다."

하지만 투르의 분노는 누그러지지 않았다. 그는 사악함밖에 알지 못했으므로 이리쥐의 진심을 이해하지 못했다. 그는 다짜고짜 화를 내면서 자기가 앉아 있던 의자를 동생에게 던졌다. 그러자 이리쥐가 두 손을 모아 자비를 구하면서 말하였다.

"오, 왕이시여, 신이 두렵지 않고 아버지가 가엾지 않으십니까? 저는 형님들이 살인자가 되는 것을 원치 않습니다. 신이 제 피에 대한 복수를 할까 봐 두렵습니다. 개미 같은 미물일지라도 함부로 짓밟으면 안 됩니다. 개미에게도 생명이 있고, 감미로운 생명은 은총이니까요. 형님들의 눈앞에서 사라지겠습니다. 홀로 숨어서 소리 없이 살아갈 것이니, 동생 하나 없다고 치부하십시오."

이리쥐의 말은 투르의 화를 더욱 돋우었다. 투르는 독이 칠해져 있는 날카로운 단검을 꺼내 삼나무처럼 우뚝 서 있는 이리쥐의 가슴을 찔렀다. 세상의 젊은 왕은 얼굴이 창백해지면서 숨을 거두었다. 투르는 그의 목을 잘라 내어 진흙과 용연향으로 속을 채웠다. 그리고 그것을 늙은 아버지에게 보내면서 말하였다.

"폐하가 사랑하는 자의 머리를 보시고, 그에게 왕관과 왕좌를 물려주시오."

이러한 악행을 저지른 뒤 형제는 천막을 걷고 각각 룸과 중국으로 돌아갔다.

한편 페리둔은 이리쥐가 떠나간 길에서 눈을 떼지 못하고 아들을 그리워했다. 아들이 돌아올 시간이 되었다는 소리를 듣고 군대를 내보내 맞이하게 하고 자신도 뒤를 따랐다. 얼마만큼 갔을 때 하늘에 거대한 흙먼지 구름이 피어오르는 것을 보았다. 흙먼지 구름이 점점 다가오더니 그 속에서 비통함에 젖은 기사가 단봉낙타를 타고 왔다. 기사는 품에 황금 손궤를 안고 있었다. 손궤 속에는 여러 겹의 비단으로 감싼 이리쥐의 머리가 들어 있었다. 페리둔은 기사의 얼굴을 보면서 자신의 가슴이 두려움에 사로잡히는 것을 느꼈다. 그는 아들의 머리를 본 순간 말에서 떨어지고 말았다. 통곡 소리가 하늘을 찔렀고, 군대는 울부짖었으며, 깃발이 찢어졌고,

북은 소리를 멈추었다. 코끼리들과 심벌즈 연주자들도 애통해하면서 서성였다. 페리둔은 걸어서 수도로 돌아왔고, 귀족들이 묵묵히 뒤를 따랐다. 마침내 이리쥐의 정원에 도착했을 때 페리둔은 슬픔에 잠겨 비틀거렸다. 그는 젊은 왕이자 아들인 이리쥐의 머리를 꼭 끌어안았다. 아들의 왕좌에 검은 흙을 뿌렸고, 자신의 머리카락을 쥐어뜯으며 눈물을 흘렸다. 그의 울부짖음은 제7계에까지 이르렀다. 그가 말하였다.

"오, 정의를 주관하는 이 세상의 주인이시여, 제 형들에게 부당하게 살해당한 이 죄 없는 영혼을 굽어 살피소서! 그들이 기쁨을 느끼지 못하도록 심장을 불로 그슬리소서. 제 기도를 들어주소서. 비록 고통 속에서라도 제가 이리쥐의 자손 가운데 복수를 할 수 있는 강한 전사, 영웅이 나올 때까지 살아 있게 하소서. 영웅의 얼굴을 보고 난 뒤에는 마땅히 죽음을 맞이할 것이며 땅속에 묻힐 것입니다."

페리둔의 애끊는 목소리가 널리 퍼졌다.

오랜 세월이 흐른 뒤, 페리둔은 이리쥐에게 딸이 있음을 기억해냈다. 그녀가 매우 아름답다는 소문이 돌았다. 페리둔이 여자들이 사는 집으로 가서 만나 보니 정말 미인이었다. 그는 젬쉬드 혈통의 영웅인 페쳉과 그녀를 결혼시켰다. 둘 사이에서 왕의 재목이 될 만한 잘생기고 힘센 아들이 태어났다. 그가 아직 어린 아기였을 때, 부모가 그를 페리둔에게 데려가 울면서 말하였다.

"오, 세상의 왕이시여. 여기 이리쥐를 보시고 폐하의 영혼을 기쁘게 하소서!"

페리둔이 환하게 미소 지었다. 그는 아기를 받아 안고 신을 향해 소리쳐 말하였다.

"오, 신이시여. 제 시력을 되찾게 해 주시어 이 아기의 얼굴을 보게 하소서."

그의 눈이 열렸고, 그는 아기를 바라보았다. 페리둔은 신에게 감사드렸다. 그는 아기에게 신의 은총이 내리길 빌었고, 또한 앞날이 축복된 날이기를, 적들의 심장이 고통으로 갈가리 찢기기를 기도했다. 페리둔은 아기에게 미누치르라는 이름을 지어 주면서 말했다. "고귀한 혈통의 자손이 태어났도다." 아기는 페리둔의 집에서 병치레 한번 하지 않고 자랐다. 머리 위에 떠 있는 수호성이 몇 년 동안 그를 사악함으로부터 지켜 주었다. 미누치르가 성숙한 나이가 되었을 때, 페리둔은 그에게 황금 왕좌와 철퇴, 보석으로 장식된 왕관, 자신의 보물이 들어 있는 상자의 열쇠를 주었다. 그리고 귀족들에게 그를 왕으로 경배하고 예를 다할 것을 명령했다. 왕좌 주위에는 카와의 아들 카룬, 예멘의 왕 서브, 승전 장군 구에르차습, 그리고 용감한 왕자들이 모여 있었다. 젊은 샤는 용맹함과 아름다움으로 그들 사이에서 빛났고, 나라에는 다시 기쁨이 찾아왔다.

페리둔 주위의 기쁜 소식은 룸과 중국에까지 전해졌고, 그 나라의 왕들은 불안과 좌절에 빠졌다. 그들은 샤의 호의를 다시 얻을 방법을 궁리했다. 미누치르의 보복이 두려웠기 때문이다. 그들은 상당한 양의 선물과 함께 페리둔에게 전령을 보내어 말하였다.

"오, 샤여, 만수무강하소서. 저는 폐하의 가장 비천한 종의 말을 전하러 왔습니다. 그들은 땅에 엎드려 죄를 뉘우치고 있고, 감히 폐하 앞에 나설 엄두를 내지 못하고 있습니다. 그들은 지난날의 사악한 행동을 폐하께서 용서해 주기를 간구합니다. 그들의 심성은 선하기 때문입니다. 그들은 스스로 그런 행동을 한 것이 아니라, 그릇된 행동을 할 운명이 별자리에 씌어 있습니다. 오, 왕이시여, 그 이후로 그들의 눈은 눈물이 마를 날 없었고, 폐하께서 그들의 말에 귀 기울여 주기를 기도하고 있습니다. 폐하의 자비로움을 보여 주는 표시로 미누치르를 그들에게 보내 주옵소서. 그들은 진심으로 그의 얼굴을 보고 경의를 표하기를 열망하고 있습니다."

페리둔은 아들들의 감언이설을 전해 듣고 눈살을 찌푸렸다. 자기를 꾀려는 수작임을 알았기 때문이다. 그는 전령에게 말했다.

"가서 네 주인에게 전하라. 그들의 거짓된 말은 들을 가치도 없다는 것을. 그들에게 검은 혓바닥으로 하얀 말들을 내뱉는 짓이 부끄럽지 않은지 물어보라. 그들이 하는 말을 전해 들었으니 이제 내 대답을 들어라. 너희는 미누치르에게 사랑을 보여 주고 싶다고 했다. 내가 묻노니, 너희가 이리쥐에게 무슨 짓을 했느냐? 이제 와서 너희가 이리쥐의 자손을 보려는 것은 그 피를 흐르게 하려는 것일 테지. 너희에게 말하노니, 미누치르가 강한 군대를 이끌고 나타나기 전까지는 결코 그의 얼굴을 보지 못하리라. 그때 복수의 나무에 열린 열매와 잎사귀들은 핏물을 받아 마시게 될 것이다. 나는 차마 자식들과 전쟁을 치를 수 없어 지금까지 복수를 미루어왔다. 하지만 이제 적들이 잘라 버린 나무에서 가지가 자라나, 그가 아비의 복수를 벼르면서 분노하는 사자처럼 나타날 것이다. 또 너희에게 말하노니, 나에게 보낸 보물을 도로 가져가라. 그따위 알록달록한 장난감 때문에 내가 복수를 저버리고, 한낱 싸구려 보석 때문에 너희가 엎질러 놓은 피를 지우고, 자식의 머리를 황금과 바꿀 거라고 생각했느냐? 다시 한 번 말하지만, 이리쥐의 아비가 살아 있는 한 복수의 의지를 버리지 않을 것이다. 자, 내 말을 가슴 깊이 담아서 냉큼 돌아가라."

전령은 서둘러 출발했다. 실림과 투르에게 페리둔의 말을 전하고, 황금 왕좌에 앉아 있던 미누치르의 모습이 늠름한 데다 악마를 제압했던 타후메르스처럼 용맹하여 절로 고개가 숙여졌다고 묘사했다. 또한 세상을 놀라게 한 영웅들, 즉 대장장이 카와와 그의 아들 카룬, 예멘의 왕 서브, 전쟁에서 한 번도 패한 적이 없는 네리만의 아들이자 샤 다음의 권력자인 사움, 재무상이자 승전 장군인 구에르차습이 미누치르 주위에 서 있더라고 말해주었다. 그리고 페리둔의 궁전에 가득 차 있던 보물과 군사들에 대해서 말한 뒤 이리쥐의 죽음으로 인해 실림과 투르에 대한 그들의 분노가 대단해서 룸과 중국은 그들과 대적하지 못할 것이라고 덧붙였다.

전령의 이야기를 듣고 두 왕은 두려움에 떨었다. 투르가 실림에게 말했다.

"이제부터 한눈팔 겨를이 없겠어요. 젊은 사자의 이빨이 날카로워지고 강해지기 전에 서둘러야 하니까요."

그들은 군대를 모았다. 군사들의 숫자는 헤아릴 수 없을 정도였다. 투구는 투구대로, 창은 창대로 모았고 보석과 짐과 코끼리들이 합류했다. 사정을 모르는 사람이 보면 영락없이 귀한 손님을 마중 나가는 행렬 같았다. 군대가 투란에서 이란으로 나아갈 때 행렬의 맨 앞에서 말을 타고 가는 두 왕의 가슴은 증오로 가득 찼다. 하지만 사악한 자들의 별은 지고 있었다. 페리둔은 실림과 투르의 군대가 지훈을 가로질러 온다는 말을 듣고 미누치르를 전사들의 대장으로 임명했다. 샤의 전위 부대는 장대하고 늠름했으며, 메뚜기 떼처럼 땅을 뒤덮었다. 그들은 테미스케에서 사막으로 행군했고, 미누치르가 당당하게 그들을 지휘했다. 미누치르의 오른쪽에는 복수할 의무가 있는 카룬이, 왼쪽에는 네리만의 아들 사움이 말을 타고 있었다. 그들의 머리 위에서 카와의 깃발이 휘날렸고, 그들의 갑옷은 햇빛을 받아 번쩍거렸다. 사자가 먹이를 사냥하기 위해 숲을 뛰쳐나오는 것처럼, 군대는 이리쥐의 복수를 위해 달려갔다. 미누치르의 머리는 마치 산야를 비추는 해와 달처럼 다른 사람들보다 높이 솟아 있었다. 그는 아리만의 자식들을 쳐부수기 전까지 게으름을 부리거나 나약해지지 않도록 불꽃 같은 말로 일행을 다독였다.

실림과 투르는 이란의 군대가 몰려오자 군대를 정비했다. 날이 밝아 어둠이 물러갔을 때, 두 군대는 전장에서 만났다. 싸움은 해가 질 때까지 격렬하게 지속되었다. 땅은 피바다가 되었고, 코끼리들의 발은 붉게 물들었다. 마침내 해가 지자, 실림과 투르는 속임수를 써서 미누치르를 사로잡기로 했다. 이란의 무기는 막강했고, 정면 대결로는 미누치르의 용기를 꺾을 수 없었던 것이다. 투르는 막사 안에 있는 미누치르를 습격하려고 부하 몇 명과 함께 출발했다. 하지만 그의 사악한 계획을 알아차린 미누치르가 선수를 치고 나섰다. 미누치르의 창이 투르의 등을 꿰뚫었다. 미누치르는 그의 목을 베어 몸뚱이는 들짐승에게 먹이로 던져 주고 머리는 페리둔에게 보냈다. 그는 페리둔에게 보내는 안부 편지에 자초지종을 소상히 적은 뒤 자신은 이리쥐의 복수를 마칠 때까지 게으름을 부리거나 나약해지지 않을 것이라고 썼다.

실림은 투르의 소식을 전해 듣고 잔뜩 겁에 질린 채 동맹국을 찾아 헤맸다. 마침 조학의 후손 카코위가 그에게 합류했다. 악마는 만만치 않은 상대였지만 결국은 미누치르가 그를 제압했다. 더욱 기가 꺾인 실림은 바닷가 근처에서 눈에 불을 켜고 숨을 곳을 찾았다. 하지만 미누치르가 한발 빨랐다. 그는 직접 실림의 목을 베고 그 머리를 창에 꽂아서 쳐들었다. 그것을 본 실림의 군대가 언덕으로 달아났다. 그들은 머리를 맞대고 의논한 뒤 신중하고 말을 부드럽게 하는 사람을 뽑아 샤에게 보냈다.

"오, 샤여, 자비를 베푸시어 폐하께 맞서 싸운 저희에게 보복을 하지 마옵소서. 저희는 단지 군주의 뜻을 따랐을 뿐입니다. 저희는 원래 평화롭게 땅을 경작하고 소를 키우던 사람들입니다. 폐하를 저희의 샤로 받아들입니다. 저희가 폐하의 뜻을 받드는 종이 되기를 간청합니다."

미누치르가 말하였다.

"나도 그들을 뒤쫓지 않을 것이다. 너그러이 용서하노니 모두 무기를 내려놓고 고향으로 돌아가도록 하라. 이 나라에는 평화가 깃들 것이며, 기쁨이 너희와 함께할 것이다."

그들이 모두 샤를 칭송하며 샤에게 신의 은총이 내리기를 빌었다. 그들은 전쟁에서 썼던 갑옷과 무기를 그의 발밑에 내려놓았다. 험한 산속에서 벼려져 햇빛에서 푸르게 빛나는 쇠로 만들어진 무기들이었다. 미누치르는 그들을 해산시킨 뒤, 페리둔에게 실림의 머리와 편지를 보냈다. 그리고 모든 것을 정비하고 나서, 전사들을 거느리고 페리둔의 도시로 출발했다. 조부가 그를 맞이하러 나왔고, 금으로 치장한 코끼리들과 화려한 복장을 갖춘 전사들의 행렬과 화려한 색깔의 옷을 입은 사람들도 마중을 나왔다. 깃발이 머리 위에서 휘날렸고, 트럼펫 소리가 울려 퍼졌으며, 심벌즈가 맞부딪쳤고, 기쁨의 환호성이 사방에 가득 찼다. 미누치르는 말에서 내려 페리둔에게 달려가 엎드리며 축복을 빌어 달라고 했다. 페리둔은 미누치르를 축복하면서 일으켜 세웠다. 미누치르를 다시 말위에 오르게 한 뒤 그의 손을 잡았다. 두 사람은 승리의 도시로 들어섰다. 궁전에 도착하자 페리둔은 미누치르를 황금 왕좌에 앉혔다. 그리고 네리만의 아들 사움을 불러서 말했다.

"이 나라를 위해 이 아이를 잘 보살피고 교육시켜 주게. 그대의 힘과 정신으로 이 아이를 도와주길 바라네."

페리둔은 미누치르와 사움의 손을 맞잡게 하고 나서 말했다.

"자비로운 신에게 감사하라. 신은 신의 종이 되고픈 나의 소망을 들어주고, 내 목소리에 귀 기울이셨다. 이제 나는 세상을 떠날 것이니, 세상이 더는 나를 괴롭히지 않을 것이다."

페리둔은 신하들에게 선물을 나눠 준 뒤 홀로 침묵에 들어갔다. 그는 자식들의 머리에 눈길을 고정시킨 채 그들의 사악한 운명과 그들이 안겨 준 슬픔에 비통해했다. 그는 나날이 허약해져 가다가 마침내 생명의 빛이 꺼졌다. 페리둔은 땅 위에서 사라졌으나 그의 이름은 후세에 남았다. 미누치르는 눈물과 애통함으로 조부를 기렸으며, 장대한 묘에 안치했다. 일곱째 날 아침에 그는 카이아니데스의 왕관을 머리에 쓰고 권력의 붉은 띠를 몸에 둘렀다. 온 나라 사람들이 그를 샤라고 불렀으며, 그는 오래오래 사랑받았다.

3

잘

이란의 남쪽에 자리 잡은 세이스탄*은 사움이 다스리는 곳이었다. 사움은 펠리바**로서 권력과 영광을 누렸다. 자식이 없어서 아쉽기는 했지만, 그의 삶은 행복했다. 그러던 그에게 아들이 태어났다. 잘생기고 팔다리가 미끈하고 건강하여 흠잡을 데 없었으나 다만 한 가지 머리털이 노인처럼 하얬다. 궁녀들은 사움이 그 사실을 알면 어떤 일이 벌어질지 몰라 두려워서 사움의 측근에게 아기를 보여 주지 않았다. 아기가 세상의 빛을 본 지 여드레가 지난 뒤에야 그는 그 사실을 알게 되었다. 다른 사람들보다 용감한 궁녀가 용기를 내어 사움을 만나러 갔다. 궁녀는 땅바닥에 엎드려 절

---

* 이란의 동쪽, 아프가니스탄의 남쪽, 파키스탄의 서쪽 지역을 아우르는 곳(옮긴이)
** 현재 페르시아어로 엄청난 크기와 힘을 가진 사람을 의미한다. 그러나『샤나메』에서는 단순히 힘센 전사를 가리키지 않는다. 그들은 샤로부터 영토를 하사받고, 전쟁시 군대를 징집해 지휘하여 샤를 위해 싸운다.

하고 사움에게 긴히 할 말이 있다고 했다. 사움은 여자를 성가셔 했다. 그녀가 말했다.

"신께서 펠리바를 보호하고 지켜 주시기를. 펠리바의 적들이 모두 파멸하기를. 영웅인 사움의 삶이 행복하기를. 신께서 펠리바의 뜻을 모두 이루어 주시기를. 신이 펠리바에게 후계자를 내리셨으니, 용감한 전사에게 아들이 태어났습니다. 그의 집 장막 뒤에서요. 달덩이 같은 얼굴과 팔다리 모두 아름답고 건강하고 흠잡을 데 없지만, 머리카락이 노인과 같습니다. 오, 나의 주인이시여, 엎드려 간청합니다. 이 아기를 신이 내린 선물로 여기시고, 그 은혜를 배신하는 마음이 생기지 않도록 하소서."

사움은 그녀가 말을 마치기가 무섭게 궁녀들이 머무는 곳으로 갔다. 그곳에서 얼굴과 팔다리가 아름다운 아기를 보았다. 하지만 아기의 머리카락은 노인처럼 하얬다. 순간 사움은 적들이 알면 조롱할까 두려운 마음때문에 지혜를 잃어버렸다. 그는 눈물을 흘리며 하늘을 향해 운명의 신에게 말했다.

"오, 영원한 정의이며 선이며 행복의 근원인 신이시여. 귀를 기울여 제 목소리를 들으소서. 만약 저에게 죄가 있다면, 제가 아리만의 길에서 방황했다면, 제 뉘우침을 보시고 용서해 주십시오. 이 아이를 보며 제 영혼은 부끄럼을 느끼고, 제 심장은 분노합니다. 귀족들이 이 아이를 보면 악의 화신이라 여기고 저를 몰아붙일 텐데 제가 무슨 말을 할 수 있겠습니까? 저는 당연히 이 오점을 없애

야 합니다. 그래야 이란이 저주를 받지 않습니다."

사움은 운명을 저주하면서, 신하들에게 아기를 나라 밖에나 버리라고 명령했다.

사람이 사는 곳에서 멀리 떨어진 곳에 알베르즈 산이 있었다. 산꼭대기는 하늘의 별에 닿았고, 산마루에는 인간의 발이 닿은 적이 없었다. 산 위에는 경이로운 불사조 시무르그의 둥지가 있었다. 시무르그는 흑단나무와 백단나무를 알로에로 붙여서 둥지를 만들었는데 마치 왕의 궁전 같았으며, 토성의 사악한 영향력도 그곳까지 미치지 못했다. 그 산기슭에 사움의 아기가 버려졌다. 벌거숭이 아기는 배가 고픈지 손가락을 빨고 있었다. 시무르그는 발톱으로 아기를 들어 올려 새끼들 먹으라고 둥지에 내려놓았다. 그 순간 연민으로 마음이 흔들렸다. 그래서 새끼들에게 아기를 해치지 말고 형제처럼 지내라고 했다. 시무르그는 부드러운 살코기를 골라 먹이면서, 제 아비에게 버림받은 아기를 돌봤다. 시무르그 덕분에 아기는 무럭무럭 자라 어느새 건장하고 아름다운 청년이 되었다. 그의 소문이 온 나라에 퍼져 선한 이들이나 사악한 이들에게 모두 알려지게 되었다. 마침내 그의 소문은 네리만의 아들 사움의 귀에까지 들어갔다.

어느 날 사움은 꿈을 꾸었다. 아라비아말 위에 올라탄 남자가 다가오더니 사움을 조롱하면서 말했다.

"오, 모든 의무를 저버린 그대여, 그저 은빛 포플러를 닮았을 뿐임에도 머리카락이 하얗다는 이유로 아들과 인연을 끊어 버린 자여, 그대의 아들을 새가 돌봐 주었으니, 아들과의 인연은 영원히 포기할 것인가?"

꿈에서 깨어난 사움은 새삼 자신이 저지른 죄에 두려움을 느꼈다. 그는 무비드*들에게 알베르즈 산의 젊은이에 대해 물으면서, 험난한 자연환경에서 그 오랜 세월을 어찌 견디었겠느냐면서 그가 자신의 아들일 리 없다고 했다. 무비드들이 대답했다.

"그렇지 않습니다. 펠리바는 신에게 배은망덕한 죄를 지었습니다. 사자보다, 호랑이보다, 악어보다 잔인했습니다. 들짐승도 자기 새끼를 돌보는데, 펠리바는 자식을 거부했으니까요. 창조주가 펠리바의 아들에게 준 하얀 머리털을 펠리바는 인간의 눈으로 보고 치욕스럽게 여겼습니다. 오, 미지근한 심장이여, 어서 아들을 찾으세요. 신이 축복한 자는 결코 죽지 않습니다. 아들에게 마음을 열고 용서해 달라고 하세요."

그제야 사움은 깊이 뉘우치고 군대를 불러 모아 산으로 출발했다. 그들이 플레이아데스 근처에 높이 솟은 산 가까이 이르렀을 때, 사움은 시무르그의 둥지를 발견했다. 그리고 자신과 비슷하게 생긴 청년이 그 주위를 걸어 다니는 것을 보았다. 그는 청년에게 가까이 가고 싶은 마음이 간절했지만, 공연히 산마루의 높이를 가

---

* 점성술가이자 현자

늑하면서 안절부절못했다. 사움은 공손하게 신을 불렀다. 신이 그 목소리를 듣고 시무르그에게 아래를 굽어보게 했다. 시무르그는 군대를 이끌고 온 사움을 보자마자 상황을 알아차렸다. 시무르그 가 청년에게 말했다.

"오, 나의 둥지에서 자라난 자여, 나는 너를 길렀고 네 어미가 되 어 주었다. 네 아비가 너를 버렸기 때문이다. 이제 우리가 헤어질 시간이 왔다. 너는 사람 사는 곳으로 가야 한다. 네 아비 사움은 영 웅이자 세상의 펠리바이고, 위대한 자 가운데 가장 위대한 자이 다. 그가 아들을 찾아 여기 왔구나. 그의 곁에 있으면 너 또한 영화 를 누리게 되리라."

청년의 눈에는 눈물이 고였고, 가슴에는 슬픔이 차올랐다. 그는 비록 인간의 언어를 배웠지만, 그들을 향해 눈을 돌린 적은 없었 다. 청년이 말했다.

"제가 지겨워졌나요, 아니면 더는 제가 이곳에 살면 안 되나요? 시무르그의 둥지는 저에게 왕좌와 같고, 저를 보호해 주는 시무르 그의 날개는 부모와 같아요. 저의 모든 것은 시무르그 덕분이에 요. 시무르그야말로 저의 진정한 친구니까요."

시무르그가 대답했다. "네가 싫어져서 보내는 게 아니란다, 오, 내 아들아. 나는 너와 영원히 함께하고 싶지만, 너에게는 또 다른 운명이 있단다. 네가 왕좌와 그 장엄함을 보고 나면 내 둥지보다 그곳이 너에게 더 어울린다고 생각할 거야. 그러니 가라, 내 아들

아. 세상에 나가 네 운을 시험해 보렴. 하지만 너를 보호하고 키워 준 유모를 잊으면 안 된다. 너는 그 날개의 그늘 아래 남아야 하니까 내 가슴 깃털을 반드시 간직해라. 필요할 때 그것을 불에 던져 넣으면 내가 바람처럼 날아가서 너를 구해 줄 것이다."

시무르그는 말을 마치고 청년을 발톱으로 들어 올려 바닥에 엎드려 있는 사움 앞에 내려놓았다. 사움이 고개를 들어 보니, 코끼리처럼 건장하고 아름다운 청년이 시무르그 앞에 몸을 낮게 구부린 채 큰 소리로 축복의 기도를 하고 있었다.

"오, 새들의 샤이며 사악함을 물리치는 새들의 신이여, 영원히 위대하기를 기원합니다."

청년이 기도를 끝내기도 전에 시무르그는 하늘 위로 날아올랐다. 사움의 눈길은 아들에게서 떠날 줄 몰랐다. 아들은 은발인 것을 제외하고는 왕좌에 완벽하게 어울리는 인물이었다. 사움은 아들에게 용서를 빌었다.

"오, 내 아들아, 신의 종 가운데 가장 부끄러운 나에게 네 마음을 열어 주려무나. 우리를 만드신 신 앞에서 맹세하노니, 다시는 너에게 냉정해지지 않을 것이며, 네가 바라는 것을 모두 받아들일 것이다."

사움은 아들에게 화려한 옷을 입힌 뒤, 노인이라는 의미의 '잘'이라고 이름 지어 주었다. 그리고 아들을 군대에 선보였다. 잘생기고 건장한 잘을 본 병사들이 기쁨의 함성을 질렀다. 사움은 병사들에게 세이스탄으로 돌아가자고 했다. 코끼리에 올라탄 큰북을 치는 사람들이 앞장서 움직일 때 피어오른 흙먼지가 하늘을 뒤덮었다. 작은북이 둥둥 울리고, 트럼펫 소리가 높이 울려 퍼졌으며, 심벌즈가 챙챙 부딪쳤다. 흥겨운 음악 소리가 온 나라에 가득 찼다. 사움이 아들을 찾은 기쁨을 모두가 한마음으로 나누었다.

미누치르는 사움이 위풍당당하게 산을 내려오고 있다는 소식을 들었다. 미누치르는 누데르를 보내 펠리바 사움을 맞이하게 했고, 그의 아들 잘을 궁정으로 데려오라고 했다. 사움은 궁정으로 들어갔다. 왕관을 쓴 샤가 카이아니데스의 왕좌에 앉아 있고 오른쪽에 카룬 펠리바가 서 있었다. 샤는 사움에게 왼쪽에 앉으라고 한 뒤 자초지종을 말하라고 했다. 사움은 자신이 저지른 악행과 잘에 대해 숨김없이 털어놓았다. 미누치르의 명령에 따라 잘을 데려왔다. 그의 늠름한 모습에 왕은 눈이 휘둥그레졌다. 왕이 사움에게 말했다.

"오, 이 세상의 펠리바여, 샤는 그대가 이란을 위해 이 고귀한 청년을 데려와서 기쁘다. 잘에게 당장 전쟁의 기술과 연회의 관습과 즐거움을 가르쳐라. 새둥주리에서 자라났으니 우리의 방식이 낯설지 않겠느냐?"

샤는 무비드들에게 잘의 별자리로 운명을 점쳐 보라고 했다. 그들은 잘이 용감하고 믿음직한 기사가 될 것이라고 했다. 이에 펠리바 사움은 한시름 놓았고, 샤는 기뻐하면서 잘에게 많은 선물을 주었다. 황금 안장을 얹은 아라비아말들, 황금 칼집에 들어 있는 인도의 칼, 룸의 두꺼운 비단, 동물의 가죽, 인드의 양탄자, 수없이 많은 루비와 진주들이었다. 노예들은 사움 앞에 사향과 호박을 쌓아 놓았다. 미누치르는 사움에게 왕좌와 왕관, 황금 띠를 하사하고, 중국의 바다에서 신드*의 바다까지, 그리고 자불리스탄**에서 카스피안에 이르는 지역의 통치자로 임명하였다. 미누치르는 사움에게 자기 앞에서 말을 타고 물러가라고 했다. 사움은 샤에게 신의 은총이 내리기를 기도한 다음 고향으로 향했다. 음악 소리가 그의 앞길을 인도했고, 긴 행렬이 뒤를 따랐다.

위대한 영웅이 가까이 왔다는 소식에 세이스탄은 온통 축제 분위기였다. 너나없이 천국의 은총이 사움의 아들, 잘에게 내리기를 외쳤으며, 엄청난 선물이 그의 발밑에 쏟아졌다. 사움이 아들을 찾았다는 소식에 온 나라가 기쁨으로 가득 찼다.

사움은 즉시 현자들을 불러 모아 잘에게 왕의 미덕을 가르치도록 했다.

잘의 지혜와 힘이 나날이 자라났으며, 그의 명성이 온 나라에 퍼졌다. 사움이 샤의 전투에 나가서 왕국을 직접 다스릴 수 없을 때에는 잘이 정의와 미덕으로 그 일을 대신했다.

---

* 파키스탄 남동부의 인더스 강 하류 지역(옮긴이)
** 아프가니스탄 남부의 자불 지방(옮긴이)

4
잘과 루다베

　잘은 왕국을 돌아보기로 마음먹고 길을 떠났다. 긴 행렬이 뒤를 따랐다. 그들은 한동안 여기저기 돌아다니다가 보무당당하게 카불로 들어섰다. 뱀왕 조학의 자손인 미흐랍이 카불을 다스리고 있었는데, 그는 훌륭하고 신중하며 현명했다. 그는 자기가 존경하는 사움의 아들이 카불에 온다는 소식을 듣고, 노예들에게 값비싼 선물을 짊어 지게 하고 귀족들과 함께 맞이하러 나갔다. 미흐랍이 가까이 왔다는 말을 들은 잘은 막사 안에서 연회를 준비했다. 미흐랍과 그의 일행은 밤늦게까지 맘껏 먹고 즐겼다. 미흐랍이 떠난 뒤 잘이 그의 멋진 외모를 칭찬하자 귀족들이 일어나서 말했다.

　"오, 잘이시여, 그의 딸을 보기 전에는 아름다움에 대해서 말할 수 없습니다. 그녀는 날씬한 삼나무 같고, 얼굴은 태양보다 빛나며, 입술은 석류꽃과 같답니다."

그날 밤 잘은 그녀의 아름다움을 상상하느라 잠을 이룰 수 없었다.

날이 밝자 잘은 궁정 문을 활짝 열었다. 귀족들이 각자의 지위에 맞추어 잘을 둘러싸고 섰다. 곧 카불의 왕 미흐랍이 이방인에게 아침 인사를 건네려고 활짝 열린 문으로 들어왔다. 잘은 그가 자기를 초청할 것이라고 짐작했다. 미흐랍이 말했다.

"오, 강하고 위대한 통치자여, 저에게 작은 소망이 하나 있습니다. 폐하가 저희 집에서 묵어가기를 바랍니다. 그러면 저에게는 더없는 영광일 것입니다."

잘이 대답했다. "오, 왕이시여, 그것은 불가합니다. 삼가 이해를 구하노니, 절대 이루어질 수 없는 일입니다. 제가 조학의 집에서 머무른다면 샤와 사움이 유감스러워할 것입니다. 그 밖에는 무엇이든 말씀하십시오."

미흐랍이 못내 아쉬워하면서 허리 굽혀 인사하고 막사를 떠났다. 잘의 눈길이 그 뒤를 좇았고, 다시 한 번 그를 칭찬했다. 그와 함께 불현듯 왕의 딸이 떠오르자 우울함과 욕망 속에 빠져들었다. 하지만 며칠 지나자 곧 잊어버렸다.

어느 날 아침 미흐랍은 아내 신독트와 딸 루다베가 보고 싶어서 여자들이 사는 별궁으로 향했다. 별궁은 정원처럼 색채와 향기가 다채로웠고, 달처럼 아름답게 빛났다. 루다베를 본 미흐랍은 새삼 딸의 사랑스러움에 눈이 동그래졌다. 그녀의 머리 위에 천국의 은총이 내리기를 기도했다. 신독트가 문이 활짝 열려 있는 이방인의 막사에 궁금증을 나타냈다. 그녀가 물었다.

"사움의 아들인 머리 하얀 청년은 어땠어요? 그는 새둥주리에 어울리나요, 아니면 왕좌에 어울리나요?"

미흐랍이 대답했다. "오, 나의 아름다운 삼나무여, 사움의 아들은 영웅 중에 영웅이더라. 심장은 사자와 같고, 힘은 코끼리와 같으며, 친구에게는 자비로운 나일 같고, 적에게는 무자비한 악어와도 같아요. 게다가 흠결조차 아름답게 보여서, 흰 머리카락은 그를 더욱 빛나게 하더군."

루다베는 그 말을 듣고 잘에 대한 사랑이 불타올라, 먹을 수도 잠잘 수도 없어서 하루가 다르게 수척해졌다. 그녀는 괴로운 마음을 홀로 품고 있기 힘들어서 자기가 아끼는 종들에게 비밀을 털어놓았다. 그리고 단단히 입단속을 하면서, 제발 자기를 도와 달라고 했다. 종들은 소스라치게 놀라면서 상처가 깊은 사람에 대한 마음을 접으라고 한목소리로 충고했다. 하지만 루다베는 요지부동이었다. 그들은 그녀의 마음이 굳센 것을 알고 할 수 없이 도와주기로 했다. 그들 가운데 현명한 종이 말했다.

"오, 달처럼 아름답고 삼나무처럼 날씬한 아가씨, 원하는 바가 이루어지길. 저희들은 그분이 아가씨의 이마에 입을 맞출 때까지 쉬지도 않고 잠을 자지도 않을 것입니다."

루다베가 기뻐하며 말했다.

"일이 잘되면 너희에게는 풍요로운 삶과 보물이 주어질 것이다."

종들은 좋은 방법이 없을까 궁리하고 또 궁리했다. 어설픈 방법으로는 목적을 이룰 수 없을 것이다. 그들은 즉시 멋진 옷으로 갈아입고, 도시 밖 강둑 옆에 펼쳐져 있는 꽃밭으로 나갔다. 그들은 장미꽃을 꺾어 머리에 꽂기도 하고 점을 치려고 강물 속에 던지기도 했다. 그곳은 잘의 막사 건너편에 있었다. 잘이 마침 그들을 보고 시종에게 누구냐고 물었다. 시종이 대답했다.

"저들은 카불의 딸이 꽃밭으로 보낸 종들입니다."

잘은 그 말을 듣고 가슴이 뛰었다. 그는 시종을 데리고 강둑으로 나갔다. 때마침 물새가 날아오르자 활을 쏘아 새의 심장을 맞혔다. 새는 루다베의 종들 사이로 떨어졌다. 잘은 시종에게 새를 가져오라고 했다. 시종이 강 건너편에 이르자 달처럼 아름다운 여인들이 그를 둘러싸고 물었다.

"오, 소년이여, 활을 쏜 분에 대해 말해 보아요. 분명 범상치 않은 분이신 듯한데."

소년이 대답했다. "세상에, 사움의 아들이자 영웅인 저분을 모른다고요? 저분의 힘과 아름다움을 따를 자는 이 세상에 없습니다."

여자들은 어처구니가 없다는 듯이 말했다. "그럴 리가. 허풍 떨지 말아요. 미흐랍의 궁전을 비추는 태양이 그 무엇보다 환하게 빛나는걸요."

소년은 미소를 지었고, 잘에게 돌아갈 때까지 미소가 사라지지 않았다.

"뭐라디냐? 무슨 말을 들었기에 미소가 떠나질 않는 거지?"

소년은 들은 대로 전했다. 잘이 말했다.

"다시 건너가서 그들에게 기다리라고 전해라. 그러면 장미꽃과 함께 보석을 갖고 가게 될 것이라고."

잘은 자신의 보물 가운데 진주와 황금으로 된 장신구들을 골라서 여자들에게 보냈다. 그러자 루다베에게 충성할 것을 맹세했던 여종이 영웅의 얼굴을 직접 보고 싶다면서 말했다.

"셋이 알고 있으면 비밀이라고 할 수 없습니다." 잘은 그녀의 뜻을 받아들였다. 그녀는 잘에게 루다베의 아름다움에 대해 말했고, 그의 열정은 더욱 타올랐다. 그가 말했다.

"간절히 부탁하는데, 그 미인을 한 번이라도 볼 수 있는 방법을 알려 달라. 내 가슴이 갈망으로 가득 차 있으니."

여종이 대답했다. "저희가 여자들이 사는 별궁으로 돌아가는 대로 루다베 아가씨에게 사움의 아들에 대한 칭송을 늘어놓을 것입니다. 그러면 아가씨는 그물에 걸려들 것이고, 사자는 사냥감을 쫓는 즐거움을 누리게 될 것입니다."

잘과 헤어진 여종은 별궁으로 돌아와 들뜬 목소리로 말했다.

"올가미를 놓으면 사자가 스스로 걸려들 겁니다. 그러면 루다베 아가씨와 잘 왕자는 반드시 이루어질 거예요."

그들이 별궁 문으로 들어가려 할 때 문지기가 나와 카불에 낯선 이들이 머무르고 있는데 말없이 나갔다 왔다며 나무랐다. 여종들은 비밀이 탄로 날까 봐 노심초사했다. 가까스로 문지기의 화를 가라앉히고 루다베에게 갔다. 그들은 앞 다투어 사움의 아들 잘의 아름다운 용모와 용맹함을 얘기했다. 루다베가 미소를 머금고 말했다.

"왜 갑자기 태도가 바뀌었느냐? 아까는 새가 기른 젊은이에 대해 멸시하듯 말하지 않았느냐? 그런데 지금은 한목소리로 칭찬하는구나."

루다베는 은밀히 집 안을 꾸며 손님 맞을 준비를 했다. 룸의 비단을 걸고 인드의 양탄자를 깔았으며, 사향과 용연향을 뿌리고 방마다 꽃으로 장식했다. 해가 지자 여종은 집 안의 문을 모두 잠근 다음 열쇠를 가지고 잘에게 가서 나지막한 목소리로 말했다.

"어서 오세요, 준비가 다 되었습니다." 잘은 그녀의 뒤를 따라갔다. 그들이 별궁에 이르렀을 때, 잘은 왕의 딸이 지붕 위에 서 있는 것을 보았다. 그녀는 달빛을 받고 서 있는 삼나무처럼 아름다웠다. 그녀가 말했다.

"환영합니다. 오, 영웅의 아들인 청년이여, 천국의 은총이 펠리바에게 머물기를."

잘은 그녀의 축복 기도에 답례하면서, 안으로 들어가 좀 더 가까이에서 얘기를 나누고 싶다고 했다. 잘은 바닥에 있고 그녀는 지붕 위에 있었기 때문이다. 요정 같은 얼굴의 미녀가 삼단 같은 검은 머리를 풀자 바닥까지 닿을 정도로 길었다. 그녀가 말했다.

"끊어지지 않는 줄을 내려 드릴 테니 잡고 올라오세요. 오, 펠리바여, 제 머리카락이 바로 펠리바에게 드리우는 올가미랍니다."

잘이 소리쳤다. "그럴 수 없어요. 오, 아름다운 이여, 그대를 아프게 하고 싶지 않습니다."

잘은 그녀의 머리카락에 입을 맞추었다. 그는 밧줄을 옭아서 고를 낸 다음 위로 던져 성벽에 걸었다. 잘은 밧줄을 잡고 단숨에 지붕까지 올라갔다. 루다베가 그의 손을 잡았고, 그들은 함께 계단을 내려와 황금의 방으로 갔다. 여종들이 두 사람을 빙 둘러섰다. 서로의 아름다움을 확인한 그들이 달콤한 대화를 나누는 동안 시간이 쏜살같이 흘러갔고, 그들의 가슴속에는 사랑이 불타올랐다. 잘이 진심을 다해 말했다.

"오, 아름다운 삼나무여, 사향의 향기여, 이 일이 알려지면 미누치르는 노여워할 것이고 아버지는 나를 꾸짖을 것이오. 그들은 내게 신을 잊었다고 말하며 나를 벌줄지도 모르오. 하지만 그대에게 맹세하노니, 그대가 없다면 내 삶은 무의미할 뿐이오. 하늘을 향해 말하노니, 그대만이 나의 신부입니다."

루다베가 말했다. "저 또한 그대에게 맹세합니다."

시간은 빠르게 흘러갔고, 왕의 막사 밖에서 날이 밝아 오는 것을 알리는 북소리가 들려왔다. 잘과 루다베는 한목소리로 기원했다.

"오, 세상의 빛이여, 제발 천천히, 조금만 더 천천히 오기를."

태양이 그들의 바람을 알 리 없으니 야속하게도 헤어질 시간이

다가왔다. 잘은 다시 밧줄을 타고 내려와 사랑하는 이의 거처를 떠났다.

날이 훤히 밝자 귀족과 족장들이 아침 문안을 하고 갔다. 잘은 무비드들에게 뱀왕의 딸을 사랑하게 되었다고 고백했다. 무비드들은 아연실색했다. 그들은 입을 굳게 다문 채 침묵을 지켰다. 그들 가운데 아무도 꿀과 독이 섞여 있는 잘의 사랑을 지지하지 않았다. 잘은 그들에게 의견을 말하면 선물을 한가득 주겠다며 애원하다시피 했다. 그러자 무비드들은 여자 하나 때문에 왕의 명예가 실추되지는 않을 것이라면서 미흐랍이 조학의 자손이기는 하지만 고귀하고 용맹하다고 덧붙였다. 그리고 일단 사움에게 편지를 써서 자초지종을 알리고, 샤의 시중을 들게 주선해 달라고 얘기하라고 했다.

잘은 대필자에게 자기 말을 받아 적게 했다. 그는 사움에게 자신의 사랑과 두려움에 대해 말했다. 그리고 아버지가 자기를 버렸던 일, 자기가 새둥주리에서 살았던 일, 새가 자신을 기르고 머리 위에서 태양이 뜨겁게 이글거렸던 일, 아버지가 좋은 집에서 비단옷을 입고 지내는 동안 자신은 날고기로 배를 채우며 살았던 일을 늘어놓았다. 또한 사움이 자신에게 했던 약속을 상기시켰다. 그는 앞으로 일어날 일을 해명할 방법을 찾으려 하지도 않고 전령에게 편지를 주면서 속히 달려가라고 했다.

사움은 편지를 읽고 괴로움에 빠져 울부짖었다. "오, 슬프도다. 잠재되어 있던 의식이 이렇게 나타나는구나. 길들여지지 않은 새가 길렀으니 욕망을 충족시키는 방법도 길들여지지 않을밖에. 감히 저주받은 종족과의 결합을 원하다니."

사움은 어찌해야 좋을지 판단이 서지 않았다. "만약 불화의 싹을 잘라 버리기 위해 욕망을 버리라고 한다면 나는 맹세를 저버리는 것이 되어 신에게 벌을 받을 것이다. 하지만 내가 이를 묵인한다면 새에게 양육된 아들이 악마와 결합함으로써 어떤 일이 벌어질지 알 수 없잖은가?"

사움의 가슴은 근심으로 답답해졌다. 그는 무비드들을 불러서 별자리를 살펴보도록 하였다.

"만약 내가 불과 물을 섞는 잘못을 저지른다면 또 다른 잘못을 낳을 것이다."

무비드들은 하루 종일 운명의 비밀을 탐색하고, 잘과 루다베의 별자리를 점쳤다. 마침내 그들은 기뻐하면서 왕에게 돌아왔다. 왕은 수고양이처럼 안절부절못하고 있었다. 무비드들이 말했다.

"오, 사움이시여, 축하드립니다. 저희가 별들의 움직임과 그 길을 헤아려서 하늘이 보내는 신탁을 읽었습니다. '맑은 샘물이 솟아오르고 힘과 영광이 가득한 잘에게 아들이 태어날 것이니, 이란에서는 그 누구보다도 뛰어날 것이다.'"

신탁을 전해 듣고 사움은 어찌나 기분이 좋은지 무비드들에게 선물을 한 아름씩 안겨 주었다. 그리고 잘의 전령에게도 은 덩어리를 주면서 주인에게 이렇게 전하라고 했다.

"오, 내 아들아, 네가 비록 원수 집안의 딸과 사랑에 빠지긴 했지만 널 지지한다. 나는 곧바로 이란으로 가서 너를 위해 샤를 설득할 것이다."

사움은 군대를 이끌고 이란을 향해 출발했다. 트럼펫과 심벌즈 소리가 앞에서 울려 퍼졌다.

잘은 전령의 말을 듣고 뛸 듯이 기뻐하면서 신을 찬양했다. 그는 가난한 사람들에게 금과 은을 나눠 주고, 종들에게 선물을 주었다. 밤이 되었지만 잘은 도무지 잠을 이룰 수 없었다. 포도주를 마실 수도 가수의 노래를 들을 수도 없었다. 그의 영혼은 사랑에 대한 갈망으로 가득 차 있었던 것이다. 잘은 여종에게 사움의 편지를 주면서 루다베에게 전하라고 했다. 편지를 읽고 난 루다베도 기뻐서 어쩔 줄 모르면서 자신의 보석 가운데 값비싼 왕관과 반지를 주면서 잘에게 갖다 주라고 했다. 여종이 방에서 나오다가 신독트와 맞닥뜨렸다. 왕비가 물었다.

"너는 어디에서 왔느냐? 섣불리 속일 생각 말고 당장 이실직고하라. 얼마 전부터 네가 이리저리 왔다 갔다 하는 걸 이미 알고 있었다."

여종은 부들부들 떨면서 엎드려 왕비의 발에 입을 맞추고 대답했다.

"보잘것없는 저를 가엾게 여기고 헤아려 주세요. 저는 하도 가난해서 빵을 얻기 위해 이것저것 무엇이든 한답니다. 주로 부자들에게 옷과 보석을 팔지요. 오늘은 루다베 아가씨가 작은 왕관과 금

팔찌를 사셨어요."

신독트가 말했다. "그럼 루다베에게 물건 값으로 받은 돈을 내보여라. 그러면 네 말을 믿을 테니."

여종이 대답했다. "루다베 아가씨가 내일 값을 치르겠다고 하셔서 돈을 받지 못했습니다."

신독트는 여종이 거짓말한다는 사실을 알아차렸고 잽싸게 여종의 소매 속을 뒤졌다. 그 속에서 루다베가 직접 건넨 왕관이 나왔다. 왕비는 화가 나서 여종을 쇠사슬로 묶으라고 명령하고 딸을 불러들였다. 루다베가 나타나자 신독트가 말했다.

"오, 고귀한 달의 혈통이여, 내 너를 그리 가르치지 않았거늘 너는 어찌 사악한 길로 접어들어 헤매느냐? 오, 딸이여, 어미에게 비밀을 털어놓아라. 이 여자는 누가 보냈으며 너는 어떤 남자에게 선물을 보내는 것이냐?"

루다베는 부끄러워 어쩔 줄 몰라 하다가 용기를 내어 신독트에게 사연을 털어놓았다. 왕비는 딸의 이야기를 듣고 당황했다. 샤의 분노가 두려웠고, 이러한 불미스러운 일을 빌미로 샤가 카불을 공격해 폐허로 만들어 버릴까 봐 겁이 났다. 왕비는 자신의 방으로 돌아가서 슬픔에 젖어 눈물을 흘렸다. 그때 미흐랍이 신독트의 방으로 들어왔다. 그는 잘이 자신을 정중하게 대접해서 한껏 들떠 있었다. 그런데 왕비가 울다니 도무지 영문을 알 수 없었다. 왕비는 딸이 사움의 아들 잘과 사랑에 빠졌다고 했다. 미흐랍은 왕비의 말을 듣고 근심이 태산 같았다. 카불이 샤에게 대항할 수 없음을 잘 알고 있었기 때문이다.

한편 이 일을 전해 들은 미누치르는 곤혹스러웠다. 그것이 아리만의 계책임을 알아차렸으며, 이 결합이 이란에 불행을 불러오지 않을까 두려웠다. 그는 나우데르에게 사움을 불러오라고 했다. 사움은 샤가 부른다는 말을 듣고 말했다.

"곧 가겠습니다. 왕의 모습을 보는 것은 제 영혼의 연회와도 같으니." 사움은 미누치르를 만나러 갔다. 그는 땅바닥에 입을 맞추고 샤의 머리 위에 축복이 내리기를 기원했다. 미누치르는 그를 일으켜 왕좌 옆에 앉힌 다음 마친데란* 악마들과 전쟁에 대해 물었다. 사움은 왕에게 자신이 치른 전투에 대해 낱낱이 이야기했다. 길고 긴 이야기였지만 미누치르는 즐거운 듯 귀를 기울였다. 사움이 말을 마치자 샤는 그의 기량을 칭찬한 뒤 자신의 왕관을 높이 치켜들고 적이 혼란에 빠진 것을 기뻐했다. 그는 연회를 열어 밤새도록 영웅들이 음식을 먹고 포도주를 마시며 즐기도록 했다. 아침의 첫 햇살이 비치고 왕궁의 커튼이 걷히자 샤는 신하들의 청원을 귀 기울여 들었다. 펠리바 사움이 잘에 대해 말하려고 맨 처음 왕 앞으로 나섰다. 하지만 샤가 먼저 말했다.

"오, 사움이여, 군대를 이끌고 곧장 떠나라. 그대에게 다시 전쟁

---

* 현재 이란의 북서부에 위치한 마잔다란 주 지역을 가리킨다.

터로 돌아갈 것을 명한다. 카불로 가서 미흐랍의 궁전을 불태우고 그의 종족과 그를 섬기는 사람들을 모두 파멸시켜라. 조학의 후손은 그 누구도 파멸을 면해서는 안 될 것이다. 그 땅은 뱀의 혈통을 잉태한 곳이기 때문이다."

사움은 샤가 머리끝까지 화가 났기 때문에 지금은 무슨 말을 해도 소용이 없음을 알았다. 그래서 왕좌에 입을 맞추고 땅에 이마를 댄 채 말했다. "왕이시여, 저는 폐하의 종이니 폐하의 뜻에 따르겠습니다." 사움은 곧바로 출발했다. 병사들의 발소리와 말발굽 소리에 땅이 울렸고, 창을 든 사움의 병사들로 도시는 긴장된 분위기에 휩싸였다.

사움의 군대가 쳐들어온다는 소식에 카불은 비통함에 잠겼고, 왕의 궁전에서는 흐느낌 소리가 담을 넘었다. 잘은 격노하여 아버지를 맞이하러 나갔다. 아버지의 군대가 진을 치고 있는 곳에 이르러 잘은 다시 한 번 아버지의 맹세를 상기시키면서, 죄 없는 사람들을 응징하지 말고 카불 땅을 구해 달라고 애원했다.

"오, 내 아들아, 네 말이 옳다. 지금까지 너에게 해 준 게 하나도 없구나. 이번 일은 내가 반드시 해결책을 찾아낼 테니 내가 보내는 편지를 갖고 샤에게 가라. 네 얼굴을 보면 샤의 마음이 진정될 것이다."

잘은 엎드려 땅에 입을 맞추고, 아버지에게 신의 은총이 내리기를 기원했다. 사움은 샤에게 보내는 편지를 받아 적도록 했다. 편지에서 사움은 자신이 미누치르를 위해 했던 일들, 나라를 황폐하게 만든 용을 죽이고 이란의 적들을 굴복시키고 국경을 넓힌 일들에 대해 상세히 말했다. 이제는 나이 들어 예전처럼 맹위를 떨칠 수는 없지만 다행히 귀하고 진실하며 용감한 아들이 있으니 자신의 뒤를 따르게 될 것이라고 덧붙였다. 다만 지금은 아들이 사랑의 질곡에 빠져 몹시 고통스러워하니 이 문제를 해결하려면 샤의 지혜가 절실히 필요하므로 부디 도와 달라면서 편지를 마무리 지었다.

잘은 편지를 가지고 샤의 궁전을 향해 떠났고 군대가 뒤를 따랐다.

카불 사람들은 미누치르에 대한 두려움이 매우 컸기 때문에 미흐랍은 왕 중의 왕의 노여움을 어떻게 가라앉힐 수 있을지 걱정이 이만저만 아니었다. 그가 신독트에게 말했다.

"우리의 잘난 딸 때문에 샤의 화가 머리끝까지 치솟았고 카불이 위태로워졌으니 루다베를 샤의 궁전으로 데려가 샤가 보는 앞에서 죽일 작정이오. 그러면 샤의 노여움이 누그러질지도 모르니."

신독트는 말없이 듣기만 했다. 미흐랍이 가고 난 뒤 그녀는 대책을 세우려고 이리저리 궁리했지만 뾰족한 수가 떠오르지 않았다. 그녀는 불현듯 한 가지 방법을 생각해 냈다. 그녀는 미흐랍에게 보물 창고의 열쇠를 달라고 간청했다.

"일이 잘못되면 이까짓 게 다 무슨 소용이에요. 사움에게 가서 어떻게든 해 볼 테니 말리지 마세요. 내가 그의 마음을 돌려 이 나라를 구할 수 있을지도 모르니까요."

미흐랍은 겁에 질려 있었으므로 그녀가 하는 대로 내버려 두었다. 신독트는 금덩어리 3만 개와 은으로 장식한 말 60마리, 사향과 장뇌, 루비와 터키석, 그리고 온갖 종류의 보석으로 가득 채운 컵을 든 노예 60명을 데리고 사움의 왕궁으로 떠났다. 단봉낙타 200마리와 양탄자와 룸의 비단을 실은 인도코끼리 네 마리가 그 뒤를 따랐다. 행렬은 성문 밖 3킬로미터까지 이르렀다. 세이스탄에 도착한 신독트는 문지기에게 카불에서 특사가 편지를 가지고 왔다고 알리라고 했다. 사움이 신독트를 맞았다. 그녀는 왕궁 바닥에 입을 맞추고, 신의 은총이 그의 머리 위에 쏟아져 내리기를 기원했다. 그녀는 선물을 사움 앞에 내려놓았다. 보물들을 보고 눈이 동그래진 사움이 생각에 잠겼다. '이렇게 부유한 나라에서 어찌하여 이 여인을 특사로 보냈을까? 내가 이 선물을 받으면 샤가 노여워할 것이고, 거절하면 잘이 자신이 물려받을 유산이 줄어들었다고 나를 비난할지도 모른다.'

"이 보물들은 내 아들의 재산 관리자가 맡게 될 것이다."

신독트는 자신이 가져온 선물이 받아들여지자 내심 뿌듯하여 자기도 모르게 목소리가 높아졌다. 그녀는 사움에게 물었다.

"제가 간절히 묻겠습니다. 카불 사람들이 폐하에게 무슨 잘못을 저질렀기에 그들을 파멸시키려 합니까?"

영웅 사움이 대답했다. "묻는 말에 거짓 없이 대답하라. 너는 여종이냐, 아니면 미흐랍의 아내이냐? 잘이 만나는 여자가 혹시 네 딸이냐? 만약 그렇다면 그녀에 대해 말해 보아라. 내 아들에게 어울릴 만한 사람인지 알고 싶구나."

신독트가 대답했다. "오, 펠리바여, 먼저 저와 저에게 소중한 이들의 목숨을 살려 주겠다고 약속해 주세요. 폐하가 보호해 주신다면 모든 것을 소상히 말씀드리겠습니다."

사움은 신독트의 손을 잡고 굳게 약속했다. 신독트는 두려움이 사라졌다. 그래서 그에게 비밀을 털어놓았다.

"저는 조학의 자손이자 용맹한 미흐랍의 아내이며, 폐하의 아드님과 사랑에 빠진 루다베의 어미입니다. 저는 폐하의 뜻을 알게 되었고, 카불에 있는 폐하의 적이 누군지도 알게 되었습니다. 사악한 자들, 응징되어 마땅한 자들을 파멸시키세요. 하지만 제발 죄 없는 사람들을 살려 주십시오. 그렇지 않으면 폐하의 행동이 밤과 낮을 바꾸게 될 것입니다."

사움이 말했다. "나의 맹세는 신성하다. 내 목숨을 걸고라도 너와 네 종족과 카불을 해치지 않을 터이니 믿고 안심해도 좋을 것이다. 루다베가 비록 이방인의 자손일지라도, 잘이 그녀를 아내로 맞을 수 있기를 바란다."

그는 자신이 사에게 절절한 탄원의 편지를 썼고, 잘이 그 편지를 가지고 떠났다면서 그녀에게 루다베에 대해 말해 보라고 했다.

신독트가 대답했다. "만약 이 세상의 펠리바께서 저희가 사는 곳을 방문하시어 달 같은 저희 딸을 직접 보신다면 더없이 기쁠 것입니다."

그러자 사움이 미소를 지으며 대답했다. "걱정하지 말고 마음을 편히 가져라. 네 뜻을 따를 테니."

이 말을 듣고 신독트는 사움에게 작별 인사를 한 뒤 서둘러 돌아갔다. 사움은 그녀에게 선물을 주면서 안전하게 출발하도록 배려했다. 신독트의 얼굴은 구름이 걷힌 달처럼 환하게 빛났으며, 그녀의 가슴은 희망을 되찾아 고요해졌다.

한편 잘에게 무슨 일이 있었는지 살펴보자. 그는 미누치르의 궁전에 들어서자마자 앞으로 나아가 샤의 발아래 흙바닥에 입을 맞추고 엎드렸다. 샤가 그 모습을 보고 감동받아 신하를 시켜 잘을 일으켜 세우고 그에게 사향을 부어 주었다. 잘이 왕좌 가까이 다가가 사움이 쓴 편지를 건네주었다. 미누치르가 편지를 읽고 나서 비탄에 젖은 목소리로 말했다.

"그대의 아버지 사움이 슬픔에 잠겨 쓴 이 편지가 내 안에 있는 오래된 고통을 일깨우는구나. 나의 충실한 신하를 위해 그대가 원하는 바를 허락할 것이다. 내가 그대에 대해 현자들에게 조언을 구하는 동안 잠시 머물러 있으라."

요리사들이 귀하고 맛있는 음식을 내왔고, 잘은 샤 옆에 앉았으며, 귀족들은 지위에 따라 탁자에 둘러앉아 술과 고기를 함께 즐겼다. 이윽고 밤의 장막이 드리워지자 잘은 말 위에 올라타 불안한 마음으로 나라 안을 돌아다녔다. 그의 가슴은 생각으로 뒤덮이고, 입은 하고 싶은 말로 가득 찼기 때문이다. 아침이 되자 그는 샤 앞으로 나아가 청원했다. 그의 말과 태도에 샤는 호감을 느끼는 것 같았다. 샤는 현자들을 불러 이 문제에 대해 별자리로 점을 쳐 보도록 했다. 사흘 낮과 밤 동안 무비드들은 꼼짝 않고 하늘을 관찰했고, 나흘째 되는 날 샤 앞에 나아가 말했다.

"만수무강하소서, 황금 벨트를 찬 영웅이시여, 기쁜 소식을 가져 왔습니다. 사움의 아들과 미흐랍의 딸은 훌륭한 짝이 될 것입니다. 두 사람이 결혼하면 전투용 코끼리 같은 아들을 낳을 것이며, 그는 모든 사람을 자신의 칼 아래 굴복시키고 이란의 영광이 하늘에 닿게 할 것입니다. 또한 이 땅에서 사악함을 뿌리 뽑아 악이 발 붙일 수 없게 만들 것입니다. 세그사르와 마친데란은 그의 철퇴가 얼마나 무거운지 깨닫게 될 것이며 투란에 공포와 두려움을 안겨 줄 것입니다. 반면에 이란은 번영할 것입니다. 그는 불행을 잠재울 것이고, 불화의 문을 닫을 것이며, 잘못된 행동의 길을 막아 버릴 것입니다. 그가 살아 있는 한 왕국은 태평성대를 누릴 것이고, 룸 과 인드와 이란은 옥새에 그의 이름을 새길 것입니다."

샤는 그 말을 듣고 무비드들에게 예언의 내용을 비밀에 부치라고 했다. 그리고 잘을 불러서 그의 지혜를 시험하겠다고 했다. 현자들 과 무비드들이 둥글게 모여 앉아 사움의 아들에게 질문을 던졌다.

첫 번째 무비드가 말했다.

"아름답고 고결하게 잘 자란

열두 그루 초록 나무를 본 적이 있습니다.

나무마다 활기차게 순을 틔워 서른 개의 가지를 뻗었으니,

이란 왕국 안에서는 흥하지도 이울지도 않을 것입니다."

잘이 곰곰이 생각하다가 대답했다.

"일 년은 열두 달, 각각의 달은

새롭게 빛나는 왕좌에 앉은 새로운 왕과 같습니다.

모든 달은 왔다가 서른 날 만에 가지요."

두 번째 무비드가 질문을 던졌다.

"머리를 꼿꼿이 들고 있는 이여,

두 마리 말에 대해 말해 보시오.

둘 다 혈통이 좋고 발이 빠르지요.

한 마리는 밤의 폭풍처럼 검고,

한 마리는 수정처럼 희고 아름답지요.

두 마리는 결코 도달할 수 없는 결승점을 향해

헛되이 서두르며 영원한 경주를 벌입니다."

잘이 다시 한 번 생각에 잠겼다가 대답했다.

"쏜살같이 날아가듯 영원히 달려가는,

하나는 검고 하나는 흰 두 마리 멋진 말.

그들은 하늘의 맥박을 헤아리는 낮과 밤입니다.

사냥감을 쫓듯이,

그들은 결코 이길 수 없는 경주를 하며 달려가지요."

세 번째 무비드가 질문했다.

"왕 앞에 서른 명의 기사가 지나갑니다.

자세히 들여다보니 하나가 사라졌어요.

그런데 다시 보니 서른 명이 늘어서 있습니다."

잘이 대답했다.

"기사가 서른 명이었다가

어느 순간 하나가 빠졌다가 다시 서른 명이 됩니다.

바로 우리를 다스리는 신이 지배하는 달이 그렇지요.

그러니까 무비드의 말은 달이 기울었다가,

어둠 속으로 사라졌다가, 다시 나타나는 것을 말하는 것이지요."

네 번째 무비드가 질문했다.

"풀이 무성한 푸른 정원이 있습니다.

날카로운 낫을 든 사람이 들어와

싱싱한 것과 시든 것 할 것 없이 식물을 베어 냅니다.

매우 고통스러워하면서 호소해도 그를 말릴 수 없어요."

잘이 이번에는 깊이 생각하더니 대답했다.

"푸른 정원에 날카로운 낫을 든 사람이 나타나,

어떤 애원이나 절규에도 귀를 기울이지 않고

싱싱하든 시들었든 풀을 가리지 않고 베어 낸다는 말씀이지요.

낫을 든 사람은 시간이고, 풀은 사람입니다.

시간은 동정심도 두려움도 없으니,

늙은 사람이나 젊은 사람이나 가리지 않지요.

사람의 지위도 그의 낫을 멈추게 할 수 없고,

사랑도 예외가 아니니, 시간은 사랑을 고독하게 만들지요.

인간은 모두 태어나서 이렇게 끝을 맞이해요.

탄생은 삶의 모든 문을 열고,

죽음은 사랑과 반목의 문을 닫아걸어요.

그리고 인간의 호흡을 헤아리는 운명이

각자에게 해당되는 삶의 길이를 정하지요."

다섯 번째 무비드가 질문했다.

"거친 바다에 마치 갈대처럼 삼나무 두 그루가 우뚝 서 있습니다.

새 한 마리가 둥지를 지었습니다.

새는 밤새도록 한 나무 위에 머물렀어요.

하지만 동이 트자 재빨리 다른 나무로 날아갔어요.

버려진 나무는 시들어서 죽었습니다.

새가 발을 딛고 있는 동안 나무는 달콤한 향기를 뿜어냈어요.

나무 한 그루는 영원히 죽어 버렸고,

다른 나무는 살아남아 언제나 꽃을 피웠습니다."

잘은 곰곰이 생각에 잠겼다가 입을 열었다.

"바다에서 자라난 삼나무 위에

새가 둥지를 짓고 머물렀다가 떠나는 이야기네요.

지구는 양자리에서 천칭자리까지를 지배하고,

밤의 어두운 그림자는 그 아래에 드리워지지요.

그러나 천칭자리가 끝나야 할 때

어둠과 우울함이 그 자리를 지배하지요.

무비드의 이야기는 하늘의 경계선으로부터

인간의 슬픔과 축복이 오는 것을 설명하고 있습니다.

태양이 새처럼 이리저리 날아다니면서

인간에게 행복을 가져다주지만 불행을 주기도 한다는 뜻이지요."

여섯 번째 무비드가 질문했다.

그것은 마지막 질문이었고, 대답하기 가장 어려운 것이었다.

모든 사람이 질문에 집중했고, 잘의대답에 귀 기울였다. 무비드
가 말했다.

"바위 위에 세워진 도시가 있었습니다.

사람들이 그곳에서 나와 덤불이 있는 땅 위를 선택했어요.

곧 훌륭한 집들이 솟아올랐고,

지붕은 달까지 닿을 만큼 높이 올라갔지요.

어떤 이들은 노예가 되고 어떤 이들은 왕이 되었습니다.

그들은 곧 예전에 살던 도시에 대한 기억을 잊었습니다.

아무도 그 이름을 입 밖에 내지 않아요. 하지만 들어 봐요!

지진이 일어나서 집들이 무너지고,

새 도시는 땅속의 갈라진 틈으로 사라져 버려요.

이제 사람들은 바위 위에 세웠던 옛 도시로 돌아가고 싶어 합니다.

오래 지속되는 것에 대해 이해하게 된 것이지요.

당신의 영혼 속에서 이 이야기의 진정한 의미를 찾아보시오.

왕들 앞에서 단언하건대,

만약 당신이 이 수수께끼를 올바로 해석한다면,

당신은 진정 검은 흙을 사향으로 변화시키는 것입니다."

잘은 수수께끼에 대해 얼마 동안 곰곰이 생각하다가 이윽고 말했다.

"바위 위의 도시는
영원하고 궁극적인 세계를 형상으로 설명한 것입니다.
덤불은 우리의 일시적인 삶,
그러니까 즐거움과 고통이 있는 곳,
꿈과 격렬한 다툼이 있는 세계,
노동이 있고 잃는 것과 얻는 것을 위한 시간을 말합니다.
이것은 심장의 박동에 관여해서 맥박을
자기 뜻대로 느리게 하거나 멈추게 하기도 합니다.
바람이 불고 지진이 일어나는 것은 불행과 비탄으로 인해
울음을 터뜨리게 되는 것이지요.
그러면 우리 인간은 낮은 곳에 있는 집을 떠나야만 합니다.
그리고 바위 위의 높은 요새로 기어서 올라가지요.
고통의 열매는 또 다른 수확을 얻게 합니다.
따라서 그것은 그렇게 남을 것입니다.
비록 우리가 사라진다 해도,
우리의 이름이 사랑받고 순수한 채로 남아 있다면
걱정할 것 없습니다.
사악한 사람들은 죽을 때조차

환한 태양 아래에서 거들먹거립니다.

가슴과 머리가 흙으로 덮일 때

두려움과 황폐함에 사로잡힐 것입니다."

잘이 말을 마치자 샤는 흐뭇해했고, 모여 있던 사람들은 감탄을 연발하면서 사움의 아들을 칭찬했다. 샤는 성대한 연회를 준비하라고 명령했으며, 그들은 주위가 캄캄해질 때까지 술을 마셨고, 두통으로 고생할 때까지 취했다. 아침이 되자 잘은 그만 돌아가겠다고 했지만 미누치르가 만류했다. "그럴 수 없어. 내 곁에서 하루만 더 머무르게." 그리고 북을 쳐서 수하 용사들을 불러 모으게 했다. 잘의 무술과 힘을 시험해 보고 싶었던 것이다. 샤는 궁전 지붕에 올라가 아래에서 벌어지는 경기를 지켜보았다. 사움의 아들 잘은 용맹한 기량을 마음껏 발휘했다. 그의 화살은 누구보다도 멀리 곧게 날아갔으며, 그의 창은 모든 방패를 뚫었고, 레슬링을 해서 한 번도 패한 적이 없는 가장 강한 용사를 굴복시켰다. 귀족들은 이러한 용맹함을 보고 박수를 치고 환호했으며, 미누치르는 잘에게 선물을 듬뿍 주었다. 그리고 사움의 편지에 다음과 같이 답장을 썼다.

"오, 나의 펠리바, 위대한 명성을 지닌 영웅이여, 나는 그대의 소망이 담긴 편지를 유심히 보았고, 그대의 아들로 부족함 없는 훌륭한 젊은이를 지켜보았네. 내가 자기에게 호감을 느꼈다는 것을 잘도 짐작했을 것이야. 나는 흡족한 마음으로 젊은이를 돌려보내

네. 그의 적들은 그를 해치지 못할 것이네."

샤가 돌아가도 좋다고 하자 잘은 가슴 가득 기쁨을 안고 고개를 꽂꽂이 든 채 출발했다. 잘이 샤의 편지를 전하자 사움은 다시 젊은이가 된 것처럼 행복했다. 출발을 알리는 북소리가 울리고 천막들이 준비되었으며, 발 빠른 단봉낙타 위에 올라탄 전령이 미흐랍에게 사움과 잘의 출발을 알리기 위해 떠났다. 소식을 전해 듣고 마음이 한결 가벼워진 미흐랍은 자신의 군대에 축제 대열로 정렬하라고 했다. 화려한 색깔의 비단 깃발이 도시를 장식했으며, 트럼펫과 하프, 심벌즈 소리가 울려 퍼졌다. 신독트는 기쁜 소식을 루다베에게 알려 주고 루다베의 거처를 낙원처럼 꾸몄다. 금실로 수놓은 양탄자와 보석을 바닥에 깔았고, 상아를 호화롭게 조각하여 만든 왕좌를 새로 들여놓았다. 바닥에는 장미수와 포도주를 뿌렸다.

미흐랍은 손님들이 도착할 시간에 맞춰 마중 나갔다. 그는 잘의 머리에 다이아몬드로 만든 왕관을 씌워 주었고 함께 기쁨에 휩싸인 도시로 들어섰다. 사람들이 너나없이 충성을 나타냈으며, 신독트가 궁전 문 앞까지 마중 나왔다. 그들 앞에 사향과 보석이 끝도 없이 쌓였다. 사움이 경의를 나타내는 사람들에게 미소로 화답한 다음 신독트에게 물었다.

"도대체 루다베는 언제 볼 수 있는가?"

신독트가 반문했다. "태양을 보는 대가로 저에게 무엇을 주실 수 있나요?"

사움이 대답했다. "그대가 원하는 것을 모두 주지. 내 노예들과 왕좌도 내줄 수 있네."

신독트가 사움을 커튼 안으로 안내했다. 루다베를 본 사움은 벌린 입을 다물 줄 몰랐다. 그녀는 상상했던 것보다 훨씬 아름다웠다. 사움은 그녀를 칭송할 말을 찾을 수 없어서 미흐랍에게 그녀의 손을 잡게 해 달라고 했다. 그리고 그들은 관습과 법에 따라 동맹을 맺기로 했다. 연인은 왕좌에 앉았고, 미흐랍이 선물의 목록을 읽어 내려갔는데 어찌나 많은지 도무지 끝날 줄을 몰랐다. 연회가 준비되었고, 그들은 이레 동안 먹고 마셨다. 한 달 뒤에 사움은 세이스탄으로 돌아갔으며, 잘과 루다베도 그의 뒤를 따랐다. 사움은 왕국을 아들에게 맡긴 채 다시 전쟁터로 떠났다. 잘은 지혜롭고 공정하게 나라를 다스렸다. 루다베는 잘의 왕좌 곁에 앉았고, 잘은 그녀의 머리에 황금 왕관을 씌워 주었다.

5

루스템

잘의 아들이 태어나기 전에 루다베는 밤낮없이 몹시 고통스러워
했다. 잘은 안절부절못하다가 문득 시무르그가 깃털을 주면서 했
던 말을 떠올렸다. 그는 그 새가 가르쳐 준 대로 깃털을 불 속에 던
졌다. 그러자 곧 주위에 날개를 퍼덕이는 소리가 가득 차면서 하늘
이 어두워지고 새들의 신, 시무르그가 잘 앞에 나타나 물었다.

"내 아들아, 무엇 때문에 괴로워하느냐? 내 사자의 눈에 왜 눈물
이 고여 있느냐?"

잘은 자신의 슬픔을 털어놓았다. 시무르그는 그를 격려해 주었
다. "네 아버지가 너를 버렸을 때 충심으로 너를 보호하고 돌봐 주
었던 유모가 너를 돕기 위해 여기 왔단다."

시무르그는 잘에게 방법을 일러 주고 나서 다시 둥지로 돌아갔
다. 잘은 그 새가 시킨 대로 했고, 마침내 예쁘고 건강한 아들이 태

어났다. 루다베가 아기를 보더니 미소 지으면서 말했다. "이 아이를 루스템*이라고 불러야겠어요. 내 고통을 내보냈으니까."

온 나라가 영웅 잘의 아들이 태어난 것을 기뻐했다. 나라 안이 온통 잔치를 즐기느라 들썩들썩했다.

발 빠른 전령이 사움에게 반가운 소식을 전했다. 전령은 루스템의 모습을 수놓은 비단을 가지고 갔다. 곤봉을 손에 쥐고 단봉낙타에 올라탄 어린 사자의 모습을 그대로 베낀 것이었다. 사움은 그 모습을 보자 심장이 요동치는 것을 느꼈다. 그는 전령에게 어마어마한 황금을 하사했으며, 오르마즈드에게 감사하면서 지칠 줄 모르고 아기의 얼굴을 들여다보았다.

여름이 여덟 번 지나간 뒤, 사움은 루스템이 건강하고 아름답게 자랐다는 말을 듣자 손자를 보고 싶어 좀이 쑤셨다. 그는 대군을 정비해서 자불리스탄으로 향하는 길에 손자를 보기로 마음먹었다. 루스템은 할아버지를 만나기 위해 전쟁용 코끼리를 타고 왔다. 그는 사움을 보자 고개를 숙여 축복해 주기를 기다렸다. 사움은 잘의 아들 루스템을 축복했다.

루스템이 말했다. "오, 펠리바시여, 저는 할아버지의 손자라는 사실이 기뻐요. 저는 잔치를 벌이는 것도, 잠을 자거나 쉬는 것도 바라지 않아요. 제 소망은 오로지 용맹함이며, 말과 안장과 쇠사슬

---

* 뜻을 풀이하자면, 해산했다는 의미

갑옷과 투구를 원할 뿐입니다. 제 즐거움은 화살 속에 있어요. 제가 할아버지의 적들을 쳐부술 거예요. 아무래도 제 용기는 할아버지를 닮은 것 같아요."

루스템의 말을 듣고 내심 깜짝 놀란 사움은 다시 한 번 그를 축복했다. 그의 눈길은 소년의 얼굴에서 떨어질 줄 몰랐으며, 달이 뜰 때까지 함께 있었다.

봄이 두 번 더 지났다. 어느 날 루스템은 궁전 벽이 흔들릴 정도로 울부짖는 소리를 듣고 잠에서 깨어났다. 왕의 하얀 코끼리가 흥분하여 쇠사슬을 끊으면서 내는 소리였다. 궁전 안의 사람들이 위험에 빠졌다는 사실을 알고 루스템은 침대에서 벌떡 일어났다. 그는 코끼리를 제압하기 위해 호위병들에게 자신을 궁정 안으로 들여보내 달라고 했다. 하지만 호위병들이 가로막았다.

"왕자님이 위험해지면 저희가 왕에게 무슨 말을 할 수 있겠습니까?"

루스템은 막무가내였다. 그는 자신의 막강한 무기들을 들고, 힘센 주먹으로 문을 부수면서 호위병들을 뿌리치고 들어갔다. 코끼리가 분노로 날뛰고 있었다. 루스템은 겁이 나서 옴짝달싹 못하는 용사들의 모습에 수치심을 느꼈다. 그는 고함을 지르며 코끼리를 향해 달려갔다. 코끼리가 코를 들어 올려 그를 후려치려 했다. 루스템은 곤봉으로 코끼리의 머리며 몸통이며 할 것 없이 마구 공격했다. 그는 코끼리를 처치한 뒤 침대로 돌아가 아침까지 푹 잤다.

그의 용맹함에 대한 소문이 왕궁과 온 나라에 퍼져 사움이 있는 지역까지 전해졌다. 잘과 그 주위의 사람들은 이란에 영웅이 난 것을 매우 기뻐했다.

한편 이미 백스무 해를 살아온 미누치르가 세상을 떠날 준비를 하고 있었다. 그는 아들인 나우데르에게 현명한 조언을 하면서 지혜의 길을 따라가라고 간곡히 타일렀다. 그리고 사움과 잘과 그 후손들의 힘을 바탕으로 왕권을 안정시키라고 당부했다. 미누치르는 말을 마치고 눈을 감은 채 한숨을 쉬었다. 그에게 남은 것은 오직 이 세상에서 지낸 기억뿐이었다.

그러나 나우데르는 아버지의 조언을 잊었다. 그는 온 나라를 들볶고 분노로 다스렸으며, 그의 이름 아래 잔인한 일들이 저질러졌다. 급기야 백성들이 들고일어나 샤에게 대항했다. 권력을 지닌 사람들이 사움을 찾아와 자신들의 불만과 백성들의 바람을 털어놓았다. 그들은 사움이 나우데르의 머리에서 왕관을 빼앗기를 바랐다. 사움은 깊은 시름에 잠겨 말했다.

"내 손으로 왕관을 빼앗을 수는 없습니다. 나우데르는 카이아니데스의 자손이고, 그들이야말로 왕권과 힘을 부여받은 사람들이니까요."

사움은 허리에 칼을 차고 말에 올라탄 뒤 군대를 이끌고 샤를 만나러 갔다. 사움은 샤에게 사악한 길에서 돌아오라고 눈물로 애원했다. 나우데르는 펠리바 사움의 말에 귀를 기울였고, 온 나라가 평온해졌다.

한편 미누치르가 세상을 떠난 뒤 나우데르가 철권을 휘두른다는 소문이 투란까지 전해졌다. 투르의 자손인 포샹이 그 소식을 듣고 귀가 번쩍 뜨였다. 조상이 흘린 피에 대한 복수를 할 때가 무르익은 것처럼 보였기 때문이다. 그는 병사들을 불러 모아 아버지의 원수를 갚고 유산을 되찾을 때가 되었으니 당장 이란으로 쳐들어가라고 명령했다. 그의 아들 아흐라시얍이 아버지의 소망을 이루기 위해 군대를 정비하는 동안, 펠리바 사움이 흙으로 돌아갔고 잘이 왕궁 안에 무덤을 만드느라 여념이 없다는 소식이 전해졌다. 그 소식은 아흐라시얍과 병사들에게 용기를 주었고, 그들은 서둘러 국경을 넘었다.

페리둔의 증손자는 아흐라시얍이 쳐들어온다는 소식을 듣고 군대를 보내 적이 나라 안으로 발을 들여놓지 못하게 막으려 했다. 하지만 아흐라시얍의 군대는 규모가 커서 개미와 메뚜기 떼처럼 땅을 뒤덮고 있었다. 양쪽 군대는 데스탄 평원에 진을 치고 전투 준비를 마쳤다. 말 울음소리가 울려 퍼졌고, 말발굽 소리는 땅속 깊은 곳을 흔들었으며, 흙먼지가 하늘까지 피어올랐다. 양쪽 병사들은 전투 대열로 배치를 마치기가 무섭게 서로에게 달려들었다. 그들은 이틀 동안 격렬하게 전투를 치렀으나 자웅을 가리기가 쉽지 않았다. 하도 시끄럽고 혼란스러워 하늘과 땅이 뒤섞여 있는 것 같았다. 엄청난 숫자의 사람이 목숨을 잃었고, 피가 강물처럼 흘렀으며, 사람의 머리가 몸통에서 낙엽처럼 우수수 떨어졌다. 사흘째 되는 날 투란 쪽이 우세해졌고, 나우데르 왕과 주위에 있던 가장 용맹한 군대가 적의 손에 사로잡혔다.

아흐라시얍은 샤인 나우데르의 목을 자르고, 스스로 빛의 왕좌에 앉아 자신을 이란의 군주로 선포했다. 그리고 너나없이 자기에게 경의를 표하라고 했으며, 선물을 바치라고 요구했다. 하지만 백성들은 그의 말을 들으려 하지 않았고, 세이스탄에 전령을 보내어 펠리바에게 자신들의 고통을 해결해 달라고 간청했다. 잘은 아버지 사움에 대한 애도를 뒤로 미루고 먼저 투르의 아들을 응징하기로 마음먹었다. 그는 이란 사람들에게 페리둔의 자손인 타마습의 아들 쥬를 샤로 선택하도록 했으며, 지혜로운 말로 그가 카이아니데스의 왕좌에 올라 이란을 지배해야 한다고 설득했다. 백성들은 잘의 말을 따랐다.

쥬가 통치하게 되면서 페리둔의 왕좌는 다시 젊어졌다. 통치자가 된 그는 투란의 군대를 물리쳤고, 그들을 압박해서 평화 협정을 맺었다. 협정에 따르면 제이한 강*에 의해 나라를 분리해야 했으며, 펠리바 잘의 군대가 주둔하고 있는 곳이 경계가 되어야 했다. 쥬는 오르마즈드가 가르친 대로 올바르게 나라를 다스렸으며, 신은 온 나라에 풍요로움을 내려 주었다. 그러나 그가 정당한 통

* 소아시아에 있는 강(옮긴이)

치를 했던 기간은 짧았고, 그의 아들 가르샤습이 대신 나라를 다스렸다. 그 또한 오랜 기간 통치하는 영광을 누리지 못했고, 불행의 나무로부터 쓰디쓴 열매를 맛보고 말았다. 카이아니데스의 왕좌가 비어 버리자 아흐라시얍은 아버지 포샹의 조언에 따라 또다시 이란을 침략하러 나섰다. 스스로 왕좌에 앉기 위해서였다. 이란 사람들은 매우 두려워하면서, 다시 한 번 사웁의 아들을 찾아갔다. 그리고 자신들의 머리 위에 드리워진 위험을 외면하는 그를 강력하게 비난했다. 잘은 그들의 무례함과 입으로만 떠드는 지혜에 쓰디쓴 미소를 지으면서도 이란 사람들과 이란이 여간 신경 쓰이지 않았다. 잘이 말했다.

"나는 그대들을 위해 적합한 일과 옳은 일들을 해 왔다. 그리고 평생 동안 늙어 가는 것을 제외한 어떤 적도 두려워해 본 적이 없다. 하지만 바로 그 적이 코앞에 왔으니 루스템에게 그대들을 구해 달라고 하겠다. 물론 내가 그를 뒷받침해 주겠지만."

그리고 나서 아직 어린 아들을 불러 말했다.

"오, 나의 아들아, 네 입에서는 아직 젖 냄새가 나고, 네 심장은 즐거움을 찾아 뛰어놀고 싶을 것이다. 하지만 이란이 위험에 처해 있구나. 중요한 시기이니 지체하지 말고 가서 본때를 보여 주어라."

루스템이 대답했다. "오, 나의 아버지시여, 아시다시피 저는 뛰어놀 때보다 전쟁할 때 더 힘이 난답니다. 저에게 힘센 말과 할아버지이신 사움의 철퇴를 주세요. 아리만의 군대와 맞서기 위해 기꺼이 나가겠습니다."

잘은 루스템의 기개 있는 대답을 듣고 마음이 흐뭇했다. 그는 자불리스탄과 카불의 말들을 모아 놓고 아들에게 전장에 타고 나갈 말을 고르라고 했다. 루스템 앞으로 말들이 한 줄로 지나가자 그는 말 등마다 손을 얹어 자신의 몸무게와 용맹함을 견딜 수 있는지 가늠해 보았다. 그가 움켜잡을 때마다 말들은 몸을 떨었고 두려움으로 움츠러들었다. 마침내 카불에서 온 말의 무리 가운데 건강하고 힘이 있어 보이는 암말을 발견했다. 그 뒤로 어미 뒤를 따라오는 것처럼 보이는, 가슴과 어깨에 사자 같은 갈기가 달린 밤색 수망아지가 있었다. 망아지는 코끼리처럼 힘이 세어 보였고, 털빛깔은 사프란 빛 바탕에 붉은 장미꽃이 흩어져 있는 것 같았다. 눈으로 수망아지를 훑어보던 루스템은 밧줄로 고를 내어 던졌다. 암말이 필사적으로 새끼를 보호하려 했지만 루스템의 올가미가 망아지를 사로잡았다. 말몰이꾼이 루스템 앞으로 다가와 말했다.

"훤칠하고 고귀한 젊은이여, 충고하는데, 이 망아지 말고 다른 말을 타세요."

루스템이 물었다. "이건 누구의 망아지예요? 옆구리에 아무 표시도 없는데요."

말몰이꾼이 말했다. "망아지의 주인이 누군지는 모르지만 나라 안에 소문에 파다해요. 사람들이 이 말을 루스템의 라쿠쉬*라고 부르지요. 젊은이에게 미리 알려 주는데, 저 망아지의 어미가 자기 새끼 위에 올라타는 것을 결코 두고 보지 않을 거예요. 3년 전부터 안장을 얹을 수 있었는데도 어미가 하도 난리를 쳐서 아무도 탈 수 없었어요."

말몰이꾼이 말을 마치자 루스템은 몸을 획 돌려 보란 듯이 망아지에 뛰어올랐다. 그러자 어미 말이 루스템에게 달려와 그를 끌어내리려 했다. 하지만 루스템의 목소리를 듣더니 금세 잠잠해졌다. 장밋빛 망아지는 루스템을 태우고 들판을 바람처럼 달렸다. 잘의 아들이 돌아와 말몰이꾼에게 물었다.

"이 용맹한 말의 값이 얼마입니까?"

말몰이꾼이 대답했다. "젊은이가 루스템이라면 그 말을 타고 이란의 슬픔을 해결해 주세요. 그 말의 값은 이란과 맞먹는답니다. 그러니 그 말을 타고 이 세상을 구하세요."

루스템은 라쿠쉬를 얻어서 더없이 기뻤으며, 잘도 그와 함께 기뻐했다. 그들은 아흐라시얍과 맞서 싸울 준비를 착착 해 나갔다.

바야흐로 장미의 계절이었다. 풀밭은 신록으로 미소 짓고 있었다. 잘이 군대를 이끌고 투르의 자손들과 맞서 싸우러 나갔다. 카와의 깃발이 바람에 나부꼈고, 그 왼쪽에는 미흐랍이, 오른쪽에는 구스타헴이 행진했으며, 잘은 무리의 한가운데에 있었고, 루스템

* 번개라는 뜻

은 선두로 나섰다. 루스템 뒤로 바닷가의 모래알처럼 많은 군사가 뒤따랐으며, 심벌즈 소리와 종소리가 온 나라에 울려 퍼져, 마치 죽은 사람들에게 일어나라고 외치는 심판의 날이 온 것 같았다. 그들은 레이 강변까지 질서 정연하게 행진했고, 두 나라의 군대는 고작 몇 파르상* 밖에 떨어져 있지 않았다.

아흐라시얍은 루스템과 잘이 함께 오고 있다는 소식을 듣고서도 전혀 개의치 않았다. 그가 말했다. "아들은 어린애에 지나지 않고 아비는 늙었다. 내가 이란의 왕좌를 차지하는 것은 시간문제다." 그는 큰소리를 땅땅 치며 병사들의 사기를 돋우었다.

한편 잘은 병사들을 전투 대열로 정렬시키면서 말했다. "오, 용맹한 이들이여, 우리 군대는 숫자는 많지만 대장이 없다. 우리는 샤의 지휘를 받고 있지 않기 때문이다. 어떤 일이든 지휘자가 없으면 성공할 수 없는 법이다. 그러나 좌절하지 마라. 왕권을 이어갈 페리둔의 자손이 아직 살아 있고, 그는 현명하고 용감한 젊은이라고 현자들이 말했다."

잘이 이번에는 루스템에게 몸을 돌려 말했다. "오, 나의 아들아, 너에게 임무를 주마. 서둘러 알베르즈 산으로 출발해라. 어떤 일로도 지체하지 마라. 카이 코바드에게 가서 그의 군대가 기다리고 있으며, 카이아니데스의 왕좌가 비어 있다고 전하라."

* 페르시아의 거리 단위로 1파르상은 약 4마일. 따라서 약 수십 킬로미터

루스템은 아버지 발 앞의 땅에 이마를 대고 인사한 뒤 곧바로 출발했다. 그는 손에 무거운 철퇴를 든 채 발 빠른 라쿠쉬를 타고 달렸다. 아버지의 요람이 있던 알베르즈 산이 보이는 곳에 이르렀다. 산기슭에 궁전처럼 보이는 아름다운 집 한 채가 눈에 띄었다. 집 주위에는 정원이 펼쳐져 있고, 물 흐르는 소리가 들렸으며, 키 큰 나무들이 우뚝 솟아 있었다. 나무 그늘 아래 개울이 졸졸 흘렀고, 그 옆에 놓여 있는 왕좌에 달처럼 아름다운 젊은이가 앉아 있었다. 권력을 상징하는 붉은 띠를 허리에 맨 기사들이 젊은이 주위를 둘러싸고 있었다. 그곳은 마치 향기롭고 아름다운 낙원처럼 보였다.

정원에 있던 사람들이 잘의 아들이 말을 타고 지나가는 것을 보고 다가와 말했다.

"오, 펠리바여, 우정의 술잔을 나누고 싶어 왔습니다. 잠시 머물렀다 가십시오."

루스템은 완곡하게 거절했다. "고맙지만 그럴 수 없습니다. 한시바삐 저 산으로 가야 합니다. 이란의 국경이 적들에게 포위되어 있고 왕좌는 비어 있거든요. 아쉽지만 술잔을 나눌 시간이 없답니다."

그들이 말했다. "저 산으로 가는 이유를 말씀하시면 길을 안내해 드리겠습니다."

그제야 루스템은 말에서 내려 정원으로 들어갔다. 젊은이가 루스템의 손을 잡고 왕좌가 놓인 단 위로 이끌었다. 그는 단 위에 닿

기도 전에 잔에 포도주를 가득 담아서 손님을 위해 축배를 들었다. 젊은이는 루스템에게 잔을 건네면서 카이 코바드를 누가 왜 찾느냐고 물었다. 루스템은 자초지종을 털어놓았다. 젊은이는 말을 다 듣고 나서 미소를 지으며 말했다.

"오, 펠리바여, 저를 보세요. 제가 바로 페리둔의 자손 카이 코바드입니다!"

루스템은 곧바로 그의 발 앞에 무릎을 꿇고 절하면서 예를 갖추었다. 그러자 왕은 그를 일으켜 세우면서 노예들에게 포도주를 더 가져오라고 했다. 그는 포도주 잔을 입으로 가져가면서 잘의 아들이자 사움의 손자, 네리만의 자손인 루스템에게 경의를 표했다. 또한 노예들이 술잔을 건네자 루스템이 외쳤다.

"샤 만세!"

그러자 악기들을 연주하는 음악 소리가 하늘을 찌를 듯 울려 퍼졌고, 사람들이 모두 기뻐했다. 좌중이 다시 조용해지자 카이 코바드가 말했다.

"나의 기사들이여, 내 꿈 이야기를 들으라. 그러면 오늘 그대들에게 왕좌 주위에 위풍당당하게 서 있으라고 한 이유를 알게 될 것이다. 꿈속에서 날개가 하얀 독수리 두 마리를 보았다. 그들은 이란에서 날아왔는데, 태양처럼 빛나는 왕관을 물고 있었다. 그들이 내 머리에 왕관을 씌워 주었다. 그리고 지금 루스템이 하얀 새처럼 나에게 온 것을 보라. 새가 기른 그의 아버지가 그를 나에게 보내 이란의 왕관을 주었다."

루스템이 카이 코바드의 꿈 이야기를 듣고 나서 말했다. "그것은 분명히 신이 보여 준 환영이에요! 고통 속에서 신음하고 있는 이란을 위해 왕께서는 한시라도 빨리 가셔야 합니다."

카이 코바드는 마침내 군마에 몸을 싣고 밤낮을 달려 언덕과 시냇물이 졸졸 흐르는 푸른 들판을 가로질렀다. 루스템은 왕을 보호하면서 적의 전초 기지를 안전하게 통과했다. 밤이 되자 루스템은 왕을 잘의 막사로 모셨다. 무비드들 외에는 아무도 왕이 왔음을 알지 못했다. 무비드들이 모여 이레 동안 상의를 했고, 여드레째 되는 날 별들로부터 반가운 예언이 전해졌다. 잘은 이미 상아로 만든 왕좌와 성대한 연회, 젊은 샤의 머리에 씌워 줄 왕관을 준비해 두었다. 귀족들이 와서 왕에게 경의를 표시했으며, 밤늦도록 흥겹게 술을 마셨다. 그들은 왕에게 자신들을 이끌어 터키 인과 맞서 싸워 달라고 했다. 카이 코바드는 즉시 군대를 소집했다.

곧 전투가 벌어졌다. 전투는 치열하고 격렬하게 오랜 기간 이어졌고, 이란의 병사들은 용맹하게 싸웠다. 투란 병사들은 이란 병사들의 적수가 되지 못했고 루스템의 강력한 힘 앞에서 속수무책이었다. 루스템은 사자의 힘을 보여 주었고, 그의 영향력은 멀리까지 미쳤다. 그날 이후 사람들은 그를 테헴텐*이라고 불렀다. 루스템의

*강건한 신체라는 뜻

용맹이 뛰어났기 때문이다. 아흐라시얍은 꽁지가 빠지게 달아났고, 루스템의 군대가 그 뒤를 쫓았다. 투란 병사들은 용기를 잃었고 겁을 잔뜩 집어먹었다.

이란 사람들은 적이 눈앞에서 달아나는 것을 보자 카이 코바드에게 마음이 기울었고, 그가 샤의 자리에 앉는 것에 기꺼이 경의를 표했다. 카이 코바드는 화려하게 승리를 축하했다. 그는 루스템을 자신의 오른쪽에, 잘을 왼쪽에 앉히고, 마음껏 먹고 마시며 즐기도록 했다.

한편 아흐라시얍은 투르의 자손인 아버지 포샹에게 돌아와 말했다.

"오, 영광스러운 이름의 왕이시여, 이 전쟁을 일으킨 것이 잘못이었습니다. 먼 옛날 위대한 페리둔이 용맹스러운 투르에게 땅을 주었고, 그 땅을 아버지께서 물려받았습니다. 그것은 정당한 분할이었지요. 그런데 왜 국경을 넓히려 하시는 건가요? 제가 판단하건대 이란과 서둘러 평화 협정을 맺지 않으면 카이 코바드가 사방에서 막대한 군대를 보내어 우리를 정복할 것입니다. 우리가 저지른 일 때문에 우리가 설 땅이 좁아지게 될 거예요. 세상이 이리쥐의 자손에게 주어지지 않았다고 해서 해로운 독이 꿀로 바뀌지는 않기 때문이지요. 한 사람이 죽으면 다른 이가 그 자리를 채우니, 세상은 주인이 없는 채로 남아 있는 법이 없습니다. 사움의 자손인 루스템이라는 용사가 새로 나타났고, 아무도 그를 이길 수 없습니다. 그가 폐하의 군대를 짓밟았고, 세상에 그처럼 강한 사람을 본 적이 없습니다. 아직 젖비린내가 가시지 않은 어린아이였음에도 말이지요. 그러니 왕이시여, 그가 활력이 넘치는 어른이 되었을 때를 생각해 보십시오. 저는 왕의 군대가 머물 수 있는 곳, 왕께서 위험을 피할 수 있는 곳을 마련하고자 합니다. 제 힘이 언덕 위에 피어오른 아지랑이처럼 그 어린아이에 의해 사라지기 전에요."

투란의 왕은 그 말을 듣고 쓰라린 눈물을 흘렸다. 그는 대필자에게 카이 코바드에게 보내는 편지를 받아 적게 했다. 대필자는 편지를 다채로운 색깔과 아름다운 장식으로 꾸미고 다음과 같이 받아썼다.

"태양과 달의 지배자인 오르마즈드의 이름으로, 가장 비천한 종이 영광스러운 카이 코바드 님께 문안 인사 드립니다. 오, 용맹한 샤여, 제 편지를 읽고 곰곰이 생각해 주십시오. 우리를 한 핏줄로 엮어 준 페리둔의 영혼에 은총이 있기를! 우리가 앞으로 세상을 혼란스럽게 해야 할 이유가 있을까요? 세상은 페리둔이 정해 놓았고 그건 분명히 옳았습니다. 공평하게 세상을 나누었으니까요. 그가 만든 틀에서 우리가 빠져나오는 것은 잘못입니다. 그러므로 저는 투르에 대해 말하거나 그가 이리쥐에게 했던 사악한 행동에 대해 더는 언급하지 않기를 간청합니다. 이리쥐가 우리 사이에 싹튼 미움의 원인이었다고 하더라도 미누치르가 이미 응징을 했기 때문이지요. 그러니 페리둔이 정해 준 경계선으로 돌아가길 바랍니다. 투르와 실림, 이리쥐에게 나눠 주었던 대로 세상을 다시 가르기를 바랍니다. 도대체 무엇을 위해 다른 이의 땅을 탐내야 할까요? 결국 각자가 유산으로 얻게 되는 것은 자기 몸을 눕힐 장소뿐인데 말입니다. 카이 코바드께서 제 간청을 들어준다면, 제이한 강이 우리의 국경이 될 것입니다. 그러면 우리 백성 가운데 아무도 그 강을 넘겨다보지 않을 것이며, 이란 사람들도 꿈속에서조차 강을 건너지 않을 것입니다. 우호적인 목적이 아니라면요."

왕이 전령을 시켜 많은 보물과 아라비아말들과 함께 그 편지를 보냈다. 카이 코바드가 편지를 읽고 마음에서 우러나는 미소를 지으면서 말했다.

"이 전쟁은 명백히 우리 백성이 아니라 주인 없는 땅을 제멋대로 정복해서 이란의 왕관을 빼앗고자 했던 아흐라시얍이 일으켰다. 그는 조상인 투르의 전철을 밟았다. 투르가 이리쥐의 왕좌를 도둑질했던 것처럼, 아흐라시얍은 샤인 나우데르에게 똑같은 짓을 저질렀다. 나는 두려운 것이 없으므로 평화 협정을 맺을 필요가 없으나, 전쟁을 좋아하지 않기 때문에 협정을 맺을 것이다. 그러므로 제이한 강보다 더 멀리 나아가 그곳을 두 나라의 국경으로 정하고자 한다. 부디 아흐라시얍은 자기 나라의 국경 안에서 편히 쉴 수 있기를 바란다."

카이 코바드는 자신의 말대로 했다. 두 나라 사이에 새로운 협정을 맺어서 국경선을 정하는 신기원을 마련했다. 전령은 협정 문서를 투란의 왕 포샹에게 가져갔고, 카이 코바드는 온 나라에 평화를 선포했다.

　카이 코바드는 수백 년 동안 이란을 다스렸으며, 공정하게 통치했다. 세상은 평화로웠고, 백성들은 그를 매우 존경했다. 어느 왕이 그와 같을 수 있을까? 하지만 시간이 흐르고 그의 힘이 약해지자 푸른 잎도 시든다는 것을 샤는 알게 되었다. 그는 자신의 아들 카이 카우스를 불러서 지혜로운 조언을 많이 해 주었다. 말을 마치고 나서 그는 자신의 무덤을 만들 준비를 하고 궁전을 묘로 바꾸라는 명령을 내렸다. 카이 코바드의 시대는 명예롭게 끝났다. 이제 그의 아들에 대해 이야기할 차례다.

6

마친데란 침공

카이 카우스는 수정으로 만든 왕좌에 앉았고, 자신의 뜻대로 세상을 다스렸다. 한편 아리만은 매우 오랫동안 이란에서 자신이 무력했던 것에 화가 났다. 그래서 그는 온 나라에 더는 행복을 찾아볼 수 없도록 하겠다고 스스로에게 맹세했다. 그는 검은 마음속에 속임수를 떠올렸다.

어느 날 샤가 장미 정원에 있는 정자에서 포도주를 마시면서 신하들과 즐거운 시간을 보내고 있었다. 그때 그들이 방심하고 있음을 눈치챈 아리만은 기회를 놓치지 않았다. 그는 가수처럼 차려입은 악마에게 샤를 만나라고 했다. 악마는 시종들에게 정자에 들여보내 달라고 했다.

"제발 부탁입니다. 저는 아름다운 노래를 부르는 가수이고, 마친데란에서 왔어요. 샤에게 제 존경심을 표현하고 싶습니다."

사정을 전해 들은 카이 카우스는 그를 안으로 들여보내라고 했다. 샤는 술을 따라 주면서 노래를 불러도 좋다고 했다. 악마는 샤에게 경의를 표한 뒤 리라를 퉁기면서 매우 교묘한 가사의 노래를 불렀다. 자신의 고향처럼 아름답고 풍요로운 곳은 없다고 노래하면서 마친데란에 대한 샤의 호기심에 불을 질렀고 아리만은 그 불꽃에 부채질을 했다. 악마가 노래를 마치자 카이 카우스는 젬쉬드처럼 마음이 한껏 들떴다. 그는 신하들에게 말했다.

"오, 강하고 용감한 나의 친구들이여, 우리는 먹고 마시는 일로 허송세월했고, 평화의 품에 안겨 한껏 즐거움을 누렸다. 하지만 그러다 보면 사람이 게으르고 나약해지기 마련이다. 샤이기도 한 나는 그러면 안 된다. 샤는 사람들 가운데 영웅으로 일컬어져야 하며, 세상을 발아래 두어야 하기 때문이다. 바야흐로 젬쉬드의 권력과 영화가 나만 못하고, 나의 부유함은 조학과 카이 코바드를 능가한다. 게다가 나는 그들보다 훨씬 용맹하니까 마친데란이 아무리 저항한다고 해도 그들을 정복하기에 모자람이 없을 것이다. 그대들은 전쟁에 나갈 준비를 하라. 이 가수가 그토록 아름답다고 노래한 땅으로 내가 그대들을 이끌고 갈 것이다."

귀족들의 얼굴이 두려움으로 하얗게 질렸다. 그들 가운데 누구도 악마와 전쟁을 하고 싶지 않았기 때문이다. 하지만 아무도 감히 입을 열지 못했다. 그들의 심장은 두려움으로 가득 찼고, 입에서는 한숨만 나왔다. 마침내 더는 침묵할 수 없게 되자 몇몇 사람이 나서서 말했다.

"왕이시여, 우리는 폐하의 종이니 명령을 내리시면 당연히 그렇게 해야겠지요."

또 다른 몇몇 사람은 만약 샤가 자기 뜻대로 하겠다고 고집을 부리면 어떻게 해야 할지 의논했다. 그들은 자부심이 넘치던 젬쉬드조차 마친데란의 악마들을 정복할 생각을 하지 않았음을 떠올렸다. 악마들 앞에서는 힘이나 지혜의 칼이 통하지 않았다. 마법을 부릴 줄 알던 페리둔도, 누구보다도 힘이 셌던 미누치르도 감히 그런 모험을 할 엄두를 내지 않았다. 귀족들은 사웅의 아들 잘을 기억해 냈고, 바람처럼 빠른 단봉낙타에 전령을 태워 보냈다. 전령이 잘에게 그들의 말을 전했다.

"서둘러 주시기를 간청합니다. 상황이 급박하니 촌각도 지체할 여유가 없습니다. 아리만이 카이 카우스의 가슴에 악의 씨앗을 뿌렸고, 그 열매가 맺혀 다 익었으므로 이란은 위험에 빠졌습니다. 우리는 펠리바께서 샤에게 유익한 조언을 해 주리라 기대하고 있습니다. 우리 머리 위에 드리워진 이 슬픔을 걷어 주십시오."

카이아니데스의 나무에 남은 단 하나의 잎사귀가 시들어 간다고 생각하니 잘은 매우 괴로웠다.

"카이 카우스는 어찌 그리 어리석은가. 그가 현명한 지혜를 알기 전까지는 태양이 여전히 자기 머리를 중심으로 돈다고 여길 것이다. 진정한 지혜를 얻어야만 언제 싸우고 언제 기다려야 할지 알게 되는 것이다. 그는 자신이 칼을 빼 들면 온 세상이 벌벌 떨 거라고 생각하는 어린아이 같구나. 나에게 신과 이란에 대한 의무가 없다면 그러거나 말거나 내버려 둘 텐데."

해가 진 뒤에도 잘은 이 문제에 대해 곰곰이 생각했다. 그는 날이 채 밝기도 전에 허리에 띠를 두르고 손에는 거대한 철퇴를 들고 샤의 왕좌 앞으로 나아갔다. 그는 자신의 말을 들어 달라고 호소하면서 왕 앞에 엎드려 현명한 말들을 쏟아 냈다.

"강하고 위대한 왕이시여, 세이스탄에 있는 저에게도 폐하의 계획이 들려왔지만 제 귀를 의심하지 않을 수 없었습니다. 마친데란은 악마들의 거주지이며, 사람은 그들의 능력을 이길 수 없습니다. 그러므로 폐하의 사람들과 보물을 지키려면 부디 마음을 돌리십시오. 이란이라는 아름다운 정원에 어리석음의 나무를 심어서 저주의 잎이 나고 사악한 열매가 맺히도록 해서는 안 됩니다. 폐하보다 앞선 왕들께서는 그러지 않았습니다."

카이 카우스가 대답했다. "그대는 이란의 기둥이니까 그대의 조언을 무시하거나 입을 다물라고 하지는 않겠소. 하지만 그대의 말을 듣고 내 욕망을 버리지도 않을 것이오. 마친데란은 내 손안에 들어올 것이오. 그대는 나의 용기와 힘이 내 선조들보다 훨씬 위대하다는 것을 모르는 것 같소. 나는 기필코 싸우러 나갈 것이고, 이 나라는 그대와 그대의 아들 루스템에게 맡길 것이오."

잘은 카이 카우스의 결심이 굳은 것을 알고 더는 만류하지 않았다. 그는 땅에 엎드려 절하면서 말했다.

"오, 샤여, 옳은 일이든 그른 일이든 폐하의 명령이라면 종들은 목숨이라도 바쳐야 하지요. 감히 말씀드리자면, 천하의 왕이라고 할지라도 세 가지는 주어지지 않았습니다. 죽음을 피해 가는 일과 운명의 시선을 가리는 일, 먹지 않고 사는 일입니다. 폐하의 결정을 뉘우치지 않기를, 제 충고를 듣지 않은 것을 후회하지 않기를 바랍니다. 샤의 위대함이 영원히 빛나기를!"

말을 마치고 잘은 물러났다. 그는 슬픔에 빠졌고, 귀족들은 소득이 없음을 알고 안타까워하며 발을 굴렀다.

그리고 밤이 되기 전에 카이 카우스는 기병들과 함께 마친데란으로 향했다.

국경이 가까워지자 카이 카우스는 게우에게 기병들 가운데 힘센 이들을 뽑아 무거운 철퇴를 들려서 도시 앞으로 보내라고 했다. 그리고 도시에 사는 사람은 모두가 악마의 자손이므로 여자든 어린아이든 모조리 죽여서 씨를 말리라고 했다. 게우는 샤의 명령대로 했다. 마치 우박이 쏟아지는 것처럼 철퇴가 내리쳐졌다. 정원처럼 아름답던 도시는 쑥대밭이 되었고, 폐허가 된 도시에 갇힌 사람들은 적에게 어떤 동정도 기대할 수 없었다. 살육을 끝낸 이란 병사들은 샤에게 궁전 안에 보물이 숨겨져 있다고 했다.

소식을 전해 듣고 카이 카우스가 말했다. "이곳의 아름다움을 노래해 준 자에게 축복이 내리기를."

그는 나머지 병력을 이끌고 게우의 뒤를 따라 진군해 들어갔다. 그들이 이레 동안 쉬지 않고 약탈을 자행했음에도 황금과 보물이 끝도 없이 나왔다. 여드레째 되는 날, 마친데란 왕이 그들이 저지른 짓을 알게 되었다. 그는 강한 힘을 지닌 하얀 악마가 살고 있는 산에 전령을 보냈다. 하루빨리 와서 도와주지 않으면 온 나라가 잿더미가 되고 말 것이라고 호소했다.

하얀 악마는 전령의 말을 듣고 산이 솟아나듯 벌떡 일어나 말했다.

"마친데란 왕은 걱정할 필요 없다. 내가 가서 이란 군대를 짓밟아 버릴 테니."

밤이 되자 하얀 악마는 무겁고 두꺼운 먹구름으로 온 나라를 감싸 버렸다. 빛은 한 줄기도 보이지 않았고, 나라 한가운데 피워 놓은 불도 전혀 보이지 않았다. 온 세상이 암흑 속에 잠긴 것 같았다. 이란 군대는 어둠 속 막사 안에 갇혔다. 악마는 빗발치듯 돌과 창을 쏟아부었으나, 이란 병사들은 그것들이 어디에서 오는지 볼 수도 막을 수도 없었고, 마법에 대항할 수도 없었다. 그들은 두려움에 휩싸여 돌아다녔고, 아무도 동료들을 찾을 수 없었다. 병사들은 마음속으로 무모한 시도를 한 샤를 원망했다. 아침이 되자 세상을 비추는 태양이 떠올랐으나 병사들은 볼 수 없었다. 시력을 잃었던 것이다. 카이 카우스 역시 눈이 멀었으므로, 그는 비통해하면서 눈물을 흘렸다. 병사들도 그와 함께 슬퍼했다. 샤는 괴로움에 울부짖었다.

"오, 잘, 현명하고 위대한 펠리바여, 왜 나는 그대의 목소리에 귀를 닫았을까!"

그의 말은 이란 병사들의 가슴에 울려 퍼졌으나, 그들은 한없는 슬픔으로 침묵했다.

하얀 악마가 천둥 같은 목소리로 카이 카우스에게 말했다. "이란의 왕, 너는 썩은 나뭇등걸처럼 두드려 맞았고, 파멸의 현장에 네 머리만 남았다. 네가 욕망을 좇아 마친데란으로 들어와 이 나라를 정복하려 했기 때문이다."

하얀 악마는 자신의 부하들에게 샤와 병사들을 가두고 단단히 지키라고 명령했다. 그들에게는 굶어 죽지 않을 만큼의 술과 음식이 주어졌다. 이란 사람들은 비참했지만 그나마도 감지덕지했다. 하얀 악마는 일을 마치고 나서 마친데란 왕에게 전리품을 찾아가라면서 이란 군대를 물리친 것을 기뻐하라고 했다. 그리고 카이 카우스가 이미 행운은 불행에서 온다는 사실을 배웠을 테니 굳이 그를 죽일 필요는 없을 거라고 조언했다. 하얀 악마는 자신에게 도움을 요청하라고 보낸 아리만의 위대함을 찬미하라고 덧붙였다. 말을 마치고 나서 그는 산으로 돌아갔고, 마친데란의 왕은 그가 이룬 승리를 만끽했다.

카이 카우스는 자신이 갈망하던 땅에 있었지만 그의 가슴은 비통함으로 무겁기만 했다. 육신의 눈은 멀었으나 영혼의 눈이 열렸으므로 그는 끊임없이 울부짖었다. "모두 나의 잘못이다." 그는 악마의 손에서 병사들을 풀려나게 할 방법을 궁리했다. 하지만 악마들이 그를 삼엄하게 지키고 있었으므로 이란에 전령을 보내기도 쉽지 않았다. 그럼에도 어찌어찌 전령이 국경을 탈출해서 카이 카우스가 괴로움 속에서 쓴 편지를 잘에게 전했다. 카이 카우스는 마음속으로 잘에게 엎드려 절하면서 전후 사정, 즉 자신과 병사들이 눈이 멀게 된 것과 포로로 잡혀 있는 것, 자신이 얼마나 후회하는지를 편지에 적었다.

"나는 어리석은 자들이 추구하는 게 무엇인지 깨닫게 되었고, 그들이 발견하는 게 무엇인지 알게 되었소. 만약 그대가 나를 구하러 오지 않는다면 나는 이곳에서 죽고 말 것이오."

잘은 편지를 읽고 나서 짜증이 솟구쳐 자기 손을 물어뜯었다. 그는 루스템을 불러 말했다.

"라쿠쉬에 안장을 얹고 네 칼로 세상을 응징할 시간이 왔다. 나는 어느덧 이백 살이 넘었으니 악마들과 싸울 힘이 없구나. 젊고 강한 네가 전쟁을 끝낼 방법을 찾아 이란을 해방시켜라."

루스템이 대답했다. "제 칼은 이미 싸울 준비가 되어 있습니다. 지체하지 않고 출발하겠습니다. 다만 한 가지, 옛 용사들은 자신들의 의지로 지옥의 세력과 맞서 싸우러 나갔던 게 아니라, 허기진 사자가 이 세상을 삼켜 버릴까 봐 두려웠던 것이지요. 그러나 신께서 저와 함께한다면 반드시 악마들을 물리칠 것입니다. 우리 군대는 용맹하게 거듭날 것이고요. 신의 은총이 저에게 머물기를 기도합니다."

잘은 뿌듯한 마음으로 아들을 축복했으며, 오르마즈드에게 아들에게 축복을 내려 달라고 기도했다. 그는 아들에게 현명한 조언을 해 주었고, 마친데란 땅으로 가는 방법을 알려 주었다.

"그 나라로 가는 방법에는 두 가지 길이 있다. 둘 다 험하고 위험으로 가득 차 있다. 카이 카우스가 갔던 길이 그나마 안전하지만 거리가 멀다. 복수는 신속하게 이루어져야 하므로 짧은 길로 가는 것이 현명하다. 그 길이 비록 불길하고 위험하지만, 오르마즈드가 안전하게 너를 지켜 줄 것이다."

루스템은 아버지의 조언을 마음 깊이 새긴 뒤 발 빠른 라쿠쉬의 등에 올라탔다. 루스템이 출발하려고 할 때 어머니가 나타나 아들이 사악한 악마들에게 가야 하는 것을 슬퍼하면서 통곡했다. 그녀는 아들이 가지 못하도록 막으려 했지만 루스템은 어머니를 안심시키면서 설득했다. 그리고 이 모험이 그가 스스로 선택한 것이 아님을 설명했다. 그는 어머니에게 신의 뜻에 희망을 걸라고 했다. 루다베는 할 수 없이 아들을 떠나보냈지만 그리운 마음에 여러 날 눈물을 흘려서 눈이 붉게 짓물렀다.

한편 세상을 구할 젊은 영웅은 샤에 대한 의무를 다하기 위해 전속력으로 달렸다. 땅을 딛는 라쿠쉬의 발이 보이지 않을 정도로 달린 덕분에 이틀은 족히 걸리는 거리를 열두 시간 만에 도착했다. 저녁이 되자 루스템은 야생 당나귀를 올가미로 잡아서 불을 피워 구워 먹었다. 그는 라쿠쉬의 안장을 풀어 준 다음 갈대밭 속에 직접 잠자리를 만들었다. 그는 악마도 야생 동물도 두렵지 않았다.

사실 갈대밭 속에는 사나운 사자의 굴이 숨겨져 있었다. 때마침 사자가 은신처로 돌아오다가 잠자고 있는 몸집 큰 남자와 그 옆에 서 있는 말을 발견했다. 사자는 제 발로 걸어 들어온 살진 먹이들을 보고 이게 웬 떡인가 싶었다. '우선 저 말부터 쓰러뜨려야겠어. 그러면 말 주인을 사냥하기가 훨씬 쉬울 거야.' 사자는 라쿠쉬에게 달려들었다. 라쿠쉬는 맹렬하게 저항했다. 발굽으로 사자의 이마를 걷어차고, 날카로운 이빨로 사자의 가죽을 찢었으며, 죽을 때까지 사자를 짓밟았다. 요란스레 싸우는 소리에 루스템이 잠에서 깨어났고, 죽은 사자 옆에 서 있는 라쿠쉬를 보았다. 상황을 짐작한 그는 라쿠쉬를 꾸짖었다.

"오, 이 어리석은 말아, 감히 사자와 싸우다니 네가 제정신이냐? 왜 나를 깨우지 않았느냐? 만약 네가 잘못되기라도 했으면 나는 어떻게 마친데란으로 갈 것이며, 한시라도 급히 샤를 구해야 하는 나는 어쩔 뻔했느냐?"

그러고는 루스템은 금세 다시 잠이 들었으나, 라쿠쉬는 풀이 죽고 말았다.

아침이 되자 그들은 다시 길을 떠났다. 그들이 사막을 가로지르는 동안 무자비한 태양이 하루 종일 머리 위에서 이글거렸고, 모래는 활활 타올랐다. 말과 주인은 목이 말라 죽을 것 같았으나, 어디에서도 샘물의 흔적을 찾을 수 없었다. 그는 죽을 각오를 하고 자신의 영혼을 신에게 맡겼다. 그는 신의 종인 카이 카우스를 고통 속에 버려두지 말고 기억해 달라고 기도했다. 그리고 누워서 죽음을 기다렸다. 그런데 이럴 수가! 마침내 죽음이 다가왔다고 생각한 순간, 통통하게 살이 오른 숫양 한 마리가 지나갔다. 루스템은 혼잣말을 했다.

"근처에 저놈이 물을 먹는 곳이 있는 모양이군."

그는 벌떡 일어나 라쿠쉬를 이끌고 숫양의 발자국을 따라갔다. 아니나 다를까, 맑고 시원한 샘물이 있었다. 루스템은 샘물을 양껏 들이마셨고, 라쿠쉬에게도 물을 먹였다. 그리고 물속에 들어가 몸을 씻었다. 둘 다 기력을 회복한 뒤, 루스템은 숫양의 발자국을 찾아보았지만 어디에도 보이지 않았다. 그제야 루스템은 오르마즈드가 기적을 일으켰음을 깨달았다. 그는 땅에 엎드려 영혼을 다해 감사했다. 그리고 야생 당나귀를 잡아먹고 난 뒤, 잠을 자려고 누우면서 라쿠쉬에게 말했다.

"오, 나의 말아. 부탁이니, 내가 자는 동안 싸우거나 문제를 일으키지 마라. 만약 적이 나타나면 내 귀에 대고 울어라. 내가 즉시 일어나 너를 도와줄 테니."

라쿠쉬는 그 말을 귀담아들었다. 루스템이 잠들자 라쿠쉬는 그의 곁에서 풀을 뜯어 먹었다. 시간이 지나 밤이 깊어 가자 그곳에 살고 있던 용이 화가 나서 나타났다. 성질이 불같이 사나워서 악마들도 감히 대적하지 못하는 용이었다. 용은 라쿠쉬와 루스템을 보자마자 독이 든 입김을 내뿜으려고 그들에게 다가갔다. 그러자 라쿠쉬가 발굽으로 땅을 구르고 꼬리를 휘둘러 바람을 일으켰다. 그 소리가 크게 울려 퍼지는 바람에 루스템이 잠에서 깨어났다. 용이 모습을 감추어서 영문을 알 리 없는 그는 라쿠쉬에게 화를 냈다. "도대체 무슨 일이야? 너 때문에 잠이 깼잖아."

루스템은 다시 잠이 들었다. 그런데 용이 또 나타나자 라쿠쉬는 할 수 없이 루스템을 깨웠다. 루스템이 눈을 뜨자 용은 잽싸게 사라졌다. 라쿠쉬가 세 번째로 주인을 깨웠을 때, 루스템은 화가 나서 분별력을 잃어버렸다. 그는 말을 꾸짖고 욕설을 퍼부었으며, 다시 한 번 자기를 깨우면 마친데란까지 걸어서 가는 한이 있더라도 라쿠쉬를 죽이고 말겠다며 길길이 날뛰었다.

"위험한 일이 있을 때만 깨우라고 했는데 이유 없이 왜 자꾸 깨워서 사람을 괴롭히는 거야?"

루스템은 표범 가죽을 덮어쓰고서 다시 잠이 들었다. 라쿠쉬는 오해를 받는 게 억울해서 발굽으로 땅을 구르며 어쩔 줄을 몰랐다. 그때 용이 다시 나타나 라쿠쉬를 덮치려 했다. 라쿠쉬는 안절부절못하다가 용기를 내서 다시 한 번 루스템 곁으로 가 발을 구르고 히힝 울면서 그를 깨웠다. 그러자 루스템은 불같이 화를 내면서 벌떡 일어났다. 그런데 세상에, 용이 딱 버티고 있지 않은가. 그는 갑옷을 입고 칼을 빼 들어 사나운 괴물과 맞섰다. 그러자 용이 말했다.

"네 이름이 무엇이냐? 누군데 감히 나에게 덤비느냐? 너를 낳은 여인은 다시 너를 못 볼 것이다."

펠리바가 대답했다. "나는 잘의 후손인 루스템이다. 나는 군대 하나와 맞먹으며, 아무도 나를 이길 수 없다."

용은 그의 말을 비웃으면서 허풍도 수준급이라고 생각했다. 용은 루스템을 덮쳐서 휘감고, 발버둥 치는 그를 으스러뜨리려 했다. 마침내 영웅의 종말이 다가온 듯했다. 바로 그 순간 라쿠쉬가 용의 등으로 뛰어올라 사자와 싸울 때와 마찬가지로 용을 갈기갈기 찢었다. 루스템은 칼로 괴물을 찔렀고, 괴물은 말과 말 주인 사이에 끼어서 죽음을 맞이했다. 루스템은 라쿠쉬를 칭찬하면서 샘으로 데려가 씻겨 주었다. 그리고 그들에게 승리를 안겨 준 신에게 감사했다. 루스템은 라쿠쉬 등에 올라타 마법사들의 땅에 이를 때까지 달렸다.

저녁 무렵 그들은 녹음이 우거지고 개울이 흐르는 계곡에 이르렀다. 옆에는 서늘한 숲이 있고 샘물 옆에는 포도주와 맛있는 음식들이 잘 차려진 식탁이 있었다. 루스템은 말에서 내려 안장을 풀어 주면서 라쿠쉬에게 풀을 뜯어 먹으면서 쉬라고 했다. 그리고 자신은 식탁에 앉아 음식을 맛있게 먹었다. 그는 사막에서 잘 차려진 식탁을 발견해 기분이 무척 좋았다. 그것이 마법사들의 식탁이라는 사실은 꿈에도 몰랐다. 마법사들은 루스템이 오는 것을 보고 재빨리 달아났다. 그가 먹고 마시면서 배를 채우고 있을 때, 옆에 세워져 있는 리라가 눈에 띄었다. 그는 무심코 그 악기를 연주하며 노래를 불렀다.

루스템은 저열한 자들의 골칫거리
즐거움이란 그에게 의미가 없지
잔치도 명절도 없이
그의 정원은 사막
전쟁터는 그의 경기장

루스템의 칼은 마상 창 시합을 하는 기사의 갑옷이 아니라
용과 악마들의 해골을 뚫는다.
루스템은 늘 자기가 아니라
자기와 싸우는 적이 죽게 될 것이라고 믿는다.

포도주 잔들과 장미 화환,
서늘한 정자가 있는 정원,
운명은 루스템에게 그런 선물들이 아니라 돌진하는 적과
전쟁, 전사의 심장과 손을 주었다.

한 마녀가 루스템의 노래를 들었다. 마녀는 봄처럼 아름다운 처녀로 변신하여 루스템 앞에 나타나 이름을 물어보며 희롱했다. 그는 처녀와 함께 있는 게 즐거워서 포도주를 한 잔 가득 따라 건네면서 오르마즈드를 위해 건배하자고 했다. 처녀는 신의 이름을 듣자 벌벌 떨면서 본래 모습으로 돌아왔다. 루스템은 마녀의 비열한 모습을 보았다. 영리한 그는 처녀의 정체를 알게 되었고, 올가미를 만들어 마녀를 사로잡은 뒤 두 동강이를 냈다. 마법사들이 이 광경을 보더니 겁을 집어먹고 아무도 영웅과 맞서려 하지 않았다. 루스템은 곧바로 그곳을 떠났다.

루스템은 말을 달려 태양이 결코 비치지 않고 별도 어둠을 밝히지 않는 땅에 이르렀다. 그는 길을 찾을 수 없었다. 그래서 라쿠쉬 마음대로 가도록 맡겨 두었다. 그들은 어둠 속에서 비틀거리며 걷다가 마침내 다시 빛 속으로 들어섰다. 루스템은 푸른 초목으로 둘러싸여 있고 곡식이 자라는 밭이 있는 땅을 보았다. 그는 라쿠쉬에게 풀을 뜯어 먹으라며 풀어 준 다음, 잠시 눈을 붙이려고 누웠다.

라쿠쉬는 밭에 있는 풀을 뜯으러 갔다. 그러자 그곳 관리자가 붉으락푸르락하면서 달려와 곤봉으로 루스템의 발바닥을 때렸다. 그는 루스템의 말이 풀밭을 엉망으로 만들고 있다면서 욕설을 퍼부었다. 루스템은 화가 나서 그에게 달려들어 귀를 잡아 뜯어 버렸다. 남자는 고통스럽게 울부짖으면서 달아났다. 그는 그 나라를 다스리는 올랏을 찾아가 울며불며 호소했다. 올랏은 루스템을 찾아가 이름과 임무가 무엇인지, 왜 자기 나라에서 소란을 일으키는지 말하라고 방방 뛰더니 루스템이 저지른 짓을 응징하기 위해 그를 죽여 버리겠다고 맹세했다.

루스템이 대답했다. "나는 천둥과 번개를 일으키는 먹구름이다. 아무도 내 힘을 당하지 못한다. 내 이름을 들으면 너는 피가 멈춰 버릴 것이다. 네가 군대를 끌고 와 맞선다면 내가 바람처럼 그들을 흩어 버리는 모습을 보게 될 것이다."

루스템은 말을 마치기가 무섭게 올랏의 병사들을 때려눕히고 칼을 휘둘러 그들의 머리를 베어 버렸다. 한 사람의 손에 의해 군대가 흩어져 버렸다. 그러한 광경을 보고 올랏은 눈물을 흘리며 달아났다. 루스템은 잽싸게 올가미를 던져 그를 사로잡았다. 올랏은 눈앞이 캄캄했다. 루스템은 그를 꽁꽁 묶어서 땅에 내던지며 말했다.

"나는 너를 풀어 줄 것이다. 또한 악마들을 쳐부수고 난 뒤에는 마친데란을 너에게 넘겨줄 것이다. 그러니 말하라. 하얀 악마는 어디에 살고 있느냐? 샤와 그의 군대는 어디에 있으며, 그들을 풀어 주려면 어떻게 해야 하느냐?"

올랏은 카이 카우스가 갇혀 있는 곳이 백 파르상 떨어져 있다는 것과 그곳에 가는 방법을 알려 주었다. 그곳에서 다시 백 파르상을 더 가면 하얀 악마가 살고 있는 산이 있는데, 거기까지 가는 길은 사자와 마법사들과 힘센 장사들이 지키고 있으며, 그곳을 무사히 통과한 사람은 지금까지 아무도 없다고 했다. 그는 루스템에게 이번 모험을 그만두라고 충고했다.

루스템은 웃으면서 말했다. "걱정 말고 안내하라. 그러면 코끼리가 악마의 힘을 이기는 모습을 보게 될 것이다."

말을 마치자 루스템은 라쿠쉬의 등에 올라탔고, 올랏은 묶인 채로 그 뒤를 따라 달렸다. 그들은 밤낮을 멈추지 않고 바람처럼 속도를 내어 카이 카우스가 악마들에게 괴롭힘을 당하고 있는 곳에 이르렀다. 그곳에 가까워지자 마친데란의 횃불들을 볼 수 있었다. 루스템은 올랏이 달아나지 못하도록 나무에 묶어 두고 일단 눈을 좀 붙였다. 태양이 떠오르자마자 그는 싸움의 철퇴를 들고 안장에 올라타 악마들의 도시를 향해 한달음에 달려갔다.

루스템은 마친데란의 군대를 이끄는 아르장의 막사에 다다르자 산이 무너지는 소리 같은 고함을 질렀다. 그 소리를 듣고 천막 밖으로 나온 아르장은 루스템을 보자마자 달려들었다. 하지만 루스템이 뛰어 올라 아르장을 움켜잡고 단번에 목을 베었다. 루스템은 승리의 표시로 아르장의 머리를 안장에 매달았다. 그것을 본 마친데란의 병사들은 겁에 질렸고 혼비백산해서 달아났다. 그들은 우왕좌왕 갈팡질팡 정신이 하나도 없었다. 아버지가 아들을 공격하고, 형이 동생을 공격했다. 온 나라에 공포와 절망이 퍼져 나갔다.

루스템은 올랏을 풀어 주면서 카이 카우스가 갇혀 있는 곳으로 안내하라고 했다. 그들이 도시에 가까워지자 라쿠쉬가 큰 소리로 울었고, 카이 카우스가 그 소리를 들었다. 말 울음소리를 듣고 구원의 손길이 다가오고 있음을 알아차린 샤는 기뻐하면서 귀족들에게 그 소식을 알렸다. 하지만 귀족들은 그의 말을 믿으려 하지 않았고, 절망이 샤의 지혜를 앗아 갔다고 생각했다. 카이 카우스는 분명히 라쿠쉬의 울음소리를 들었다고 주장했지만 소용없었다. 하지만 그 문제로 티격태격할 필요가 없었다. 어느새 늠름한 용사가 그의 앞에 나타났다. 귀족들은 그의 목소리와 발소리를 듣고도 꿈인지 생시인지 몰랐다. 카이 카우스는 루스템을 포옹하고 축복하면서 그의 모험과 잘에 대해 물었다.

"오, 나의 펠리바여, 다정한 말을 나눌 시간이 없네. 아르장이 패했다는 소식을 들으면 하얀 악마가 산속 요새에서 나올 터이니 그대는 다시 전쟁터로 가야 한다네. 그가 악마들을 모두 동원하면 그대의 엄청난 힘으로도 상대하기 어려울 거야. 그러니까 하얀 악마가 상황을 알아채기 전에 일곱 개의 산으로 가서 그놈을 무찔러 버리게. 이란은 오직 그대에게서 구원을 찾고 있네. 나도 나의 용사들도 그대를 도울 수 없네. 우리는 모두 눈이 멀어 버렸으니 그대 홀로 이 장대한 모험 길에 올라야 하네. 악마들이 사는 곳은 공포와 위험으로 가득 찬 곳이라는 이야기를 들었네. 하지만 어쩌겠는가! 나의 비통함은 아무 소용이 없으니. 부디 악마를 처치하고 그 심장의 피를 나에게 갖다 주게. 악마의 피만이 우리의 시력을 회복시킬 수 있다고 현자들이 말했다네. 나의 용사여, 이제 출발하게. 오르마즈드의 자비가 그대에게 깃들기를, 이란에 기쁨의 나무가 다시 한 번 솟아나기를!"

루스템은 카이 카우스의 명령에 따라 말을 타고 달렸고, 올랏이 길을 안내했다. 그들이 일곱 개의 산을 지나 지옥의 문에 다다랐을 때 루스템이 올랏에게 말했다.

"너는 길 안내를 잘해 주었고, 네가 말한 것들이 진실이라는 것을 알았다. 이제 악마를 없애 버릴 방법을 말해라."

올랏이 대답했다. "기다리세요. 태양이 하늘 높이 떠오를 때까지 기다리는 게 좋아요. 태양이 땅을 뜨겁게 달구면 악마들은 낮잠을 자는 습관이 있어요. 그들이 잠에 취해 있을 때 공격하면 효과적일 테니까요."

루스템은 올랏을 길옆에 멈춰 서게 하고 머리에서부터 발끝까지 올가미를 씌워 묶었다. 그리고 자신은 그 밧줄 끄트머리 위에 걸터앉았다. 태양이 높이 떠오르자 그는 칼집에서 칼을 빼 들고 자기 이름을 외치면서 번개처럼 악마들 사이로 돌진했다. 악마들이 비몽사몽간에 헤매고 있을 때 그는 몸을 던져 공격했고, 그들은 속수무책이었다. 그는 악마들의 머리를 난도질하며 문지기들을 흩어뜨리고 하얀 악마의 은신처로 향했다.

루스템은 하얀 악마가 숨어 있는 바위 무덤 안으로 들어갔다. 공기는 탁하고 무거웠으며 불쾌한 냄새가 났다. 루스템은 길을 찾을 수 없었다. 곳곳에 무시무시하고 위험한 것들이 숨어 있을 수 있음에도 그는 두려움 없이 나아갔다. 동굴의 막바지에 이르렀을 때 산처럼 커다란 덩치가 눈에 띄었다. 낮잠을 자고 있는 하얀 악마였다. 루스템은 악마를 깨웠고, 악마는 그의 대담함에 경악했다. 악마는 벌떡 일어나 작은 산만 한 바위들을 그를 향해 던졌다. 루스템은 심장이 떨렸으나 스스로에게 중얼거렸다. "오늘 내가 살아서 돌아가면 나는 영원히 살 것이다." 그는 악마에게 덤벼들었고, 그들은 격렬하고 거칠게 싸웠다. 악마가 루스템에게 상처를 입혔으나 루스템은 잘 막아 냈고, 그들의 몸에서 흘러내린 피와 땀이 강을 이루도록 일진일퇴를 거듭했다. 루스템은 신에게 기도했고, 신이 그에게 힘을 주었다. 마침내 루스템이 하얀 악마를 제압하여 죽였다. 루스템은 악마의 목을 베고 가슴에서 심장을 꺼냈다.

루스템이 돌아와 올랏에게 자초지종을 설명하자 그가 말했다.

"오, 사자처럼 용감한 분이시여, 당신의 칼로 세계를 정복했으니 이제 당신의 종을 풀어 주세요. 올가미가 살을 파고들어 고통스러워요. 그리고 나에게 보상해 주시겠다던 약속을 지킬 것이라고 믿어요."

루스템이 대답했다. "아, 당연하지. 하지만 나의 임무를 다 마치지 못했어. 아직 마친데란의 왕을 제압하지 못했잖아. 그 일만 끝나면 약속을 반드시 지킬 거야."

그는 올랏에게 뒤를 따르게 하고 카이 카우스가 갇혀 있는 곳으로 돌아갔다. 카이 카우스는 루스템이 승리했다는 소식에 기쁨의 환호성을 질렀고, 모두가 그의 이름을 소리쳐 부르면서 하늘의 축복이 루스템의 머리 위에 내리기를 기원했다. 마침내 영웅이 하얀 악마의 피를 가지고 왔다. 그것을 카이 카우스와 그의 용사들의 눈에 부어 주자 세상의 밝은 빛을 다시 볼 수 있게 되었다. 그들은 자기들이 있던 곳에 불을 질렀으며 칼을 뽑아 자신들을 지키던 간수의 목을 베었다. 그러고 나자 카이 카우스는 더는 피를 흘리는 일이 없도록 하라고 명령했다.

카이 카우스는 마친데란의 왕에게 편지를 써서 평화 조약을 맺자고 제안했다. 그는 루스템이 아르장을 물리치고 하얀 악마를 죽였으므로 마친데란의 대들보는 이미 무너졌다고 했다. 또 만약 이란에 항복하지 않고 샤에게 경의를 표하지 않는다면 루스템이 그를 죽일 수도 있다고 덧붙였다. 카이 카우스는 전령을 보내 마친데란의 왕에게 편지를 전했다.

마친데란의 왕은 아르장과 하얀 악마와 동료들이 죽었다는 사실을 알고 비통해하며 근심에 빠졌다. 그는 용기를 잃었다. 빛나던 영광은 모두 사라진 것 같았다. 그럼에도 그는 전령에게 자신의 절망을 들키지 않으려고 안간힘을 썼고, 대담하게도 카이 카우스에게 그를 만나러 가겠다고 오만한 어투로 편지를 썼다. 그는 자신의 병력을 과장해서 말했고, 카이 카우스의 잘못을 비난했다. 그리고 이란을 완전히 박살 내어 흙먼지만 남길 수 있다고 위협했다.

카이 카우스와 귀족들은 분노했다. 루스템이 말했다. "오, 나의 샤여, 제가 마친데란의 왕을 만나겠습니다. 저에게 편지를 써 주십시오."

카이 카우스는 대필자를 불러들였다. 대필자는 갈대 끝을 화살촉처럼 뾰족하게 깎아 샤의 말을 받아 적었다. 카이 카우스는 길게 쓰지 않았다. 마친데란 왕에게 오만함을 버리라고 했고, 복종하지 않을 경우 맞이하게 될 운명에 대해 말했다. 만약 말을 듣지 않으면 그의 목이 도시의 성벽에 매달리게 될 것이라고 경고했다. 루스템은 왕실의 인장으로 봉한 편지를 가지고 떠났다.

마친데란의 왕은 카이 카우스가 또 다른 전령을 보냈다는 소식을 듣고 가장 강한 용사들에게 그를 맞이하라고 했다. 루스템은 그들이 가까이 다가오자 길옆의 거대한 나무를 뿌리째 뽑은 다음 창을 다루듯이 휘둘렀다. 마친데란의 용사들은 그 모습을 보고 눈이 휘둥그레졌다. 루스템은 그들을 향해 나무를 던졌고, 용사들이 여럿 말에서 떨어졌다. 그들 가운데 마친데란의 거인이 온 힘을 다해 루스템의 손을 움켜잡았다. 그 강인한 손목을 비틀어서 부러뜨릴 속셈이었던 것이다. 루스템은 별 볼일 없는 그의 손아귀 힘을 비웃으면서, 이번에는 그가 힘을 주어 거인의 손을 움켜잡았다. 거인은 새하얗게 질렸고, 팔의 혈관이 불거져서 금세 터질 것 같았다.

용사 하나가 달려가 마친데란의 왕에게 전후 사정을 설명했다.

왕은 가장 용맹한 기사를 보내면서 군대의 명예를 회복하라고 했다. 기사 칼라울은 말했다.

"염려 마십시오. 그 전령의 눈에서 피눈물이 흘러나오게 할 것입니다."

칼라울은 루스템을 보자마자 들이댓바람에 그의 손목을 움켜잡았다. 그의 손아귀 힘은 쇠틀 같았다. 루스템은 고통스러워서 자기도 모르게 움찔했다. 하지만 마친데란의 부하들에게 승리의 영광을 안겨 줄 수 없었다. 그는 칼라울의 손목을 으스러지도록 잡았고, 혈관에서 피가 용솟음치고 손톱이 빠질 때까지 놓지 않았다. 그는 칼라울에게 천하무적의 전령을 보낸 나라와는 평화 협정을 맺는 게 현명하다고 충고했다. 그러나 마친데란의 왕은 평화를 싫어했으므로, 전령을 당장 데려오라고 했다.

코끼리처럼 거대한 체구의 전령이 마친데란의 왕 앞에 나타났다. 왕은 그의 모험과 카이 카우스에 대해 물어보면서 전령을 샅샅이 훑어보더니 큰 소리로 말했다.

"너는 루스템이 분명하다, 펠리바의 팔과 가슴을 지니고 있는 걸 보니."

루스템은 펄쩍 뛰었다. "그렇지 않습니다. 나는 그를 수행할 자격조차 없는 노예에 불과합니다. 펠리바는 위대하고 강하며, 이 세상에 단 하나밖에 없는 존재입니다." 그러고 나서 그는 왕에게 자신의 군주가 쓴 편지를 건넸다. 왕은 편지를 읽고 나서 노발대발하며 말했다.

"이따위 말들을 늘어놓으면서 너를 나에게 보내다니 그는 제정신이 아닌 게로구나. 그가 이란의 군주라면 나는 마친데란의 왕이다. 따라서 결코 나를 그의 신하라고 부를 수 없다. 내 손으로 오만한 그를 사로잡고 말 것이다. 그는 자기가 당한 재앙으로부터 아무 교훈도 얻지 못했구나. 그러면서 교만한 말로 나를 무시하다니. 가서 그에게 말하라. 마친데란의 왕은 그를 전쟁터에서 만날 것이고, 그의 자만심은 겸손을 배우게 될 것이라고."

왕은 루스템을 내보내라고 했다. 전령에게는 선물을 넉넉하게 줘서 보내는 게 관례였지만 그는 빈손으로 내보냈다. 루스템도 선물을 받을 생각이 없었다. 그는 머리끝까지 화가 치솟아서 카이 카우스에게 당장 복수를 감행하라고 했다.

카이 카우스와 마친데란의 왕은 각자 군대를 정비해서 싸울 준비를 마쳤다. 그들이 전투 장소를 향해 행군하자, 전투용 코끼리들의 발소리에 땅이 울렸다. 이레 동안 격렬하고 치열한 전투가 이어졌고, 온 세상이 검은 흙먼지로 뒤덮였다. 먹구름 속에서 번개가 번쩍이듯 어둠 속에서 칼과 철퇴가 불꽃을 튕기며 번쩍였다. 악마들의 비명 소리와 용사들의 외침 소리, 트럼펫 소리와 북소리, 말들의 울음소리와 죽어 가는 이들의 신음 소리가 세상을 아비규환의 아수라장으로 만들었으며, 용감한 이들의 피가 들판을 호수로 바꿔 버렸다. 지금까지 본 적 없는 참혹한 광경이었다. 하지만 승리는 누구의 것도 아니었다. 여드레째 되는 날 카이 카우스는 카이아니데스의 왕관을 벗어 들고 오르마즈드 앞에 엎드려 기도했다.

"오, 세상의 주인이시여, 제 목소리에 귀 기울여 주시고, 당신에 대한 믿음이 없는 악마들을 이길 수 있도록 하소서. 당신에게 아무 도움도 되지 않는 저를 위해서 그렇게 하지 마시고, 당신의 나라인 이란을 위해 그렇게 해 주소서."

그는 왕관을 다시 머리에 쓰고 밖으로 나가 병사들 앞에 섰다. 병사들은 하루 종일 사자처럼 싸웠다. 동정이나 자비는 이 세상에서 사라져 버렸고, 여기저기서 휘두르는 철퇴들이 하늘을 가렸다. 마침내 오르마즈드는 그의 종의 기도를 들어주었고, 저녁 무렵이 되자 마친데란의 군대는 꽃이 지듯 자취를 감추었다. 루스템은 마친데란의 왕에게 결투를 신청했다. 왕이 받아들이자 루스템이 그를 제압하여 창으로 위협하며 말했다.

"죽어라, 사악한 악마여! 거들먹거리던 이들의 명단에서 네 이름이 사라질 것이다."

그가 마친데란의 왕을 찌르려는 순간, 왕은 마법을 사용해서 바위로 변해 버렸다. 루스템은 당황해서 어떻게 해야 할지 몰랐다. 카이 카우스가 왕좌 앞으로 바위를 끌고 오라고 했다. 힘센 병사들이 바위를 끈으로 얽어매서 들어 올리려고 했지만 꿈쩍도 하지 않았다. 그때 코끼리처럼 건장한 루스템이 자신의 힘을 시험하기 위해 앞으로 나섰다. 그는 커다란 손으로 바위를 움켜잡아 들어

올렸다. 그리고 언덕을 가로질러 카이 카우스 앞에 내려놓았다. 병사들이 그 모습을 보고 함성을 질렀다.

카이 카우스가 말했다.

"오, 마친데란의 왕이여, 모습을 보여라. 그렇지 않으면 철퇴로 산산이 부숴 버리겠다."

그제야 마친데란의 왕은 겁을 먹고 바위 밖으로 나와 비열한 모습을 드러냈다. 루스템은 미소를 지으며 그의 손을 잡고 카이 카우스 앞으로 이끌었다.

"제 공격이 두려워 바위가 되었던 자를 폐하에게 굴복시키기 위해 데려왔습니다."

카이 카우스는 왕이 저지른 악행을 낱낱이 비난하고 나서 사악한 자의 목을 베라고 했다. 명령은 그 자리에서 이루어졌다. 카이 카우스는 신에게 감사를 드렸고, 병사들에게 각자의 공과에 따라 선물을 듬뿍 나누어 주었다. 그리고 연회를 베풀어 마음껏 먹고 마시도록 했다. 마지막으로 그의 펠리바인 루스템에게 감사를 표하면서 루스템이 없었더라면 자신은 다시 왕좌에 앉지 못했을 것이라고 했다. 루스템이 대답했다.

"오, 왕이시여, 모두 올랏 덕분입니다. 그가 저에게 길을 알려 주었고, 하얀 악마를 처치할 수 있는 방법을 가르쳐 주었습니다. 그러니 제가 그에게 마친데란을 다스리게 하겠다고 했던 약속을 지킬 수 있게 해 주십시오."

카이 카우스는 기꺼이 승낙했다. 그리하여 올랏은 마친데란을 다스리게 되었으며 이란에는 다시 평화가 찾아왔다. 이에 온 나라가 기뻐했고, 카이 카우스는 자신의 보물 창고를 열었으며, 나라 안이 두루 평안해졌다. 루스템은 샤 앞으로 나아가 아버지에게 돌아가고 싶다고 했다. 카이 카우스는 펠리바의 소망을 들어주었으며, 선물을 듬뿍 실어 보냈고, 보물을 끊임없이 퍼주었다. 그는 루스템을 축복하며 말했다.

"그대가 해와 달처럼 오래 살기를, 그대의 심장이 변함없이 뛰기를, 그대가 영원히 이란의 기쁨이기를 비노라!"

루스템이 출발하고 난 뒤 카이 카우스는 맛있는 음식과 술을 스스로 끊고 정의롭고 명예롭게 나라를 다스렸다. 그는 정의의 칼로 모든 근심을 없앴으며, 온 세상을 초목으로 덮었다. 신이 그를 지지했으므로 아리만은 해악의 손길을 뻗칠 수 없었다.

마친데란으로 진격해 들어간 이야기는 이렇게 끝난다.

7

카이 카우스가 더 많은 잘못을 저지르다

옛날 이란의 샤들은 자신의 제국을 방문해서 신하 나라의 군주들과 대면하고 그들의 조공을 받아 내곤 했다. 카이 카우스는 투란에서 중국까지, 미크란에서 베르베리스탄까지 돌아다녔다. 그가 지나가는 곳마다 사람들이 경의를 표했는데, 황소는 사자와 전쟁을 벌일 수 없기 때문이었다. 하지만 이렇게 영원히 지속될 수는 없었으니, 장미의 정원에서 가시가 이미 사라진 상태였다. 세상이 점점 부유해지면서 이집트 족장들이 반항하는 수위가 높아졌고, 그 나라 백성들은 이란에 대한 복종을 그만둬 버렸다. 하마베란의 왕도 그에 동조하여 페르시아의 간섭에서 벗어나길 바랐다. 그 소문을 전해 들은 카이 카우스는 군대를 정비해서 저항하는 나라로 진격해 갔다. 그가 반란을 일으킨 사람들 앞에 나타났을 때, 천하무적처럼 보였던 하마베란의 군대는 참패했고, 왕은 맨 먼저 무기를 내려놓고 샤에게 용서를 구했다. 카이 카우스는 너그럽게 봐주었고, 왕은 가슴을 쓸어내리면서 물러났다. 그때 샤 주위에 있던 사람이 말했다.

"오, 샤여, 저 왕에게는 아름다운 딸이 있습니다. 저의 군주는 달처럼 아름다운 미인을 부인으로 맞아야 어울리지 않겠습니까?" 카이 카우스가 대답했다. "네 말이 옳다. 그녀의 아버지에게 전령을 보내 딸을 조공으로 바치라고 할 것이다. 그러면 두 나라 사이의 평화도 공고해질 것이다."

하마베란의 왕은 샤의 전언을 듣고 울분으로 가슴이 폭발할 것 같았다. 그는 세상을 다 가진 카이 카우스가 자신의 가장 소중한 보물을 탐내는 것을 도무지 이해할 수 없었다. 그는 샤에게 보내는 답장에서 자신의 슬픔을 감출 수는 없으나, 카이 카우스가 원하는 대로 하는 게 바람직할 것이라고 썼다. 그는 괴로움에 싸인 채 사랑하는 딸 수다베를 불렀다. 딸에게 고민을 털어놓고, 어떻게 했으면 좋겠느냐고 물었다.

"너를 잃어버리면 내 삶의 빛도 사라진다. 그렇지만 내가 어찌 샤에게 맞설 수 있겠느냐?"

수다베가 대답했다. "피할 수 없으면 즐기라고 했듯이, 다른 방도가 없으면 기꺼이 받아들여야지요."

그 말을 듣고 아버지는 딸이 상황을 긍정적으로 바라보는 것을 알게 되었다. 그는 전령에게 카이 카우스의 뜻에 동의한다고 전하고, 그들은 나라 대 나라로 동맹을 맺기로 했다. 왕은 전령에게 선물을 듬뿍 안겨 주고 연회를 베풀어 먹고 마시게 했다. 그리고 호위대와 함께 딸을 샤의 막사로 보냈다. 젊은 미녀는 화려한 옷을 입고 가마를 타고 갔다. 카이 카우스는 상상했던 것보다 훨씬 아름다운 그녀를 보고 할 말을 잃었다. 그는 수다베를 왕좌 옆 자리로 불러올려 그녀가 자신의 배우자로 손색이 없음을 알렸다. 두 사람은 서로 마음에 들어 했다. 그런데 호사다마라고 했던가, 문제가 생기고 말았다.

하마베란의 왕은 자기 삶의 빛이 사라지자 도무지 살고 싶지 않았다. 그는 견딜 수 없어서 딸을 되찾을 방법을 궁리했다. 딸이 가고 난 뒤 이레가 지났을 때, 그는 카이 카우스에게 전령을 보내 그들이 맺은 동맹을 온 나라가 축하하기 위해 궁전에서 연회를 열기로 했으니 꼭 참석해 달라고 했다.

수다베는 왠지 불길한 느낌이 들어서 샤에게 연회에 참석하지 말라고 충고했다. 그러나 카이 카우스는 수다베의 말을 대수롭지 않게 여기고 하마베란 왕의 궁전에서 즐거운 날들을 보냈다. 왕은 카이 카우스에게 선물 공세를 퍼붓고, 아첨을 하고, 그의 허영심을 부추겼다. 카이 카우스의 신하들에게도 극진히 대접했고, 듣기 좋은 말과 맛 좋은 술로 그들의 지혜를 어둡게 만들었다. 하마베란의 왕은 카이 카우스와 신하들을 안심시켜 해이해지게 만든 뒤 그들을 습격해서 굵은 쇠사슬로 묶고, 그들의 명예와 권위를 뒤엎어 버렸다. 그는 카이 카우스를 바다 가운데 솟은 하늘을 찌를 듯 높은 요새로 보냈다. 그러고 나서 강한 병사들과 베일 쓴 여자들을 이란의 진지로 보내어 수다베를 데려오라고 했다.

수다베는 병사들과 여자들을 보자마자 상황을 짐작했다. 그녀는 자신의 옷을 찢으면서 큰 소리로 울부짖었다. 그녀는 아버지의 배신을 비난하면서 카이 카우스가 무덤 속에 갇혀 있다고 하더라도 자신과 그를 갈라놓을 수는 없다고 맹세했다. 그녀의 마음이 자기에게서 떠난 것을 알고 왕은 길길이 뛰면서 그녀를 남편과 같은 감옥에 집어넣으라고 했다. 수다베는 바라던 바였으므로 가벼운 마음으로 감옥으로 갔다. 그녀는 샤 곁에서 그를 돌보고 안정시켰다. 두 사람은 수감 생활의 괴로움을 함께 견뎠다.

이리하여 샤가 감금되었으므로 이란 군대는 매우 당황해서 이란으로 돌아갔다. 한편 샤에 대한 소문이 퍼지자 너도나도 비어 있는 왕좌를 호시탐탐 노렸다. 그중에서도 아흐라시압은 소문을 듣기가 무섭게 강력한 군대를 보내 국경을 넘었다. 그는 이란 땅을 쑥대밭으로 만들었고, 남녀노소 할 것 없이 닥치는 대로 결박했다. 빛의 왕국은 어둠에 잠겼다. 그때 몇몇 사람이 잘의 아들에게 달려가 도와 달라고 호소했다.

"재앙에 맞서 우리를 보호해 주시기를. 우리의 괴로움을 없애 주시기를. 카이아니데스의 영광이 스러져 가고 있고, 낙원과도 같은 나라가 존립할 수 없게 되었습니다."

루스템은 이란을 생각하면 마음이 아팠으나, 또다시 위험 속으로 빠져든 샤에게 분통이 터졌다. 그는 전령들에게 카이 카우스를 구출할 방법을 찾을 것이며, 이란을 잊지 않을 것이라고 말했다. 그리고 곧장 카이 카우스에게 날쌔고 영리한 비밀 전령을 보내 이렇게 전하라고 했다.

"군대를 보내 폐하를 구할 테니 마음 편히 계시고 두려워하지 마십시오."

루스템은 먼저 위협으로 가득 차 있고, 철퇴와 칼과 전투에 대한 내용뿐인 편지를 하마베란의 왕에게 보냈다. 그는 왕의 배신을 비난했고, 위대한 루스템을 맞이할 준비를 하라고 못을 박았다.

하마베란의 왕은 편지를 읽고 몹시 불안했으나 루스템에게 대항하기로 했다. 그는 만약 자신에게 맞선다면 샤의 운명을 장담할 수 없다고 루스템을 협박했다. 루스템은 비웃음을 머금고 말했다.

"이자는 매우 어리석거나 아리만이 그의 지혜를 흐려 놓은 것이 분명하다."

그는 라쿠쉬에 올라타 하마베란을 향해 떠났고, 용사들이 끝도 없이 뒤를 따랐다. 하마베란의 왕은 그 광경을 보고 루스템과 맞서 싸울 군대를 보냈다. 그러나 하마베란의 병사들은 루스템의 당당한 태도와 거대한 철퇴, 사자 같은 풍모를 보고 겁을 잔뜩 집어먹었다. 당장에라도 심장이 몸 밖으로 튀어나올 것처럼 두근거렸다. 그들은 루스템의 눈에 띄지 않게 달아나 하마베란의 왕에게 돌아갔다.

하마베란의 왕은 참모들 가운데 앉아 있었다. 그는 자신의 군대가 제대로 공격도 못하고 뿔뿔이 흩어지는 모습을 보자 근심에 휩싸였다. 그는 참모들에게 조언을 구했고, 참모들은 동맹을 맺어야 한다고 한목소리로 말했다. 왕은 이집트와 베르베리스탄의 왕에게 편지로 애원했다. 그들은 그의 간청을 받아들였고 대규모의 군대를 보냈다. 그들은 루스템과 맞서 싸우게 됐고, 2리그*나 되는 거리를 늘어서 있었다. 그들에 비하면 새발의 피인 루스템의 군대가 그들을 막아 내지 못할 것처럼 보였다.

루스템은 부하들에게 당황하지 말고 신에게 희망을 걸라고 말한 뒤 불길이 번지듯 동맹군을 덮쳤다. 땅 위에는 핏물이 고여 흘렀고, 몸에서 떨어져 나온 머리통들이 사방에 굴러다녔다. 라쿠쉬와 루스템이 모습을 나타내는 곳이면 어디나 막대한 피해를 입었다. 저녁이 되기 전에 이집트와 베르베리스탄의 왕은 루스템의 포로가 되었다. 해가 지기 전에 하마베란의 왕은 불운의 날이 끝났음을 알았다. 그는 펠리바에게 자비를 호소하기 위해 모습을 드러냈다. 루스템은 카이 카우스와 병사들과 보물을 제자리로 돌려놓으면 전쟁을 끝내겠다고 했다. 하마베란의 왕은 루스템의 제안을 받아들였다. 카이 카우스와 수다베는 감옥에서 풀려났다. 하마베

* 약 10킬로미터(옮긴이)

란의 왕과 동맹국들은 카이 카우스와의 동맹을 선언했으며, 아흐라시얍에 맞서서 싸우기 위해 함께 이란으로 진격했다. 수다베는 아름답게 장식하고 향나무로 겉을 감싼 가마를 타고 군대와 함께 갔다. 그녀는 함부로 그 아름다움을 볼 수 없도록 베일을 쓰고 있었으며, 구름 뒤에 가린 태양처럼 위장한 남자들과 동행했다.

카이 카우스는 고향에 돌아오자마자 아흐라시얍에게 편지를 써 보냈다.

"이란에서 물러갈 것이며, 나의 영토를 침범하지 말 것을 명하노라. 이란은 내 나라이며 나에게 속한 세상이라는 것을 너는 모르느냐?"

아흐라시얍이 답장을 보내왔다. "네가 보낸 편지에 적혀 있는 말은 마친데란과 주위 나라들을 탐냈던 너와 같은 사람에게 어울리지 않는구나. 네가 이란으로 만족한다면 왜 전쟁을 벌였겠는가? 이란은 나의 것이다. 투르가 나의 조상이고 내 손으로 그 나라를 정복했기 때문이다."

카이 카우스는 아흐라시얍이 순순히 물러가지 않을 것을 알고 군대를 정비해서 투란의 왕과 맞서기 위해 진격했다. 아흐라시얍은 대규모의 군대로 그들을 맞이했다. 북소리와 심벌즈 소리가 요란하게 울려 퍼졌다. 전투는 치열했고 피비린내가 진동했으나 결국 루스템이 투란의 군대를 무너뜨렸으며, 그들의 운명은 전쟁터에 묻혔다. 아흐라시얍은 당황했고, 속이 부글부글 끓었다. 그는 희생된 용사들을 애도한 뒤 아직 남아 있는 병사들을 또다시 전장에 내몰았다. 그는 펠리바인 루스템을 사로잡으면 어마어마한 상을 내리겠다고 말했다.

"산 채로 그를 데려오는 사람은 하나의 왕국을 차지하고 내 딸과 혼인하게 될 것이다."

터키 인들은 다시 한 번 힘을 내 보았지만 이란이 그들보다 강했으므로 희생자만 더 늘어나고 말았다. 그들의 피가 땅을 장밋빛으로 물들였다. 터키 인의 운이 다했으니 아흐라시얍은 꽁지가 빠지게 달아났고, 패잔병들이 그 뒤를 따랐다.

카이 카우스는 다시 한 번 왕좌에 앉게 되었다. 이란 사람들은 평화가 돌아온 것을 기뻐했다. 샤는 정의와 번영의 문을 열었고, 온 백성이 바르게 살았으며, 늑대는 양을 넘보지 않았다. 그리하여 이란의 방방곡곡에 행복이 넘쳤다. 샤는 루스템이 또다시 자신을 도와준 것에 감사했고, 그에게 자하니 펠리바라는 호칭을 내렸다. '이 세상의 수호자'라는 뜻이었다. 샤는 루스템을 자기 행복의 근원이라고 불렀다. 그 뒤로 샤는 거대한 탑과 궁전을 짓는 데 열중했고, 이란은 아름답게 변모했다. 백성들은 다시 태평성대를 누렸다.

아리만은 그 때문에 기분이 좋지 않아 잠을 이루지 못했다. 그는 또 한 번 샤의 야심을 불러일으킬 방법을 고민하다가 악마들에게 의견을 물었다. 악마들 가운데 하나가 말했다. "제가 직접 샤를 만나서 마음을 뒤흔들어 놓겠습니다."

아리만은 흔쾌히 승낙했다. 악마는 젊은 청년으로 변신해서 장미꽃을 들고 샤의 앞에 나타났다. 악마는 샤에게 장미꽃을 바치고 그의 발 앞 땅에 입을 맞추면서 말했다.

"샤여, 만수무강하소서! 폐하는 이토록 강하고 위대하시니 천국의 천장이야말로 폐하의 왕좌가 되어야 마땅합니다. 온 세상이 폐하 앞에 무릎 꿇었지만, 폐하의 영광에 오직 한 가지가 모자라는 것 같습니다."

카이 카우스는 그 한 가지가 무엇인지 물었다. 악마가 대답했다.

"폐하는 태양과 달의 원리, 별들이 운행하는 이유와 그들을 움직이게 하는 비밀을 알지 못합니다. 폐하는 땅 위 모든 것의 주인이므로, 하늘 또한 폐하의 뜻대로 움직이게 해야 하지 않겠습니까?"

악마의 교활한 말에 카이 카우스의 정신이 흐려졌고, 인간은 하늘에 오를 수 없다는 사실을 잊어버렸다. 그는 별들의 세상으로 날아올라 그들의 비밀을 알아볼 수 있는 방법을 궁리했다. 그러던 중 어떤 사람이 그의 계획을 실현할 수 있는 방법을 알려 주었다. 카이 카우스는 그가 가르쳐 준 대로 했다. 샤는 향나무로 전차의 뼈대를 만들고, 네 귀퉁이에 창을 똑바로 세워 놓았다. 창끝에 염소 고기를 꽂아 두고 날개가 튼튼한 독수리 네 마리를 전차의 네 귀퉁이에 묶었다. 전차가 완성되자 카이 카우스는 당당하게 그 속에 앉았다. 독수리들이 살코기 냄새를 맡고 그쪽을 향해 날갯짓하며 날아오르자 전차도 함께 떠올랐다. 독수리들이 안간힘을 써 봤자 살코기 쪽으로 다가갈 수 없었다. 독수리들이 힘을 쓸수록 카이 카우스가 앉아 있는 왕좌가 위로 올라갔다. 독수리들은 배가 고팠기 때문에 열심히 날갯짓을 했다. 그러나 한참 후에 힘이 다하자 마침내 포기했다. 독수리들이 날갯짓을 멈추자 전차는 땅으로 곤두박질쳤다. 오르마즈드가 보살피지 않았다면 카이 카우스는 교만함으로 인해 목숨을 잃었을 것이다.

독수리들이 샤를 중국의 사막까지 데려갔으므로 그를 구해 줄 사람이 없었다. 샤는 배고파 죽을 지경이었으나 그의 허기와 갈증을 달래 줄 만한 게 아무것도 없었다. 그는 외롭고 슬펐으며, 또다시 이란을 조롱거리로 만들고 말았다는 생각에 부끄러워 몸 둘 바를 몰랐다. 그는 괴로움에 싸여 신에게 기도했고, 자신의 죄를 용서해 달라고 빌었다.

카이 카우스가 잘못을 뉘우치며 분투하는 동안 루스템이 샤의 소식을 들었다. 그는 군대를 이끌고 샤를 찾으러 떠났다. 가까스로 샤를 만난 루스템은 간신히 화를 억누르면서 그의 어리석음을 한탄했다.

"세상에 어찌 그런 생각을 할 수가 있습니까? 삼척동자도 알 만한 일 아닙니까? 폐하는 귀신에게도 홀리고, 바람만 불어도 마음이 오락가락하는군요. 벌써 세 번이나 재앙에 휘말렸으니, 백성들이 어찌 폐하를 믿을 수 있겠습니까? 쓸데없는 자만심에 들뜬 왕이 하늘에 올라가 보려고 했다는 사실은 이란의 역사가 지속되는 동안 내내 수치스러운 일로 남게 될 것입니다. 폐하의 조상들을 생각해 보시고, 그분들의 발자취를 따라 공정하게 나라를 다스리기를 간절히 부탁드립니다."

카이 카우스는 쥐구멍이라도 찾고 싶은 심정이었다. 그는 가까스로 입을 열어 루스템에게 겸허하게 말했다.

"입이 열 개라도 할 말이 없네." 샤는 왕궁으로 돌아가 여러 날 낮과 밤을 신 앞에 엎드려 사죄했다. 오랜 시간이 지나서야 비로소 그는 스스로 왕좌에 올라도 되겠다고 생각했지만 여전히 망설이다가 신이 자신을 용서했다고 느껴졌을 때 다시 왕좌에 앉았다. 그는 겸허한 마음으로 왕좌에 올랐으며 지혜로운 사람이 되었다. 이후로 그는 정의롭게 나라를 다스렸으며, 신의 눈으로 볼 때 올바른 행동을 했고, 매일 신실한 마음을 잃지 않았다. 군주들과 통치자들은 샤를 존경했고, 그가 과거에 저질렀던 어리석은 행동들을 잊어버렸다. 카이 카우스는 빛의 왕좌에 어울리는 사람으로 변모했다. 이란은 샤에 의해서 발전했으며, 국력과 부가 점점 커져 갔다.

8
루스템과 소랍

눈물겨운 이야기가 되겠지만, 루스템과 소랍의 싸움에 대해 들어 보라.

어느 날 잠에서 깨어난 루스템은 돌연 불길한 예감이 들었다. 그는 그것이 무엇인지 알아내야겠다고 생각했다. 그래서 라쿠쉬에게 안장을 얹고 화살통에 화살을 가득 채웠다. 그는 투란 근처에 있는 황야로 향했는데, 그곳은 사맹간 시로 가는 길이기도 했다. 루스템은 도중에 당나귀 무리를 몰아서 질릴 때까지 사냥을 하고 한 마리를 잡아서 구워 먹었다. 고기를 다 먹고 난 다음에는 뼈를 부러뜨려서 골수까지 먹었다. 날이 저물자 잠자리에 들었고, 라쿠쉬는 곁에서 풀을 뜯어 먹었다.

영웅이 잠들어 있는 동안 마침 투란의 기사 일곱 명이 지나가게 되었다. 그들은 라쿠쉬를 보더니 탐을 냈다. 그래서 줄을 던져 말을 사로잡으려 했다. 하지만 그들의 계획을 눈치챈 라쿠쉬가 발로 땅을 구르며, 사자에게 그랬듯이 그들에게 달려들었다. 그들 가운데 한 사람은 머리를 물렸고, 한 사람은 발굽에 차였다. 라쿠쉬가 그들을 한꺼번에 물리치기에는 기사들의 숫자가 너무 많았다. 결국 라쿠쉬는 사로잡혀 도시로 끌려갔다. 기사들은 훌륭한 말을 사로잡아서 기분이 좋았다. 잠에서 깨어난 루스템은 말이 보이지 않자 기운이 빠지면서 깊은 슬픔에 잠겨 혼잣말을 했다.

"어떻게 터키 인들과 맞서 싸울 것인가? 어떻게 혼자 사막을 건너갈 것인가?"

그는 근심에 휩싸인 채 말발굽 자국을 따라갔다. 그리하여 도시의 성문 앞에 이르렀다. 도시 사람들이 루스템을 보았고, 그가 걸어온 것을 알게 되었다. 왕과 귀족들이 그를 맞이하러 나와 까닭을 물었다. 루스템은 자초지종을 설명했다. 그는 자신의 말을 되찾을 수 없다면 많은 사람의 목숨을 빼앗을 수밖에 없다고 강경하게 말했다. 사맹간의 왕은 화가 나서 어쩔 줄 모르는 루스템에게 위로의 말을 건넸다. 그는 자신의 백성 가운데 루스템 같은 영웅에게 나쁜 짓을 할 사람은 없다면서, 말을 찾을 때까지 자기 궁전에서 지내자고 했다. "라쿠쉬를 오랫동안 숨겨 놓는 일은 불가능합니다."

루스템은 마음을 가라앉히고 왕의 궁전으로 갔다. 그곳에서 잔치를 벌이고 포도주를 마시면서 유쾌한 시간을 보냈다. 왕은 손님을 맞이하게 되어 기뻤으며, 가수들에게 아름다운 노래를 부르게 했다. 밤이 되자 왕은 사향과 장미향이 나는 침상으로 루스템을 이끌면서 아침까지 푹 쉬라고 말했다. 그리고 모든 일이 잘 풀릴 것이라고 장담했다.

밤이 깊어지고 샛별이 동쪽 하늘에 떠 있을 무렵, 루스템이 자고 있는 방의 문이 열리고, 문지방에서 나지막하게 소곤거리는 목소리가 들려왔다. 곧이어 호박향이 나는 등잔을 든 노예가 들어왔고, 아름다운 얼굴을 베일로 가린 여자가 뒤를 따랐다. 그녀가 움직일 때마다 옷자락에서 사향 냄새가 풍겼다. 여자들은 술에 취해 잠든 영웅의 침대 가까이로 다가왔다. 루스템이 화들짝 놀라 몸을 일으키며 물었다.

"그대들은 누구이며, 이 밤에 무슨 일로 왔는가?"

페르시아의 미녀처럼 생긴 여자가 대답했다. "저는 타미네이며, 표범과 사자의 종족인 사맹간 왕의 딸입니다. 이 세상의 왕자들 가운데에는 베일을 벗기고 제 얼굴을 볼 수 있는 인물이 없습니다. 펠리바의 용맹함에 대해 듣고 난 후부터 제 가슴은 번민으로 괴롭고 욕망으로 흔들립니다. 펠리바는 악마도 사자도 전혀 두려워하지 않고 손은 귀신처럼 빠르며, 대담하게도 홀로 마친데란에 가고, 야생 당나귀를 먹어 치우며, 걸을 때마다 땅이 울리고, 독수리마저도 펠리바의 칼을 보면 먹잇감 위에 내려앉으려 하지 않는다지요. 이처럼 펠리바에 대한 얘기를 들을 때마다 굉장히 궁금하고 보고 싶었어요. 마침내 신께서 펠리바를 제게 보내 주셨습니다. 펠리바가 제 말을 받아들인다면 저는 펠리바의 것이에요. 제 말을 받아들이지 않는다면 저는 아무에게도 청혼하지 않을 거예요. 오, 펠리바여, 사랑이 이토록 제 분별력을 흐리게 만들고 신중함을 빼앗아 갔다는 것을 알아주세요. 하지만 어쩌면 신이 저에게 펠리바처럼 강하고 용맹한 아들을 허락해서, 그 아이에게 온 세상을 다스리게 할지도 모를 일이지요. 펠리바가 제 말을 받아들인다면 당장 라쿠쉬를 데려 올 것이고, 사맹간의 땅을 펠리바에게 바칠 거예요."

달처럼 아름다운 미녀가 말을 하는 동안 루스템은 그녀를 주의 깊게 바라보았다. 그는 그녀가 미인인 데다가 지혜롭다는 것을 알게 되었다. 특히 그녀가 라쿠쉬를 입에 올렸을 때 그는 마음속으로 결정을 내렸고, 이 모험은 영광스럽게 끝날 것이라고 짐작했다. 그는 무비드를 왕에게 보내 타미네에 대한 마음을 전했다. 왕은 매우 기뻐하면서 딸을 펠리바에게 보냈고, 그들은 관습과 의례에 따라 동맹을 맺게 되었다. 궁전과 도시에 살고 있는 사람들은 너 나 할 것 없이 그들의 동맹을 기뻐했고, 루스템에게 축복이 있기를 빌었다.

페르시아의 미녀와 단둘이 있게 되자 루스템은 온 세상에 알려져 있는 자신의 마노 팔찌를 팔목에서 뺐다.

"이 팔찌를 잘 간직했다가 만약 하늘이 그대에게 딸을 주시면 이것으로 그 애의 머리를 묶어 주시오. 그러면 사악함으로부터 그 애를 지켜 줄 것이오. 만약 그대가 아들을 얻게 된다면 나처럼 팔목에 이것을 채워 주시오. 그러면 그 애는 네리만처럼 강해질 것이고, 네리만의 아들 사움처럼 키가 클 것이고, 내 아버지 잘처럼 말솜씨가 뛰어날 것이오."

페르시아의 미녀는 그와 함께 있는 것이 마냥 좋았다. 하루가 지난 뒤, 왕은 라쿠쉬의 소식을 들었다면서 곧 돌아올 것이라고 했다. 루스템은 뛸 듯이 기뻐했다. 마침내 말이 돌아오자 부랴부랴 달려갔다. 그는 라쿠쉬에게 안장을 얹었고, 자신의 기쁨을 돌려준 오르마즈드에게 감사의 말을 했다. 이제 떠나야 할 시간이었다. 그는 팔을 벌려 타미네의 아름다운 얼굴을 가슴에 안았고, 그녀의 뺨을 자신의 눈물로 적셨으며, 그녀의 머리에 끝도 없이 입을 맞추었다. 그가 라쿠쉬의 등에 올라타자마자 순식간에 그들의 모습이 시야에서 사라졌다. 타미네는 크나큰 슬픔에 잠겼고, 루스템은 자불리스탄으로 돌아가는 길에 여러 가지 생각에 빠졌다. 그는 이 모험을 가슴 깊이 간직했지만 아무에게도 말하지 않았다.

달이 아홉 번 바뀌었을 때, 타미네는 루스템을 꼭 닮은 아들을 낳았다. 아기가 늘 환하게 웃었으므로 사람들이 아기를 소랍이라고 불렀다. 소랍은 한 달이 지나자 열두 살 소년처럼 보였고, 다섯 살이 되었을 때는 무장을 한 채 온갖 무기를 능숙하게 다루었다. 열 살이 되자, 힘을 겨루는 경기에서 온 나라 안에 그를 당할 사람이 없었다. 그러자 그는 담대하게도 어머니 앞에 나아가 말했다.

"저는 또래 아이들보다 키도 크고 훨씬 튼튼합니다. 제 종족과 혈통에 대해, 그리고 사람들이 아버지의 이름을 물으면 뭐라고 대답해야 하는지 알려 주세요. 말씀해 주시지 않으면 어머니와 인연을 끊을 거예요."

"오, 내 아들아, 내 말을 잘 듣고 진심으로 기뻐해라. 너는 사움과 잘의 후손인 루스템의 아들이며, 네 조상은 네리만이다. 신이 세상을 창조한 이래로 네 아버지인 루스템과 같은 영웅은 없었다."

그녀는 펠리바가 쓴 편지를 아들에게 보여 주었고, 아들이 세상에 태어났을 때 루스템이 보낸 황금과 보석을 꺼내 주었다.

"이 선물을 감사하는 마음으로 소중하게 간직해라. 네 아버지가 보내 준 것들이니까. 하지만 내 아들아, 이 일에 대해서는 입을 꾹 다물고 있어야 한다. 투란은 아흐라시얍의 지배 아래 있고, 그는 위대한 루스템의 적이니까 말이다. 만약 그가 너에 대해 알게 되면, 그는 네 아버지에 대한 미움 때문에 루스템의 아들을 죽일 방법을 궁리할 것이다. 게다가 내 아들아, 네가 매우 용맹하다는 사실이 알려지면 네 아버지 루스템이 나에게서 너를 데려가려고 할 것이다. 너를 잃는 슬픔은 이 어미의 가슴을 부숴 버릴 거야."

소랍이 말했다. "영원히 감출 수 있는 것은 아무것도 없어요. 루스템이 한 일은 모두가 알고 있어요. 제가 태어난 것이 고결한 일이었다면, 왜 오랫동안 그 일을 어둠 속에 묻어 두었나요? 저는 용감한 튀르크 군대를 이끌고 이란으로 쳐들어갈 거예요. 카이 카우스를 왕좌에서 끌어내리고 루스템에게 카이아니데스의 왕관을 씌워 준 다음, 함께 투란을 굴복시키고 아흐라시얍을 제 손으로 죽일 것입니다. 그리고 제가 왕좌에 오를 거예요. 어머니는 이란의 왕비가 될 것입니다. 다른 누구도 이 세상을 다스릴 수 없어요. 오직 우리들만 위대한 왕관에 어울리기 때문이지요. 저는 전쟁터에 나가고 싶어서 가슴이 벅차오릅니다. 세상이 제 용맹함을 지켜보기를 소망합니다. 하지만 제가 올라탈 크고 강한 말이 필요합니다. 적들 앞에 걸어서 나타날 수는 없으니까요."

타미네는 아들의 용기가 대견하고 흐뭇했다. 그녀는 말을 관리하는 사람들에게 소랍 앞으로 말들을 끌고 오라고 했다. 소랍은 말들을 하나하나 살펴보면서 말의 힘을 시험해 보았다. 그의 아버지가 옛날에 그랬던 것처럼 손바닥으로 말들을 눌러 보았지만 마음에 드는 말을 찾을 수 없었다. 여러 날이 지났다. 어느 날 누군가 발이 빠른 라쿠쉬의 혈통인 망아지가 있다는 말을 전했다. 소랍은 미소를 지으며 그 망아지를 데려오라고 했다. 시험해 보니 힘이 센 말이었다. 그는 말 위에 안장을 얹고 올라타며 소리쳤다.

"이제 너와 같은 말을 얻었으니 많은 사람에게 세상이 어두워질 것이다."

소랍은 이란과 전쟁할 준비를 해 나갔다. 귀족과 용사들이 그의 주위로 몰려들었다. 준비가 끝나자, 소랍은 외할아버지 앞에 나아가 이란으로 진격하고 아버지를 찾는 일에 조언과 도움을 달라고 했다. 사맹간의 왕은 소랍의 소망이 당연하다고 생각했다. 왕은 보물 창고의 문을 열어 소랍에게 아낌없이 재물을 나눠 주었다. 그는 손자를 매우 흡족하게 여겼다. 그는 소랍에게 왕의 모든 권위를 주었으며, 자신에게 즐거움을 주는 것들을 넘겨주었다.

한편 누군가가 아흐라시얍에게 소랍이 이란을 공격해서 카이 카우스를 왕좌에서 끌어내리려고 군대를 정비하고 있다고 말했다. 그는 아흐라시얍에게 소랍의 용기와 용맹함이 말로 설명할 수 없을 정도라고 강조했다. 아흐라시얍은 흐뭇함을 감추지 못한 채, 용감한 후만과 바르만에게 병사들을 모아서 소랍의 군대에 합류하라고 했다. 그는 입 밖에 내지 말라면서 자신의 비밀스러운 목적을 털어놓았다.

"우리 손으로 세상을 바꿀 기회가 왔다. 나는 소랍이 펠리바 루스템의 자식이라는 것을 알고 있다. 하지만 루스템은 자신에게 맞서 싸우려는 자가 누구인지 꿈에도 모를 것이다. 어쩌면 루스템은 젊은 사자의 손에 죽게 될 것이고, 루스템이 없는 이란은 종이호랑이에 불과하다. 그때 우리가 소랍을 굴복시키면 온 세상이 우리 것이 된다. 만에 하나 소랍이 테헴텐의 손에 목숨을 잃게 되면, 그는 자기 아들을 자기 손으로 죽였다는 사실을 알고 비통함으로 인해 폐인이 될 것이다."

아흐라시얍이 검은 속내를 드러내고 난 뒤 그의 군대는 사맹간을 향해 출발했다. 그들은 소랍 앞에 쌓아 놓을 값비싼 선물과 아첨의 말로 가득 찬 편지를 가지고 갔다. 편지에서 아흐라시얍은 소랍의 결단을 칭찬하고, 만약 이란이 무너지면 소랍이 카이아니데스의 왕관을 쓰게 될 터이니 세상이 평화로워질 것이라고 했다. 또한 투란과 이란과 사맹간이 한 나라가 될 것이라고 덧붙였다.

소랍은 편지와 선물과 지원병을 보더니 매우 기뻐했다. 천군만마를 얻은 것 같았다. 그는 출발을 알리는 심벌즈를 요란하게 친 뒤 군대를 이끌고 이란 땅으로 진격했다. 그들이 지나간 자리는 황량함과 파괴의 흔적이 새겨졌다. 그들은 아무것도 남겨 두지 않았고 화염과 절망을 널리 퍼뜨렸다. 그들은 이란의 재물을 보관해 둔 하얀 성이라는 요새에 이르기까지 쉬지 않고 행군했다.

성의 관리자인 후질은 구스타헴이라는 용사와 함께 살고 있었다. 그러나 구스타헴은 늙어서 조언을 해 주는 일 외에는 아무 도움도 되지 못했다. 구스타헴의 딸 굴다프리드는 말도 잘 타고 싸우는 법도 익힌 용맹한 처녀였다. 어느 날 후질은 멀리서 뿌연 먼지구름을 일으키면서 병사들이 오고 있는 것을 보고 그들과 맞서기 위해 나갔다. 소랍은 후질을 보고 칼을 빼 들면서 이름을 말하고 죽음을 맞이할 준비를 하라고 소리쳤다. 그는 사자 같은 영웅과 맞서 싸우기 위해 혼자 밖으로 나온 후질의 경솔함을 조롱했다. 후질도 소랍을 비웃으면서, 그의 목을 베어 샤에게 승리의 기념품으로 보내겠다고 맹세했다. 소랍은 웃음을 머금은 채 후질에게 앞으로 나오라고 도발했다. 마침내 두 사람은 엎치락뒤치락, 거칠고 격렬하게 치고받았다. 하지만 결국 소랍이 후질을 어린애 다루듯이 제압했고, 그를 묶어서 후만에게 보내 감금했다.

성안에 있는 사람들은 대장이 사로잡혔다는 사실을 알고 몹시 안타까워했으며 두려워서 어쩔 줄 몰랐다. 굴다프리드 또한 그 사실을 알고 마음이 아팠지만 후질의 처지가 수치스럽기도 했다. 그녀는 잘 닦은 쇠사슬 갑옷을 꺼내 입고 룸의 투구 속에 긴 머리채를 숨긴 채 군마 위에 올라타고 용사처럼 성벽 앞으로 나갔다. 그녀는 천둥처럼 큰 소리로 고함을 지르면서 투란의 병사들에게 욕설을 퍼부었다. 그리고 단 한 번의 싸움으로 승리가 결정되는 것을 용납할 수 없다고 했다. 대결을 위해 아무도 나서지 않았다. 그녀가 얼마나 강한지 지켜보려는 속셈이었고, 또한 그녀가 여자라는 사실을 알지 못했기 때문에 두려워하고 있었다. 할 수 없이 소랍이 한 걸음 나서서 말했다.

"너의 도전을 받아들이겠다. 두 번째 승리도 나의 것이리라."

그는 허리띠를 매고 싸울 준비를 했다. 굴다프리드는 소랍이 준비가 끝나자 능숙한 솜씨로 화살을 퍼부었고, 화살들은 빗발치듯 소랍의 머리를 스치며 지나가 떨어졌다. 이에 소랍은 스스로를 방어할 수 없다는 사실이 화가 나고 부끄러웠다. 그는 방패로 머리를 가리면서 굴다프리드를 향해 돌진했다. 그녀는 그가 다가오자 활을 내려놓고 창을 비스듬히 들고 소랍을 향해 있는 힘껏 찌른

다음 그를 거칠게 흔들었다. 조금만 더 강했더라면 그는 말에서 떨어지고 말았을 것이다. 소랍은 소스라치게 놀랐고, 걷잡을 수 없이 화가 치밀었다. 그는 격노하여 굴다프리드에게 달려들어 그녀의 말고삐를 움켜잡았다. 그리고 그녀의 허리를 붙잡고 갑옷을 잡아당겨 망가뜨린 다음 땅바닥에 내동댕이쳤다. 그가 팔을 올려 그녀를 내려치기 전에 그녀가 칼을 꺼내 그의 창을 두 동강 내더니 벌떡 일어나 말에 올라탔다. 그날의 승리가 자신의 것이라는 사실을 깨닫고 그녀는 싸울 생각을 버리고 말을 달려 요새로 향했다. 그러나 분이 가라앉지 않은 소랍은 말고삐를 바짝 당겨 잡고 그녀의 뒤를 쫓았다. 가까스로 그녀를 따라잡아 붙잡고 머리에서 투구를 벗겨 냈다. 루스템의 아들과 당당히 맞선 사람의 얼굴을 보고 싶었던 것이다. 그런데 이럴 수가! 투구 속에서 둘둘 말린 머리채가 흘러내렸고, 소랍은 자신과 싸운 사람이 여인이었음을 알고 몹시 당황했다. 소랍은 간신히 입을 열었다.

"이란의 딸들이 모두 그대와 같다면 아무도 이 나라를 넘보지 못할 것이오."

그는 밧줄을 꺼내 그녀를 사로잡고 나서 말했다.

"오, 달처럼 아름다운 미녀여, 달아나려 하지 마시오. 내 손에 잡힌 어느 포로도 그대 같은 사람은 없었으니."

꾀 많은 굴다프리드는 베일 벗은 얼굴을 그에게 돌렸다. 목숨을 구하려면 다른 방법이 없는 것처럼 보였기 때문이다. 그녀가 말했다.

"오, 완벽한 영웅이시여, 저를 포로로 사로잡아서 병사들에게 보여 줘도 괜찮을까요? 그들은 우리가 싸우는 것을 지켜보았고, 제가 당신을 제압하는 것을 보았으니, 제가 여자라는 사실이 밝혀지면 틀림없이 당신을 비웃을 거예요. 하지만 사실을 숨긴다면 적어도 저 때문에 당신이 부끄러워할 일은 없겠지요. 그러니 서로 평화 협정을 맺는 게 어떨까요. 성은 당신의 것이 되고, 비밀은 지켜질 거예요. 저를 따라오세요. 그리고 당신의 성을 가지세요."

소랍은 그녀의 말솜씨와 미모에 넘어가 버렸다. 그가 대답했다.

"나와 평화 협정을 맺는다니 그대는 현명하군요. 어차피 이 요새는 나의 군대를 막아 낼 수 없을 테니."

그는 그녀를 따라 높은 성벽까지 올라가서 성문 앞에 섰다. 구스타헴이 성문을 열자 굴다프리드가 성안으로 들어섰다. 소랍이 그녀를 따르려는 순간, 그녀가 눈앞에서 문을 닫아 버렸다. 소랍은 그녀가 자신을 속였다는 사실을 깨닫고 얼굴이 붉으락푸르락해졌다. 그가 씩씩거리고 있는데 그녀가 성벽의 총안에 나타나 그를 조롱하면서 그만 고향으로 돌아가는 게 좋을 것이라고 충고했다. 투란에서 온 강도들이 이 나라를 휘젓고 다닌다는 사실을 알면 펠리바가 당장 달려올 테고, 여자도 이기지 못한 소랍 따위는 루스템에게 한주먹 거리도 안 될 거라고 했다. 그녀의 말에 소랍은 방방 뛰면서 성벽을 떠났고, 말을 타고 가면서도 분이 삭지 않아 가는 내내 맞닥뜨리는 것은 무엇이든 화풀이를 해 댔다. 그는 반드시 그 처녀를 굴복시키고야 말겠다고 맹세했다.

한편 구스타헴은 대필자를 불러서 카이 카우스에게 전후 사정을 알리는 편지를 쓰라고 했다. 투란에서 군대가 진격해 왔고, 그들을 지휘하는 우두머리는 앳돼 보이는데 사자처럼 힘이 세고 키가 크다는 내용이었다. 또한 후질이 포로가 되었으며, 성을 지킬 사람이 자신과 딸밖에 없으므로 몹시 위태롭다면서 샤에게 도움을 요청했다.

그날은 그렇게 지나가고 다음 날 밤, 소랍은 군대를 정비해서 성을 공격할 준비를 마쳤다. 그러나 성에 가까이 가고 나서야 그곳이 비어 있음을 알게 되었다. 성문은 열려 있었고, 성벽을 지키는 병사들도 보이지 않았다. 그는 성안 사람들이 어둠을 틈타 땅속 통로로 달아났다는 사실을 알지 못했으므로 몹시 놀랐다. 그는 굴다프리드를 찾아 성을 샅샅이 뒤졌다. 그의 가슴은 그녀에 대한 사랑으로 불타올랐다. 그는 큰 소리로 울부짖었다.

"달이 구름 뒤로 사라져 버리니 슬프도다."

카이 카우스는 구스타헴의 편지를 읽고 걱정과 두려움에 싸였다. 그는 귀족들을 불러서 의논했다.

"누가 이 터키 인을 막을 것인가? 구스타헴은 그가 루스템만큼 강하고 네리만의 자손과 비슷하다고 했다네."

용사들이 입을 모아 소리쳤다. "루스템만이 이러한 위험을 막아

낼 수 있습니다!"

카이 카우스는 그들의 의견을 받아들여 대필자에게 편지를 받아쓰게 했다. 그는 펠리바에게 하늘의 은총이 내리기를 기원한 뒤 자초지종을 설명하고, 이란이 새로운 위협에 직면했다고 썼다. 그는 자신이 곤경에 처했을 때 도움을 기대할 수 있는 사람은 오직 루스템뿐이라면서 지난날 테헴텐이 자기를 도와주었던 일들을 회상했고, 그에게 다시 한 번 보호자가 되어 달라고 했다. 그는 편지를 이렇게 마무리했다.

"편지를 받는 즉시 만사 제쳐 놓고 달려와 주오."

카이 카우스는 게우를 자불리스탄으로 보내 편지를 전하도록 했다. 그에게 루스템을 만날 때까지 지체하지 말라면서 이렇게 말했다. "내 명령을 이행하자마자 곧장 돌아와라. 펠리바의 궁전에 머무르거나 한눈을 팔아서는 안 된다."

게우는 샤의 명령대로 루스템의 궁전에 이를 때까지 잠시도 쉬지 않았다. 루스템은 그를 반갑게 맞아 주었다. 루스템은 샤의 편지를 읽고 나서 게우에게 소랍에 대해 들었다.

"그런 영웅이 이란에서 나왔다면 새삼 놀랄 것도 없지만 터키 인 가운데서 나타났다니 믿을 수가 없구나. 그런데 기사가 누구의 핏줄인지 아무도 모른다지? 사멩간에 내 아들이 있지만 아직 어린 애이고, 그 애 어머니가 보낸 편지의 내용으로 미루어 볼 때 그 애가 뛰어난 용사가 된다고 하더라도 아직 군대를 이끌고 나타날 때는 아니다. 그대의 말을 들어 보니 어린아이가 할 수 있는 일은 아니구나. 어쨌든 식사라도 하면서 이 일에 대해 의논해 보자."

루스템은 요리사에게 연회를 준비하라고 해서 게우에게 음식을 대접했다. 게우는 샤의 당부를 잊고 술까지 한잔하는 바람에 시간 가는 줄 몰랐다. 아침이 되어서야 게우는 샤가 신신당부했던 것을 기억해 내고 안절부절못했다. 루스템이 말했다.

"걱정하지 마라. 투란 사람들에게는 죽음이 기다리고 있을 뿐이니. 나와 하루 더 머물면서 휴식을 취하고 몸도 추슬러라. 소랍이라는 기사가 사움과 잘, 네리만과 같은 영웅이라고 해도 내 손에 스러지고 말 것이다."

루스템은 또 연회를 준비하라고 했고, 그리하여 사흘 동안이나 흥청거렸다. 나흘째 되는 날 게우는 단단히 결심하고 루스템 앞으로 나아가 말했다.

"오, 펠리바여, 저는 돌아가는 게 좋겠습니다. 카이 카우스는 엄격하고 화를 잘 내는 데다가 지금은 소랍에 대한 두려움이 샤의 가슴을 짓눌러 제대로 먹지도 못하고 자지도 못합니다. 우리가 시간을 더 지체하면 샤는 이성을 잃고 말 것입니다."

루스템이 대답했다. "겁낼 것 없네. 이 세상의 누구도 감히 나에게 화를 낼 수 없으니."

루스템은 군대를 정비하고 라쿠쉬에게 안장을 얹고 자불리스탄을 떠났다. 긴 행렬이 그의 뒤를 따랐다.

그들이 샤의 궁정에 다다랐을 때, 귀족들이 나와 루스템에게 경의를 표했다. 그들은 라쿠쉬에서 내리는 루스템을 안내해서 샤의 앞으로 갔다. 그러나 화를 끓이고 있던 카이 카우스는 루스템을 보고도 고양이 낙태한 상을 하고 있었다. 루스템이 고개 숙여 인사했으나, 그는 고개를 외로 꼰 채 입도 뻥긋하지 않았다. 마침내 샤가 성난 목소리로 내뱉었다.

"루스템이 무에 그리 대단하다고 내 권위에 도전하고 내 명령을 무시하는가? 내 손에 칼이 있다면 당장 그의 목을 잘라 버렸을 것이다. 내가 명령하노니, 이자를 붙잡아서 교수형에 처하라. 그리고 다시는 그 이름을 내 앞에서 들먹이지 말라."

이 말을 듣고 게우는 두려움에 몸이 떨렸지만 가까스로 용기를 내어 말했다. "폐하께서는 루스템과 인연을 끊으실 작정입니까?"

이에 샤는 이성을 잃고 게우도 함께 목을 매달라고 고함을 질렀다. 그는 투스에게 그들을 당장 끌고 가라고 했다. 투스는 일단 샤의 분노를 진정시킬 생각에 두 사람을 데리고 나가려고 했다. 그런데 무릎을 꿇고 있던 루스템이 일어나 카이 카우스 앞으로 다가갔다. 그의 얼굴이 분노로 일그러진 것을 보고 귀족들이 노심초사했다. 루스템은 카이 카우스가 저질렀던 어리석은 행동들, 마친데란에 쳐들어가고 하마베란에서 향락을 즐기고 하늘에 오르려고 했던 일들을 상기시키면서 자기가 아니었다면 샤는 지금 빛의 왕좌에 앉아 있지도 못했을 것이라고 했다. 그리고 교수형은 터키

인 소랍에게나 들먹이며 위협하라고 했다.

"나는 노예가 아니라 자유인이며 오직 신에게만 복종합니다. 내가 없었다면 카이 카우스도 없었어요. 세상을 정복한 것은 나이고, 왕좌는 라쿠쉬이며, 옥새는 내 칼이고, 왕관은 내 투구지요. 내가 카이 코바드를 모셔 왔으니까요. 그러지 않았으면 폐하가 어찌이 왕좌에 앉아 있겠습니까? 내가 원했다면 폐하의 자리에 앉을수도 있었어요. 이제 정말 폐하의 어리석음에 진절머리가 납니다. 나는 이란에 대해 관심을 갖지 않을 거예요. 저 터키 인이 이란을 정복하거나 말거나 내 알 바 아닙니다."

그러고는 루스템은 찬바람을 일으키며 뚜벅뚜벅 걸어 나갔다. 그는 라쿠쉬의 등에 올라타더니, 놀라서 얼이 빠져 있는 귀족들의 눈앞에서 사라져 버렸다. 귀족들은 풀이 죽었고, 마음이 조마조마하였다. 그들은 대책을 협의했다. 루스템은 이란의 대들보이고, 그의 힘과 지혜가 없으면 젊은 터키 인 영웅을 막아 낼 수 없을 것이다. 그들은 카이 카우스를 비난하고, 루스템이 그에게 베풀었던 도움을 일일이 열거하면서 오랜 시간 고민하고 의논했다. 마침내 그들은 카이 카우스에게 전령을 보내기로 했다. 그들 가운데 나이많은 구달즈가 가기로 했다. 구달즈는 귀족들이 협의한 대로, 샤에게 긴 시간에 걸쳐 루스템이 했던 일들을 하나하나 거론하면서 샤가 루스템을 그렇게 대접해서는 안 된다고 했다. 또 루스템은 훌륭한 지도자이며, 그가 이끌지 않으면 백성들의 마음을 끌어 모을 수 없다고 못 박았다. 카이 카우스는 구구절절 옳은 그의 이야기를 끝까지 듣고 나서 섣불리 처신했던 자신의 행동이 부끄러워 어쩔 줄을 몰랐다. 그는 시무룩한 목소리로 구달즈에게 말했다.

"그대 말이 백번 맞다." 그는 구달즈에게 루스템을 찾아 자기가 했던 터무니없는 말들을 잊고 이란을 구해 달라고 전하라고 했다. 구달즈는 부랴부랴 귀족들에게 자신의 임무를 알리고 그들과 합류했다. 이란의 모든 족장이 루스템을 찾아 나섰다. 그들은 루스템을 찾기가 무섭게 땅바닥에 엎드려 절했고, 구달즈가 자신의 임무를 전했다. 그는 루스템에게 카이 카우스가 원래 지혜가 모자라고 변덕이 죽 끓듯 하니 이해해 달라고 애원했다. "펠리바께서는 샤에게 화가 났겠지만, 부디 이란에 대해서만 생각하십시오. 만약 펠리바께서 나 몰라라 하시면 이란은 그 터키 인의 손에 넘어가고 말 것입니다."

하지만 루스템은 요지부동이었다. "내 인내심은 바닥나 버렸다. 나는 신 이외에 그 누구도 두렵지 않다. 카이 카우스가 어찌 내게 화를 낸단 말인가? 내가 샤에게 그런 모욕을 당할 이유가 없다. 앞으로 이란이 번영을 하든 멸망을 하든 나는 일절 관여치 않을 것이다."

귀족들의 얼굴이 하얗게 질렸고 두려워서 오금을 못 폈다. 현명한 구달즈가 총대를 메고 나섰다.

"오, 펠리바여! 이란 백성들이 이 사실을 알게 되면, 펠리바가 겁을 먹고 터키 인을 피해 달아났다고 생각할 것입니다. 그러면 그들은 싸우려 하지도 않을 것이고, 이란은 순식간에 터키 인의 손에 넘어갈 것입니다. 그러니 제발 샤와의 동맹을 저버리면 안 됩니다. 이렇게 물러서는 것으로 펠리바의 영광을 욕되게 하거나, 펠리바를 의지하는 이란이 몰락의 고통을 겪게 하지 마세요. 카이카우스가 앞뒤 가리지 않고 했던 말들을 잊어버리고, 우리가 저터키 인과 맞서 싸울 수 있도록 이끌어 주세요. 펠리바가 수염도 안 난 어린애를 두려워했다는 말을 들어서는 안 되니까요."

루스템은 구달즈의 말에 귀를 기울이며 심사숙고했다. 그리고 그 말이 옳다는 것을 알았다. 그가 말했다

"나는 결코 두려움을 모르고 살았으며, 전쟁터를 피한 적도 없다. 나는 소랍 때문이 아니라 나에게 주어진 보답이 경멸과 모욕뿐이기에 떠나는 것이다."

말은 그렇게 했지만 루스템은 샤에게 돌아가기로 마음먹고 라쿠쉬에 올라타 궁전으로 달려갔다. 그는 당당하게 왕을 알현하는 방으로 들어갔다.

샤는 루스템이 오는 것을 보고 왕좌에서 내려와 펠리바 앞에 섰다. 그는 앞서 일어났던 일을 사과했다. 타고난 성질이 급한 데다가 루스템을 기다리다 지쳐서 흥분된 상태였다며 거듭거듭 사과했다. 루스템이 말했다.

"세상은 샤의 것이니, 폐하는 신하들에게 최선을 다하는 게 좋습

니다. 저는 죽을 때까지 폐하를 위해 충성을 다해 싸울 것입니다. 세상의 권력과 위대함은 영원히 폐하의 것입니다!"

카이 카우스가 대답했다. "오, 나의 펠리바여, 그대의 날들이 끝날 때까지 축복이 있기를!"

샤는 루스템을 연회에 초청하여 밤늦도록 술을 마셨고, 앞으로의 일을 의논했다. 노예들은 루스템 앞에 선물을 잔뜩 갖다 놓았고, 귀족들은 흡족해했으며, 모두들 왕의 궁전에서 즐거운 시간을 보냈다.

해가 떠오르고 세상이 사랑스러운 옷으로 갈아입자 도시 전체에 전쟁을 알리는 나팔 소리가 울려 퍼졌고, 남자들은 터키 인과 맞서 싸울 만반의 준비를 갖추었다. 페르시아의 군대가 샤의 명령에 따라 진격했으니 수없이 많은 병사의 발에 땅이 보이지 않고 그들의 창이 하늘을 가렸다. 후질의 요새가 있는 들판에 도착하자 병사들은 진지를 구축했다. 성벽의 총안으로 바깥을 내다보던 경비병이 고함을 질렀다. 소랍은 마침내 적이 왔다는 사실을 알고 흥분했다. 그는 적의 파멸을 위한 축배를 들고 후만에게 적의 군대를 보여주면서 용기를 내라고 했다. 그가 보기에 적의 군대 안에는 자신과 맞설 만한 용사가 없는 것처럼 보였던 것이다. 그는 용사들에게 적과 맞서 싸울 때까지는 마음껏 먹고 마시라고 했다. 모두들 소랍의 말대로 했다.

땅 위에 밤의 장막이 드리워졌을 때, 루스템은 샤 앞으로 나아가 진지 밖으로 나가 적의 우두머리인 애송이를 보고 오겠다고 했다. 카이 카우스는 펠리바의 명성에 어울리는 일이라며 승낙했다. 루스템은 터키 인의 복장으로 갈아입고 몰래 성안으로 숨어들어 소랍이 연회를 벌이는 방으로 갔다. 그곳에 우뚝 솟은 싱싱한 삼나무 같은 소년이 있었는데, 소년의 팔뚝은 낙타 등처럼 근육이 불거져 있고 튼튼해 보였으며 영웅들처럼 키가 컸다. 그는 소년 주위에 서 있는 용감한 전사들을 보았다. 노예들이 황금 고둥을 들고 다니며 전사들에게 포도주를 따라 주었으며, 그들은 하나같이 즐거워 보였다. 루스템이 그들을 보고 있을 때 마침 진데가 자리를 옮기다가 루스템에게 다가왔다. 진데는 타미네의 남동생이었는데, 타미네가 유일하게 소랍의 아버지를 알고 있는 그를 아들과 함께 보냈던 것이다. 만에 하나 영웅들끼리 맞닥뜨렸다가 벌어질지도 모를 불상사를 막기 위해서였다. 하필이면 그때 자리를 옮기던 진데가 연회장을 엿보고 있는 루스템을 보았던 것이다. 진데가 루스템에게 말했다.

"너는 누구냐? 얼굴을 볼 수 있게 밝은 곳으로 나와라."

그가 말을 마치기도 전에 루스템이 주먹을 휘둘렀고 그는 바닥에 쓰러져 목숨을 잃었다.

진데가 보이지 않자 소랍이 노예들에게 물어보았다. 노예들이 진데를 찾아 밖으로 나갔다가 그가 죽어 있는 모습을 보았다. 소랍은 믿을 수 없었다. 그는 진데가 죽어 있는 곳으로 달려가면서 횃불을 가져오라고 했다. 용사들과 노래하는 아가씨들이 그의 뒤를 따랐다. 진데의 모습을 확인한 소랍은 몹시 슬펐지만 연회는 계속하라고 했다. 부하들의 사기가 떨어지는 것을 원치 않았기 때문이다.

한편 루스템은 진지로 돌아오다가 경계선 부근에서 진지를 돌아보던 게우와 맞닥뜨렸다. 게우는 터키 옷을 입은 건장한 남자를 보더니 다짜고짜 칼을 빼 들었다. 루스템이 웃으면서 입을 열자 게우는 그의 목소리를 알아차리고 무슨 일이냐고 물었다. 루스템은 게우에게 사정을 설명하고 카이 카우스에게 갔다. 그는 소랍을 네리만의 아들 사움에 비유하면서 어찌 그 같은 사람이 터키에서 태어났는지 이해할 수 없다고 했다.

아침이 되자 소랍은 갑옷으로 갈아입었다. 그는 이란 진지를 내려다볼 수 있는 탑으로 올라가서 후질에게 말했다.

"나를 속이거나 진실을 왜곡하지 않고 질문에 성실하게 대답하면 너를 풀어 주고 값진 선물을 줄 것이다. 그렇지 않으면 죽을 때까지 쇠사슬에 묶여 있게 될 것이다."

후질이 대답했다. "제가 아는 대로 성심성의껏 대답할 것입니다."

소랍이 말했다. "나는 우리 발아래 진을 치고 있는 저 귀족들에 대해 알고 싶다. 내가 묻는 대로 대답하라. 표범 가죽으로 장식한 황금빛 양단 천막을 보라. 그 문 앞에 전투용 코끼리 백 마리가 서 있다. 그 안에 터키석으로 만들어진 왕좌가 있고, 그 위에는 가운데에 해와 달이 수놓인 보라색 군기가 걸려 있다. 진지 한가운데 서 있는 저 천막은 누구의 것인지 말하라."

후질이 대답했다. "이란의 샤가 머무는 천막입니다."

다시 소랍이 말했다. "그 오른쪽의 상복 빛깔 천막에는 코끼리가 수놓인 군기가 걸려 있다."

후질이 대답했다. "누데르의 아들 투스의 천막입니다. 그는 깃발에 코끼리를 수놓지요."

소랍이 또 물었다. "화려한 갑옷을 입은 전사들이 서 있는 천막은 누구의 것이냐? 사자가 수놓인 황금빛 깃발이 휘날리고 있다."

후질이 대답했다. "용사 구달즈의 천막입니다. 그 앞에 서 있는 전사들은 그의 아들들입니다. 아들이 여덟 명이나 되지요."

소랍이 물었다. "초록색 천으로 덮여 있는 천막은 누구의 것이냐? 그 앞에는 카와의 깃발이 꽂혀 있다. 펠리바의 왕좌처럼 보이는데, 다른 동료들보다 고상한 태도에 키는 별에 닿을 것처럼 크구나. 그 옆에는 주인만큼 키가 큰 말이 서 있고, 깃발에는 사자와 꿈틀거리는 용이 그려져 있다."

그때 후질이 속으로 생각했다. '만약 이 사자 표시가 펠리바 루스템이라는 것을 알게 된다면 분명히 그를 죽이려고 할 거야. 그걸 알면서 루스템의 이름을 말해 줄 순 없지.'

"멀리 중국에서 와서 카이 카우스와 동맹을 맺은 이의 것입니다.

저는 그의 이름을 모릅니다."

소랍은 아무 데서도 루스템을 찾을 수 없자 풀이 죽었다. 비록 아버지를 알아볼 수 있도록 어머니가 알려 준 표시를 보고 있기는 했지만, 후질의 말과 어긋났으므로 매우 곤혹스러웠다. 그는 다시 한 번 용사의 이름을 물었으나, 후질의 대답은 아까와 같았다. 운명은 피할 수 없는 모양이었다. 소랍이 물었다.

"늑대의 머리가 수놓인 깃발은 누구의 것이냐?"

후질이 대답했다. "구달즈의 아들 게우의 것이니, 그 천막 안에는 그가 있을 것입니다. 사람들은 그를 용맹한 게우라고 부르죠."

소랍이 물었다. "차양이 처져 있고, 햇빛에 황금빛으로 반짝이는 룸의 양단으로 만든 의자는 누구의 것이냐?"

후질이 대답했다. "샤의 아들 프리버즈의 왕좌입니다."

소랍이 말했다. "샤의 아들은 저렇게 휘황찬란한 것들에 둘러싸여 있구나."

그러고는 알록달록한 깃발들로 둘러싸여 있으며 색깔이 노란 천막을 가리켰다.

후질이 말했다. "용맹무쌍한 구라즈 대장이 있는 곳입니다."

아버지의 천막을 찾지 못한 소랍은 후질에게 초록색 천막이 누구의 것인지 세 번째로 물었다. 후질은 여전히 그 천막의 주인이 누구인지 모르겠다고 대답했다. 소랍이 다시 루스템에 대해 집요하게 묻자, 후질은 지금이 장미 축제 기간이므로 루스템은 자불리스탄에 머무르고 있다고 대답했다. 하지만 소랍은 카이 카우스가 그 누구도 당해 낼 수 없는 강력한 힘을 지닌 루스템의 도움 없이 전쟁터에 나왔다는 사실을 수긍할 수가 없었다. 그래서 후질에게 말했다.

"네가 끝내 루스템의 천막을 알려 주지 않으니 네 머리통을 날려 버릴 테다. 그러면 이 세상이 네 눈앞에서 사라지겠지. 그러니 진실을 말하든지 네 목숨을 내놓든지 선택하라."

후질은 마음속으로 생각했다. '루스템이 전쟁터에서 맹렬하게 싸울 때는 백 명도 못 당한다고는 하지만, 왠지 이 소년은 루스템의 맞수가 될 것 같은 예감이 들어. 게다가 이 친구는 더 젊으니까 펠리바를 물리칠 수도 있을 것 같아. 이란의 안녕을 생각한다면 내 목숨 따위야 뭐가 중요하겠는가. 루스템 펠리바의 표시를 알려 주느니 차라리 이자의 손에 목숨을 맡길 테다.'

"루스템 펠리바는 왜 찾으십니까? 그와 전투를 하게 되면 꼼짝 없이 당하여 자존심이 짓밟힐 텐데요. 어쨌든 저는 그가 어디 있는지 알려 주지 않을 겁니다."

소랍이 이 말을 듣고 칼을 세차게 내리쳤고, 후질은 단칼에 최후를 맞이했다. 소랍은 전투 태세를 갖추고 군마에 올라타 이란의 진지를 향해 달려갔다. 그는 창으로 장벽들을 부수었다. 소랍의 용맹한 태도와 위풍당당한 기상에 이란의 병사들은 겁에 질렸다. 소랍이 입을 열자 천둥 같은 목소리가 이란의 진지 끝까지 퍼져 나갔다. 그는 자신감에 가득 찬 말투로 샤에게 싸우자고 요구하며, 반드시 진데가 흘린 피에 대한 복수를 하겠노라고 큰 소리로 맹세했다. 소랍의 목소리가 진지 전체에 울려 퍼지자 여기저기서 혼란이 일어났고, 왕좌 주위에 있던 누구도 샤에 대한 소랍의 도전을 받아들이려 하지 않았다. 귀족들은 한목소리로 루스템만이 유일한 구세주이며, 그의 칼만이 저 혈기 왕성한 젊은이를 꺾을 수 있다고 말했다. 투스는 전속력으로 루스템의 막사로 달려갔다. 루스템이 말했다.

"카이 카우스가 매우 힘든 일을 떠넘기는군." 귀족들은 다짜고짜 그가 덮고 있던 표범 가죽을 벗기고 갑옷을 입힌 뒤 라쿠쉬의 등에 안장을 얹어 그들의 영웅이 싸울 준비를 마치기가 무섭게 그의 등을 떠밀었다.

"서둘러야 해요. 펠리바를 기다리고 있는 건 평범한 전투가 아니에요. 바로 아리만이 우리 앞에 나타났어요."

루스템이 사움처럼 떡 벌어진 가슴의 소랍 앞으로 가서 말했다.

"각자의 진지 경계선에서 떨어진 곳으로 가자."

두 진지 사이에는 아무도 접근할 수 없는 공간이 있었다. 소랍은 루스템의 말에 동의했고, 두 사람은 그곳으로 자리를 옮겨 한바탕 싸움을 벌일 자세를 취했다. 하지만 소랍이 루스템을 공격하려는 순간, 루스템은 동정심이 생겨 마음이 약해졌다. 그는 아름답고 용맹한 소년의 목숨을 살리고 싶은 생각이 들어 입을 열었다.

"오, 젊은이여, 공기는 따뜻하고 부드럽지만 땅은 차갑다네. 가능한 한 나는 그대의 소중한 목숨을 빼앗고 싶지 않네. 만약 우리가 지금 싸우게 된다면 그대는 분명 내 손에 목숨을 잃을 걸세. 사람이든 악마든 용이든 아무도 내 힘을 당하지 못했으니까. 그러니이 모험을 단념하고 투란 군대를 떠나게. 이란은 그대와 같은 영웅을 필요로 한다네."

루스템이 이렇게 말하자 소랍의 마음이 그에게 쏠렸다. 소랍은 루스템을 바라보면서 말했다.

"오, 영웅이시여, 한 가지만 물어볼 테니 부디 진실을 말해 주세요. 당신의 이름을 말해 주세요. 당신의 말을 듣는 동안 제 가슴이 뛰는 걸 보니 당신은 잘의 아들이요 사움의 손자이며 네리만의 자손인 루스템이 틀림없는 것 같아요."

루스템이 대답했다. "잘못 봤네. 나는 루스템도 아니고 네리만의 자손도 아닐세. 루스템은 펠리바이지만, 나는 왕도 군주도 아닌 노예에 불과하네."

루스템은 소랍이 지레 겁을 먹을까 봐, 그리고 이란의 진지에 자기보다 더 강한 용사가 있다는 걸 보여 주려고 이렇게 말한 것이었다. 소랍은 그 말을 듣고 우울해졌다. 그렇게 높이 치솟았던 희망이 산산이 부서졌고, 그토록 밝게만 보이던 날이 순식간에 그의 눈앞에서 어두워졌다. 그러자 그는 싸울 준비를 했다. 두 사람은 창이 산산조각 나고, 칼날이 톱니처럼 들쑥날쑥해질 때까지 싸웠다. 모든 무기가 휘어져 버리자 그들은 곤봉을 집어 들고 그것들이 부러질 때까지 싸움을 계속했다. 갑옷이 찢어지고 말들도 완전히 지쳐 버렸지만, 그들은 싸움을 그칠 줄 몰랐다. 피와 땀이 온몸을 적실 때까지 그들은 맨손으로 엎치락뒤치락하며 싸웠다. 목이 마르고 몸이 녹초가 되었지만, 승리는 누구의 것도 아니었다. 싸움을 멈추고 잠시 쉬는 동안 루스템은 평생 동안 이런 영웅과 싸워 본 적이 없다고 생각했다. 하얀 악마와의 싸움도 이보다 힘겹지는 않았다.

두 사람은 다시 맞붙었다. 이번에는 활로 싸웠지만 여전히 우열을 가릴 수 없었다. 루스템이 소랍을 말에서 끌어 내리려고 잡아당겼으나 소랍은 산처럼 끄떡도 하지 않았다. 그들은 다시 곤봉을 집어 들었다. 소랍이 루스템을 겨냥해서 힘껏 내리치자, 루스템은 휘청거리면서 아픔을 참지 못해 입술을 깨물었다. 그러자 소랍은 의기양양해서 루스템에게 자신의 적수가 되지 않는다면서 보내 주었다. 루스템의 힘이 강하다고는 해도 젊은이를 상대할 수는 없었던 것이다. 그들은 각자 상대방의 진지로 짓쳐 들어갔다. 루스템은 투란의 군대를 공격하면서, 생각보다 그들의 숫자가 많은 것에 당황했다. 소랍은 이란의 군대를 맹렬하게 공격했고, 많은 병사와 말을 사로잡았다. 루스템은 심란해져서 막사로 돌아왔지만 소랍이 저지른 파괴 현장을 보자 분노가 치솟았다. 루스템은 소랍을 비난하면서 다시 한 번 단둘이 싸우자고 말했다. 하지만 날이 이미 저물었으므로 두 사람은 다음 날까지 쉬기로 했다.

루스템은 카이 카우스에게 이 용감한 소년에 대해 말하고 오르마즈드에게 적을 물리칠 수 있는 힘을 달라고 기도했다. 그리고 싸우다가 죽게 될 때를 대비해서 가족에게도 마음의 준비를 하게 했다. 그는 루다베에게 다정한 편지를 보냈고, 아버지 잘에게는 위로의 말을 전했다. 소랍 역시 진지에서 루스템의 위력을 칭찬하면서, 싸움이 얼마나 격렬했는지, 자기가 얼마나 두려웠는지 후만에게 말했다.

"내 머릿속은 그 노인에 대한 생각으로 가득 차 있어요. 그 사람의 키는 나와 비슷하고, 어머니가 일러 주신 표시들을 그 사람에게서 볼 수 있었어요. 내 마음은 온통 그 사람에게 쏠려 있고, 그가 내 아버지 루스템일지도 모른다고 생각해요. 그렇다면 그 사람과는 싸우지 않는 게 좋을 거 같아요. 내가 어떻게 해야 좋을까요."

후만이 대답했다. "제가 전쟁터에서 루스템의 얼굴을 몇 번 본 적이 있어요. 아까 둘이서 싸우는 모습을 지켜봤지만 그 사람은 루스템과 전혀 닮지 않았고, 곤봉을 휘둘러 공격하는 방법도 달랐어요."

이는 후만이 거짓으로 한 말이었다. 아흐라시얍이 그에게 소랍을 파멸로 이끌도록 시켰기 때문이다. 소랍은 평온을 되찾았으나, 썩 만족스럽지는 않았다.

다음 날이 되자 루스템과 소랍은 양쪽 군대 사이의 중간 지점으로 갔다. 소랍은 거대한 곤봉을 들고 전투복을 입고 있었다. 그는 입가에 가득 미소를 지으며, 루스템에게 잘 쉬었느냐고 안부를 물었다.

"싸울 준비는 단단히 했나요? 우리 서로 복수의 철퇴와 칼을 내려놓고, 갑옷도 벗고, 사이좋게 앉아 술을 마시면서 분노를 좀 가라앉히는 게 어떨까요? 나는 왠지 이 싸움이 내키지 않아요. 당신이 내 말에 귀를 기울인다면, 당신을 사랑하는 내 마음을 느낄 수 있고, 당신의 눈에서는 눈물이 솟아날 거예요. 다시 한 번 물어볼 테니, 숨기지 말고 이름을 말해 주세요. 내가 보기에 당신은 귀족의 혈통이 분명해요. 당신은 영웅 사움의 후손이자 잘의 아들, 자불리스탄의 군주인 선택된 자 루스템인 거 같아요."

루스템이 대답했다. "오, 젊은 영웅이여, 우리는 싸우러 온 것이지 협상하러 온 게 아니라네. 그러니 부질없는 얘기는 관두게. 나는 늙었고 자네는 젊지만, 우리는 싸울 준비가 되었네. 우리 둘 가운데 세상의 주인이 곧 결정될 것이야."

소랍이 말했다. "오, 오랜 세월을 살아온 사람이여, 왜 애송이의 말을 귀담아듣지 않는 거죠? 저는 당신이 편안한 침대에서 최후를 맞이하길 바라요. 하지만 당신은 싸움터에서 목숨을 잃도록 선택되었죠. 운명으로 정해진 것은 반드시 이루어지는 법, 어쩔 수 없나 보군요."

그들은 싸울 준비를 마쳤고, 말 위에 올라타자마자 서로를 공격했다. 그들이 맞붙어 싸우는 소리가 양쪽 진지에 천둥처럼 울려 퍼졌다. 그들은 아침부터 해가 질 때까지 서로의 힘을 겨루었다. 어두워질 무렵, 소랍이 루스템의 허리를 잡아서 땅바닥으로 내던진 다음 무릎으로 누르고, 루스템의 칼집에서 칼을 뽑아 들었다. 그때 루스템은 얼른 꾀를 내어 말했다.

"오, 젊은이여, 자네는 전투의 관례를 모르는군. 명예의 법에 따르면 처음으로 용사를 쓰러뜨린 뒤에는 목숨을 살려 두어서 두 번째까지 싸우고 난 뒤에야 상대를 죽일 수 있는 권한이 주어진다네."

소랍은 루스템의 술책에 넘어가 손을 멈추었다. 그리고 날이 저물어서 싸울 수 없었기 때문에 루스템을 놓아주었다. 그를 보내고 나서 소랍은 밤새도록 사슴을 사냥했다. 그때 후만이 찾아와 그날의 결투에 대해 물었다. 소랍은 자신이 그 건장한 용사를 물리친 것과 그를 풀어 준 이야기를 들려주었다. 그러자 후만이 소랍의 어리석음을 탄식하며 말했다.

"아아, 젊은이여, 당신이 속은 거예요. 용사들 사이에 그런 관례는 없어요. 이제 당신이 그자의 손에 목숨을 잃을지도 몰라요."

후만의 말을 듣고 소랍은 부끄러웠지만 큰 소리로 말했다.

"걱정 말아요. 한 시간 뒤에 우리는 다시 만나 싸울 것이고, 그는 나에게 세 번째로 패할 것이오."

그 시간에 루스템은 개울가로 가서 손발을 씻고, 괴로움 속에서 신에게 기도했다. 그는 오르마즈드에게 자신이 승리할 수 있는 힘을 달라고 간절히 빌었다. 오르마즈드가 그의 기도를 듣고 힘을 내려 주자 그가 딛고 서 있는 바위가 발밑에서 바스러져 버렸다. 그가 감당할 수 없는 힘이 주어졌던 것이다. 루스템은 그 힘이 너무 지나치다는 사실을 깨닫고 이번에는 그 힘의 일부분을 다시 가져가 달라고 기도했다. 오르마즈드는 루스템의 목소리에 귀를 기울였다. 마침내 싸울 시간이 되자 루스템은 소랍을 만나기로 한 장소로 향했다. 그의 가슴은 근심으로 가득 찼고, 얼굴에는 두려운 기색이 역력했다. 반면에 소랍은 기운을 되찾은 거인 같은 모습으로 나타났고, 성난 코끼리처럼 루스템에게 달려들면서 천둥 같은 목소리로 외쳤다.

"오, 싸움에서 달아났던 자가 왜 또다시 나타난 것이냐? 내가 경고하노니, 이번에는 교활한 거짓말이 통하지 않을 것이다."

소랍의 모습을 보고 그의 목소리를 듣자 루스템은 불안에 사로잡혔고, 비로소 두려움이 무엇인지 알게 되었다. 그는 오르마즈드에게 아까 가져간 힘을 다시 돌려 달라고 기도했다. 마침내 그들은 싸울 태세를 갖추었다. 루스템은 새로 얻은 힘을 다해서 소랍에게 덤벼들어 그를 잡고 흔들었다. 소랍도 용감하게 맞섰으나, 그가 패배할 시간이 오고야 말았다. 루스템이 그의 허리띠를 잡고 땅바닥으로 거칠게 내던지자 그의 등이 갈대처럼 부러졌다. 루스템은 칼을 뽑았다. 종말이 왔음을 깨달은 소랍은 크게 한숨을 내

쉬고 고통스럽게 몸을 비틀면서 말했다.

"이렇게 된 것은 내 잘못이에요. 이후로 사람들은 젊은 사람이 패배하였다고 조롱하겠지요. 하지만 나는 헛된 영광을 얻으려 한 게 아니라, 내 아버지를 찾으려고 서둘렀던 것이에요. 어머니가 나에게 아버지를 알아볼 수 있는 표시를 알려 주었고, 나는 아버지를 만나려는 열망을 좇다 죽는 것이지요. 이제 나의 고통은 헛된 것이 되었어요. 아버지의 얼굴을 볼 기회도 주어지지 않았으니까요. 감히 말하건대, 당신이 깊은 바다에서 헤엄치는 물고기가 된다고 해도, 천상의 가장 높은 곳에 숨겨진 별이 된다고 해도, 나의 아버지가 당신을 찾아내서 나를 죽인 데 대한 복수를 할 것이고, 그때가 되어야 내가 땅속에서 편안하게 잠들 거예요. 내 아버지는 펠리바 루스템이니, 내 아버지에게 그의 아들 소랍이 아버지 얼굴을 보고 싶어 모험을 하다가 목숨을 잃었다고 전해 주세요."

순간 루스템의 손에서 칼이 미끄러졌다. 그는 절망에 몸부림쳤다. 가슴속 깊은 곳에서 비탄의 신음 소리가 흘러나왔다. 눈앞이 캄캄해지면서 아들 옆에 힘없이 주저앉았다. 그는 가슴이 찢어지는 슬픔을 느끼면서 통곡했다. 루스템이 말했다.

"네가 루스템의 증표를 보여 주면 네 말이 진실이라는 것을 알 수 있지 않을까? 오, 세상에, 내가 바로 루스템이란다. 오, 이게 꿈이라면 얼마나 좋을까!"

소랍은 억울함과 슬픔과 절망에 몸부림치며 소리쳤다.

"정말로 제 아버지라면, 아들의 피로 아버지 칼을 더럽히지 마십시오. 아버지의 완강한 고집 때문에 결국 일이 이렇게 되었군요. 아버지를 사랑하고 싶어서 이름을 알려 달라고 그토록 간청했건만. 아버지에게서 어머니가 알려 준 특징들을 보았어요. 하지만 저의 간절함이 아버지의 마음에 가닿지 못했지요. 이제 우리의 시간이 끝나 가는군요. 제 갑옷을 벗기면 팔에 팔찌가 있어요. 아버지가 저를 알아볼 수 있도록 어머니에게 주고 간 마노 팔찌예요."

루스템은 소랍의 갑옷을 벗기고 마노 팔찌를 보았다. 그는 고통에 몸부림치며 자신의 옷을 찢고 머리에 재를 뒤집어썼다. 참회의 눈물이 끝없이 흘러나왔고, 슬픔에 잠겨 울부짖었다. 소랍이 말했다.

"소용없는 일이에요. 울지 마세요. 이렇게 되도록 운명으로 정해져 있었던 것이에요."

밤늦도록 루스템이 돌아오지 않자 이란의 귀족들은 걱정이 되어 그를 찾아 나섰다. 진지에서 얼마 떨어지지 않은 곳에서 홀로 있는 라쿠쉬를 보고 그들은 통곡했다. 루스템이 죽었다고 생각한 것이다. 그들은 카이 카우스에게 상황을 전했다. 카이 카우스가 말했다.

"투스를 보내서 사실을 확인하도록 하라. 만약 루스템이 죽었다면 북을 쳐서 병사들을 불러 모아 터키 인과 전쟁을 벌이도록 하라."

한편 소랍은 멀리서 이란의 병사들이 루스템을 찾는 것을 보고 말했다.

"아버지께 부탁드려요. 샤가 투란의 병사들을 죽이지 않도록 해주세요. 그들은 샤에게 적대감을 품고 여기까지 온 게 아니라 제 욕망 때문에 따라온 거예요. 그러니 이번 원정은 제 목숨 하나로 충분합니다. 제가 이 모양이니 아버지께서 그들을 지켜 주세요. 저는 번개처럼 왔다가 바람처럼 사라지지만 언젠가 천상에서 다시 만나겠지요."

루스템은 소랍을 안심시키고 나서 이란 병사들 앞으로 갔다. 그가 나타나자 모두들 함성을 질렀다. 그들은 참혹한 그의 모습을 보고 이유를 물었다. 루스템은 소중한 아들의 참담한 상황을 설명했다. 그들은 루스템과 함께 슬퍼했으며 구슬프게 통곡했다. 루스템은 그들 가운데 한 명을 투란의 진지로 보내, 후만에게 다음과 같이 전하도록 했다.

"칼집에서 복수의 칼을 뽑지 말라. 이제 네가 군대의 지휘자이니 즉시 돌아가라. 충분한 시간을 줄 테니 강을 건너 네가 온 곳으로 가라. 나는 싸우지 않을 것이며, 너에게 아무 말 않을 것이다. 네가 저지른 교활한 짓으로 인해 내 아들이 이런 지경에 이르렀다."

루스템은 말을 마치자 아들이 있는 곳으로 향했다. 귀족들이 그 뒤를 따랐다. 소랍은 고통으로 신음하고 있었다. 루스템은 괴로워하는 아들을 보면서 스스로 목숨을 끊으려고 했다. 귀족들이 가까스로 만류했다. 루스템은 문득 카이 카우스에게 치유 효과가 좋은 고약이 있음을 떠올리고 구달즈를 보내 자신의 간절한 부탁을 전하도록 했다.

"오, 샤여, 제가 이제까지 폐하에게 도움이 되었다면, 지금 절박한 처지에 놓인 제가 지금까지 쓸모 있었음을 상기하시고 저의 끔찍한 고통을 가엾게 여기소서. 저에게 폐하의 보물 가운데 하나인 고약을 보내 주셔서 제 아들을 폐하의 은혜로 치유해 주시기를 간절히 부탁합니다."

구달즈는 돌풍보다 빠른 속도로 샤에게 달려가 루스템의 말을 전했다. 그러나 카이 카우스의 가슴은 차가웠고, 루스템에게서 받은 도움을 기억하지 못했다. 그는 단지 루스템이 자기 앞에서 두려움 없이 당당했던 모습만을 떠올릴 뿐이었다. 그리고 소랍이 아버지와 힘을 합치면 자기보다 훨씬 강해질 것이고 그러면 자신을 공격할지도 모른다는 두려움을 느꼈다. 그는 펠리바의 호소에 귀를 닫아 버렸다. 구달즈는 돌아가 샤의 대답을 전하면서 말했다.

"카이 카우스의 가슴은 얼음장 같고, 그의 사악한 성품은 열매를 맺지 못하는 황무지 같아요. 제 생각에는 펠리바께서 직접 샤에게 가서 그의 차가운 가슴이 따스해질 수 있도록 설득해 보는 게 좋겠어요."

슬픔에 싸인 루스템은 구달즈의 충고대로 직접 샤에게 향했다. 그러나 그가 샤를 만나기도 전에 전령이 와서 소랍이 세상을 떠났다고 말했다. 루스템은 하늘이 무너질 듯 통곡했고, 스스로에게 비난을 퍼부으며, 자기 손으로 아들을 죽인 죄책감에 몸부림쳤다.

"내가 바로 아들을 죽인 늙은이다. 그 강건한 아들의 목숨을 빼앗은 용사다. 내가 자식의 심장을 찢었으니 펠리바의 지위를 버린다."

그는 불을 피우고 자신의 알록달록한 천막과 룸의 비단으로 만든 예복, 말안장, 표범 가죽, 오랫동안 전쟁터에서 입었던 갑옷, 왕좌의 부속물들을 불 속에 던져 넣었다. 그는 자신의 긍지를 나타냈던 것들이 재가 되는 모습을 지켜보았다. 루스템은 가슴을 쥐어뜯으면서 울부짖었다.

"가슴이 너무 아파서 죽을 것 같구나." 그는 소랍의 시신을 값비싼 양단으로 잘 수습하도록 했다. 투란 병사들이 국경을 넘어 돌아간 뒤 루스템은 군대를 이끌고 자불리스탄으로 돌아갈 준비를 마쳤다. 귀족들이 머리에 재를 뒤집어쓰고 찢어진 옷을 입은 채 상여 앞에서 줄지어 걸어갔다. 전투용 코끼리들을 위해 울리는 북은 산산조각 났고, 심벌즈는 망가졌으며, 말들의 꼬리는 짧게 잘렸다. 나라 곳곳에서 애도의 표시를 하였다.

잘은 참혹한 모습으로 돌아오는 병사들을 보고 눈이 휘둥그레졌다. 행렬의 맨 앞에 루스템이 서 있는 것을 보니 다행히 펠리바 때문은 아닌 듯했다. 잘은 루스템에게 무슨 일이냐고 물었다. 루스템이 잘을 상여로 데려가 네리만의 아들 사움처럼 건장한 젊은이의 시신을 보여 주었다. 그리고 자초지종을 말하고, 아직 어린아이에 불과한 자신의 아들이 전쟁터에서 얼마나 훌륭한 영웅이었는지 설명했다. 루다베가 손자를 보러 나왔다가 몹시 애통해했다. 그들은 소랍을 위해 말발굽 모양의 무덤을 만들었으며, 루스템은 황금으로 만든 방 안에 용연향을 뿌리고 아들의 시신을 눕힌 뒤 황금빛 양단으로 덮어 주었다. 장례가 끝나자, 루스템의 궁전은 무덤처럼 고요 속으로 가라앉았다. 루스템의 가슴속에는 어떤 기쁨도 깃들지 않았고, 오랫동안 그의 당당한 모습을 볼 수 없었다.

한편 소랍의 소식이 전해진 투란에서는 한창 꽃필 나이에 목숨을 잃은 용맹한 소년을 애도하며 눈물을 흘렸다. 사맹간의 왕은 옷을 찢으며 슬퍼했고, 그의 딸 타미네는 고통에 몸부림치다가 정신을 잃기도 했다. 그녀는 아들의 이름을 소리 높여 불렀고, 아들을 덮친 몹쓸 운명을 한탄했다. 그녀는 검은 흙을 머리에 뿌리고, 머리카락을 쥐어뜯고, 손목을 비틀고, 땅바닥을 구르면서 괴로워했다. 그녀는 소랍의 옷과 의자를 끌어안고 투구에 입을 맞추고 말 잔등을 쓰다듬으면서 눈물을 쏟았다. 또 소랍의 칼로 말 꼬리를 잘라 소랍의 집에 불을 붙였고, 그의 황금과 보석들을 가난한 이들에게 나눠 주었다. 그녀는 1년 동안 쓰라린 고통 속에서 살다가 숨을 거두었고, 그녀의 영혼은 아들 소랍의 뒤를 따라갔다.

9

사이야우쉬

어느 날 투스, 게우, 구달즈와 이란의 용감한 기사들이 다고위 숲으로 야생 당나귀를 사냥하러 갔다. 나무들 사이로 들어선 그들은 뛰어난 미모의 여인이 서 있는 것을 보았다. 투스와 게우는 그녀를 보자마자 첫눈에 반했다. 그들은 그녀와 얘기를 나누다가 페리둔의 혈족이라는 사실을 알게 되었다. 투스와 게우는 그녀와 결혼하고 싶었다. 둘 다 서로에게 양보하려 하지 않았으므로 거친 말들이 오갔으며, 주먹질까지 할 태세였다. 그때 누군가 말했다.

"카이 카우스에게 중재를 부탁하는 게 좋을 것 같네." 두 사람은 충고를 따르기로 하고 요정처럼 아름다운 미녀와 카이 카우스에게 갔다. 그런데 카이 카우스도 처녀의 미모에 반하고 말았다. 카이 카우스는 그녀가 샤에게 더 어울린다면서 왕의 궁녀들이 사는 궁으로 데려가 버렸다.

세월이 흘러 그녀는 아들을 낳았다. 키가 크고 건장하며 훌륭한 외모를 지닌 아들의 이름을 사이야우쉬로 지었다. 카이 카우스는 자신의 혈통을 이어받은 아들을 얻은 것이 더없이 기뻤으나, 점성술의 예언 때문에 못내 마음이 무겁기도 했다. 하늘이 아이에게 엄혹할 것이며, 아이의 장점이 아무 소용이 없고, 무엇보다도 이러한 것들이 아이를 파멸로 이끌어 갈 것이라고 했기 때문이다.

한편, 샤의 아들이 태어났다는 소식이 루스템의 나라에까지 전해졌다. 펠리바가 그 소식을 듣고 보니 아들 소랍을 잃은 아픔이 가슴에 사무쳤다. 그는 자불리스탄을 떠나 이란으로 가서 샤에게 자신이 아이를 기르겠다고 했다. 카이 카우스는 썩 내키지는 않았지만 마지못해 승낙했다. 루스템은 아이를 자신의 왕국으로 데려왔다. 그는 전쟁에 필요한 무예와 연회를 여는 법을 가르쳤다. 사이야우쉬는 날이 갈수록 강건하고 아름다워져서, 세상에 그를 따를 자가 없을 정도였다.

사이야우쉬가 사자를 올가미로 잡을 수 있을 만큼 힘이 세졌을 때, 그는 고개를 꼿꼿이 들고 루스템 앞으로 가서 말했다.

"제 아버지 샤에게 훌륭하게 자란 제 모습을 보여 드리고 싶어요."

루스템은 샤가 자신에게 고마워하리라고 생각했다. 그는 빈틈없이 준비를 마치고 강력한 군대와 함께 이란까지 행진해 갔다. 사이야우쉬는 말을 타고 앞장섰다. 온 나라 사람들이 사이야우쉬의 모습을 보고 감탄했다. 왕의 궁정에도 환희가 넘쳤으며, 수없이 많은 황금과 보석이 루스템과 사이야우쉬에게 쏟아졌다. 카이 카우스는 늠름한 아들의 모습에 흐뭇함을 감추지 못했고, 루스템에게 상을 듬뿍 내렸다. 샤는 사이야우쉬를 자신의 왕좌 옆에 앉혔다. 사람들이 한목소리로 사이야우쉬를 칭송했고, 곧이어 성대한 잔치가 벌어졌다.

사이야우쉬는 아버지의 궁정에 머무르게 되었다. 7년 동안 그는 자신의 기백을 증명했고, 8년째 되는 해에 왕으로서 자격을 인정받아 왕좌와 왕관을 물려받았다. 모든 일이 잘 풀렸으므로, 그에 대한 흉흉한 별자리 예언은 서서히 잊혀 갔다. 그러나 하늘에서 정한 운명은 반드시 이루어지기 마련이었다. 불행의 전조가 보이기 시작했다. 수다베가 사이야우쉬의 미모에 반한 것이다. 그녀의 영혼이 그를 향해 불타올랐다. 그녀는 그에게 심부름꾼을 보내 궁녀들이 머무는 거처에 놀러 오라고 했다. 사이야우쉬는 왠지 미심쩍은 생각이 들어서 거절하는 답장을 보냈다. 수다베는 카이 카우스에게 사이야우쉬가 자신의 초대를 거절했다고 불평을 늘어놓으면서 아들이 형제들과 친해질 수 있도록 궁녀들의 거처로 그를 보내라고 부추겼다. 카이 카우스는 수다베의 말에 따랐다.

사이야우쉬를 자신의 거처로 불러들이는 데 성공한 수다베는 그와 단둘이 시간을 보내고 싶어서 호시탐탐 기회를 엿보았다. 하지만 사이야우쉬는 좀처럼 곁을 주지 않았다. 수다베는 세 번이나 그를 은밀한 곳으로 유인했으나, 사이야우쉬는 세 번 다 냉담하게 대했다. 약이 바짝 오른 수다베는 샤에게 사이야우쉬를 헐뜯으면서 불평을 늘어놓았다. 그녀는 온 나라에 그에 대해 안 좋은 소문이 떠돌고 있다면서 카이 카우스를 격분하게 만들었다. 샤는 사이야우쉬가 말할 기회도 주지 않고 길길이 뛰었다. 수다베를 사랑하는 카이 카우스는 그녀의 말을 철석같이 믿었다. 그는 자신이 하마베란의 감옥에 갇혔을 때 헌신했던 그녀만을 기억하고 있을 뿐, 그녀가 사악한 거짓말을 하고 있다는 것을 전혀 몰랐다. 카이 카우스는 사이야우쉬를 끝도 없이 비난하는 수다베 때문에 혼란스러웠다. 한편으로는 아들에게 마음이 쏠렸고, 이러한 상황에 교활한 속임수가 있을지도 모른다고 생각했기 때문이다. 그는 두 사람 사이에서 어찌할 바를 몰랐다. 그는 단봉낙타들을 국경까지 보내어 숲에서 나무를 베어 오게 한 뒤 통나무를 쌓아 올렸다. 얼마나 높이 쌓았는지 2파르상 떨어진 곳에서도 보일 정도였다. 샤는 통나무 더미 중간에 말을 탄 기사가 지나갈 수 있는 통로를 만들었고 나무 위에 휘발유를 부은 뒤 불을 붙였다. 통나무 더미가 하도 넓고 높아서 200명이 동원되어서야 불이 붙었다. 불꽃과 연기가 하늘로 치솟자 사람들은 두려움에 비명을 질렀으며, 그 열기로 온 나라 구석구석까지 녹아 버릴 지경이었다.

카이 카우스는 사이야우쉬에게 말을 타고 통로를 지나가 결백을 증명하라고 했다. 사이야우쉬는 샤의 명령을 따르기로 하고 카이 카우스 앞으로 나가 경의를 표했다. 사이야우쉬는 불타는 나무 더미로 다가가면서 자신의 영혼을 신에게 맡겼고, 시련을 견뎌 결백을 증명할 수 있기를 기도했다. 그는 고삐를 놓아 말이 자유롭게 움직이도록 한 다음 불꽃 속으로 들어갔다. 사람들이 들판과 도시에서 슬픔에 차서 울부짖었다. 그렇게 혹독한 시험에서 살아나온 사람이 여태껏 하나도 없었던 것이다. 수다베는 궁전 지붕 위로 올라가 사이야우쉬에게 불행이 닥치기를 빌면서 눈을 부릅뜨고 내려다보았다. 귀족들은 너나없이 카이 카우스를 비난했고 그의 행위에 분노했다.

사이야우쉬는 말을 타고 의연하게 달렸다. 그의 하얀 옷과 검은 말이 불꽃 사이에서 빛을 내뿜었고, 그의 황금 투구에 붉은 열기가 어렸다. 그는 머리카락 한 올 타지 않고 옷에 그을음 한 점 묻지 않은 채 통로를 통과했다.

그가 살아서 돌아오자 사람들은 하늘을 찌를 듯이 함성을 질렀다. 수다베를 제외한 귀족들도 그를 맞이하러 나와 진심으로 기뻐했다. 사이야우쉬는 샤 앞의 땅바닥에 엎드려 경의를 표하며 인사했다. 카이 카우스는 불에 그슬린 흔적이 전혀 없는 아들을 보고 그가 결백하다는 사실을 알았다. 샤는 땅에 엎드려 있는 아들을 일으켜서 왕좌 옆에 서게 한 다음 자신의 잘못을 사과했다. 사이야우쉬는 아버지의 사과를 받아들였다. 카이 카우스는 잔치를 열어 사흘 동안 흥겨운 시간을 보내게 했으며, 자신의 보물 창고 문을 활짝 열었다.

나흘째 되는 날 카이 카우스는 카이아니데스의 왕좌에 올랐다. 황소 머리 철퇴를 손에 쥔 그는 수다베의 못된 행동을 꾸짖으며, 그녀에게 세상을 떠날 준비를 하라고 했다. 그녀에게 죽음의 벌을 내릴 작정이었던 것이다. 귀족들은 샤의 결단에 동의했고, 그에게 하늘의 축복이 내리기를 빌면서 결단을 재촉했다. 사이야우쉬는 그 소식을 듣고 근심에 잠겼다. 아버지가 수다베를 깊이 사랑한다는 사실을 알고 있었기 때문이다. 그는 카이 카우스 앞으로 나아가 그녀를 용서해 달라고 간청했다. 카이 카우스는 내심 반기면서 못 이기는 척 아들의 청을 받아들였다. 수다베를 잃고 싶지 않았기 때문이다. 사이야우쉬는 그녀를 궁녀들의 거처로 데려다 주었다. 샤는 그녀를 계속 볼 수 있어서 기뻤다.

수다베에 대한 카이 카우스의 사랑은 점점 깊어 갔고, 그녀의 치마폭에서 헤어나지 못했다. 수다베는 샤의 마음을 좌지우지할 수 있게 되자 그에게 사이야우쉬의 험담을 쏟아부었고, 샤의 정신이 혼미해질 때까지 그치지 않았다. 마침내 샤는 무엇이 진실인지 갈피를 잡을 수 없게 되었다.

카이 카우스가 궁전의 장막 뒤에서 시간 가는 줄 모를 때 아흐라시얍은 병사 3,000명을 뽑아서 이란을 침공할 준비를 하고 있었다. 카이 카우스는 이 소식을 듣고 이제 연회가 아니라 전투에 임해야 한다는 사실이 자못 심란했다. 그는 약속을 어기고 또다시 이란을 침공한 아흐라시얍에게 비난의 말을 퍼부었다. 카이 카우스가 군대를 이끌고 나가려 하자 무비드가 샤 홀로 전쟁에 나가는 것을 만류했다. 무비드는 그가 두 번이나 이란을 위험에 빠뜨렸던 사실을 상기시켰다. 카이 카우스는 그 말을 듣고 격노했으며, 당장 그 무비드를 쫓아 버렸다. 그리고 자신이 홀로 군대를 이끌어 승리를 거둘 것을 맹세했다.

사이야우쉬가 이 소식을 듣고 생각했다. '내가 군대를 이끌고 전쟁에 나가 승리한다면 수다베의 계략에서 벗어나게 될지도 몰라.' 그래서 그는 전투용 갑옷을 입고 무장한 채 아버지 앞으로 나아가 전쟁에 나가게 해 달라고 했다. 카이 카우스는 고귀한 혈통에서 태어난 자기 아들의 지위가 군대를 이끌기에 적합하다는 사실에 생각이 미쳤다. 카이 카우스는 기꺼이 그의 뜻을 허락했다. 그는 루스템에게 전령을 보내 사이야우쉬와 함께 전투에 참여해서 그를 보호할 것을 명했다. 카이 카우스는 펠리바에게 말했다.

"그대가 내 아들을 지켜 준다면 나는 편안하게 쉴 수 있지만 그대가 쉬고 싶다면 내가 행동에 나서야겠지."

루스템이 대답했다. "오, 왕이시여, 저는 폐하의 신하이며, 폐하의 뜻에 따라 움직입니다. 사이야우쉬는 제 심장의 빛이며, 제 영혼의 기쁨입니다. 기꺼이 그를 이끌어 적과 맞서겠습니다."

전쟁을 알리는 트럼펫 소리가 울려 퍼졌고, 갑옷이 덜그럭거리는 소리, 기마병과 보병의 발소리가 사방에 가득 찼다. 다섯 명의 무비드가 카와의 깃발을 높이 들었고, 군대가 그 뒤를 따랐다. 그들은 줄을 맞춰 카이 카우스 앞을 지나갔고, 그는 군대와 맨 앞에서 말을 타고 가는 자신의 아들을 축복하면서 말했다.

"그대들에게 행운의 별빛이 비치기를, 승리와 기쁨을 안고 나에게 돌아오기를 바라노라."

카이 카우스는 궁전으로 돌아갔고, 사이야우쉬는 출발 신호를 내렸다. 그들은 자불리스탄을 향해 행진했다.

자불리스탄에 이르렀을 때, 그들은 한동안 휴식을 취하면서 잘의 궁전에서 잔치를 벌였다. 그들이 흥겨운 시간을 보내는 동안 카불과 인도에서 온 기마병들이 합류했다. 왕이 있는 곳이면 어디에서나 그들을 돕기 위해 군대를 보냈다. 한 달 후에 그들은 자불리스탄을 떠나 발흐*에 이를 때까지 행군했다. 그곳에서 투란 사람들과 맞닥뜨렸는데, 아흐라시얍의 동생인 게르시와쯔가 그들의 우두머리였다. 그는 이란의 군대를 보고 싸울 준비를 갖추었다. 양쪽 군대는 사흘 동안 쉬지 않고 격렬하게 전투를 치렀다. 나흘째 되는 날 승리는 이란에 돌아갔다. 사이야우쉬는 대필자를 불러서 카이 카우스에게 보내는 편지를 썼다. 아버지의 머리에 하늘의 축복이 내리기를 기원하고 전후 사정을 설명한 뒤 편지에 사향을 뿌렸다. 카이 카우스는 기쁨에 겨워 곧장 답장을 썼다. 말 한 마디 한

---

* Balkh. 아프가니스탄 북부의 도시. 고대 박트리아 왕국의 수도. 옛 이름은 박트라(옮긴이)

마디에 사랑이 묻어 있고, 부드럽고 푸른 봄기운이 가득한 편지였다.

한편 아흐라시얍은 크게 실망해서 게르시와쯔에게 심사가 뒤틀렸고, 정신이 나갈 정도로 화가 났다. 동생의 말이 끝나기가 무섭게 아흐라시얍은 자리에 누워 버렸다. 그러나 밤이 다 가기도 전에 누군가 게르시와쯔의 집에 찾아가 아흐라시얍이 미친 사람처럼 소리를 질러 대고 있다고 전했다. 게르시와쯔가 부랴부랴 궁전으로 들어가 보니 왕이 지붕 위에 누워서 고통스럽게 울부짖고 있었다. 그는 왕을 일으켜 세우고 울부짖는 이유를 물었다. 아흐라시얍이 대답했다.

"나는 지금 어떤 것에 사로잡혀 있으니까 제정신이 돌아올 때까지 아무 말 말라."

아흐라시얍은 횃불을 가져오라고 하더니 주위에 있는 옷들을 모아 왕좌 위에 올려놓았다. 그는 무비드들을 불러서 자신의 꿈 이야기를 들려주었다. 땅이 뱀으로 가득 차 있고, 이란 사람들이 자신을 공격했으며, 불운이 카이 카우스와 그 옆에 서 있는 소년에게서 자신에게로 오더라는 것이다. 아흐라시얍은 말을 하면서 몸을 부들부들 떨었고, 게르시와쯔가 아무리 위로를 해도 소용없었다.

아흐라시얍이 의견을 물었으나 두려움을 느낀 무비드들은 감히 입을 열 수 없었다. 왕은 만약 말을 하지 않으면 머리를 둘로 쪼개

버리겠다면서 설령 불길한 말을 해도 목숨을 살려 주겠다고 굳게 맹세했다. 무비드들이 마지못해 입을 열었다. 그 꿈은 사이야우쉬가 투란을 파멸시키고 터키를 정복한다는 예언이라는 것이다. 그리고 비록 사이야우쉬가 아흐라시얍의 손에 목숨을 잃는다고 해도 이러한 불행은 멈추지 않을 것이라고 덧붙였다. 그들은 아흐라시얍에게 전쟁을 계속하면 불행을 막을 수 없으니 카이 카우스의 아들과 맞서지 말라고 충고했다.

아흐라시얍은 게르시와쯔에게 말했다.

"만약 내가 사이야우쉬와의 전쟁을 그만둔다면 불행을 피할 수 있겠지. 평화를 찾는 게 우선이니까 사이야우쉬에게 금은보화와 선물을 한가득 보내야겠어. 재물과 전쟁의 목적은 뗄래야 뗄 수 없는 관계니까 말이지."

아흐라시얍은 게르시와쯔에게 보물과 룸의 호화로운 양단, 값비싼 보석들을 제이한 강 건너 사이야우쉬의 진지에 가져다주라고 했다. 그리고 사이야우쉬에게 다음과 같은 편지를 보냈다.

"용맹한 실림과 투르, 부당하게 죽임을 당한 이리쥐의 시절 이후로 세상은 어수선했습니다. 그러나 우리는 과거에 얽매이지 말고 동맹을 맺어 우리의 국경에 평화가 깃들게 했으면 좋겠습니다."

젊은 왕은 편지를 읽고 의구심이 들어서 루스템에게 조언을 구했다. 아흐라시얍의 말을 믿을 수 없는 데다가 아름다운 꽃 속에 독이 숨어 있을지도 모르기 때문이다. 루스템은 일주일 동안 잔치를 베풀어 게르시와쯔를 접대하면서 그사이에 방법을 고민해 보자고 했다. 루스템의 말에 따라 흥겨운 음악 소리가 울려 퍼졌으며, 게르시와쯔는 한껏 즐기며 지냈다. 여드레째 되는 날 게르시와쯔는 사이야우쉬 앞에 나아가 편지에 대한 답을 달라고 했다. 그러자 사이야우쉬가 말했다.

"그대의 편지를 읽고 곰곰이 생각한 결과 그대의 제안을 받아들이기로 했습니다. 피를 흘리기보다는 평화를 원하니까요. 그대의 말 속에 어떤 계략도 없다면 그대와 혈연관계에 있는 투란 병사 백 명을 볼모로 보내 주기 바랍니다. 우리는 그들을 그대가 한 말의 증표로 삼고 보호할 것입니다."

게르시와쯔는 바람처럼 빠른 전령을 아흐라시얍에게 보냈다. 아흐라시얍은 대답을 듣고 고민에 빠졌다.

"사이야우쉬의 요구를 받아들이면 이 나라에서 가장 훌륭한 용사들을 잃게 된다. 만약 거절하면 사이야우쉬는 내 말을 믿지 않을 테고 예언된 불행이 나를 덮칠 것이다."

아흐라시얍은 달리 뾰족한 수가 없어서 병사들을 뽑아 사이야우쉬에게 보냈다. 그는 트럼펫을 울려 군대를 투란으로 철수하고, 자신이 차지했던 이란 땅을 돌려주었다.

그제야 루스템은 게르시와쯔를 보내 주었다. 그러고 나서 사이야우쉬와 저간의 사정을 카이 카우스에게 어떻게 알려야 할지 의논했다. 사이야우쉬가 말했다.

"만약 카이 카우스가 평화보다 응징을 원한다면 내가 처리한 일에 분노하고 무모한 행동을 할 것입니다. 이러한 상황에서 누가 그에게 소식을 전하는 게 좋을까요?"

루스템이 대답했다. "내가 직접 가서 말할 것이다. 내가 말하면 그도 귀를 기울일 것이고, 이번 원정에서 얻은 영광을 사이야우쉬에게 돌릴 수 있을 것이다."

그리하여 루스템이 카이 카우스에게 갔다. 루스템은 아흐라시얍을 물리쳤으나 그가 몹시 두려워하면서 애걸하다시피 하는지라 부득이 평화 협정을 맺게 되었다고 했다. 아울러 사이야우쉬가 나아갈 때와 멈출 때를 어찌나 정확히 판단하는지 그의 지혜에 자신도 놀랐다면서 샤에게 자기들이 한 일을 부디 승인해 달라고 간곡히 청했다. 그러나 카이 카우스는 사이야우쉬가 어리석은 짓을 했다며 팔딱팔딱 뛰었고, 루스템에게도 사태가 이 지경이 되도록 옆에서 뭘 했느냐며 비난의 말을 퍼부었다. 카이 카우스는 과거에 아흐라시얍에게 고통받던 때를 떠올리면서, 복수의 뿌리는 아직 뽑히지 않았으니 기필코 투란에 대한 복수를 하겠다고 맹세했다. 그는 루스템에게 발흐로 돌아가 투란의 볼모들을 모두 죽이고, 전쟁을 즉시 재개하여 아흐라시얍을 공격하라고 쏘아붙였다. 루스템은 샤의 말을 끝까지 듣고 나서 입을 열었다.

"오, 왕이시여, 폐하의 말씀은 천부당만부당합니다. 사이야우쉬는 아흐라시얍과 했던 약속을 깨뜨릴 수도 없고 자기 손에 넘겨진 투란 병사들을 죽일 수도 없습니다."

카이 카우스는 불같이 화가 나서 루스템을 비난했고, 그의 그릇된 충고로 인해 사이야우쉬가 바른길에서 벗어났다고 말했다. 그는 루스템을 조롱하면서 세이스탄으로 돌아가라고 했다. 그리고 그 자리에서 투스를 펠리바로 임명한 뒤 곧장 사이야우쉬에게 가라고 했다. 이에 루스템도 화를 참지 못하여 샤를 비난했고, 보란 듯이 자기 나라로 돌아가 버렸다. 카이 카우스는 투스를 국경에 주둔해 있는 이란 군대에 보내어 사이야우쉬에게 자신의 뜻을 전하게 했다.

사이야우쉬는 매우 당황해서 어찌할 바를 몰랐다. "내가 맹세를 저버리면 어찌 오르마즈드 앞에 설 수 있을까? 내가 어떤 선택을 하든 벌을 받을 수밖에 없구나."

사이야우쉬는 바흐람과 젠게에게 자신의 고민을 털어놓았다. 그는 카이 카우스가 선과 악을 구별하지 못하며, 자신이 협상하는 바람에 이란 군대가 진격하게 되었고, 샤는 전쟁을 재개하기를 바란다고 말했다.

"샤의 명령에 따르면 나는 그릇된 일을 하는 것이요, 샤의 명령을 따르지 않으면 나는 죽게 될 것이다. 사면초가에 빠진 내가 어찌하면 좋겠느냐?"

사이야우쉬는 편지와 함께 젠게를 아흐라시압에게 보냈다. 그는 편지에서 자초지종을 설명하고, 그들 사이의 평화 협정이 위태롭게 되었다고 덧붙였다. 그는 아흐라시얍에게 평화 협정을 파기하라는 카이 카우스의 명령을 어겼으므로 자신은 이제 샤에게 돌아갈 수 없다고 했다. 마지막으로 그는 아흐라시얍에게 투란으로 망명하고 싶다면서 어디든 신이 원하는 곳에 몸을 숨기게 해 달라고 했다.

"카이 카우스에게 나의 존재가 알려지지 않고, 그의 통탄할 행동을 내가 알 수 없는 장소가 필요해요."

젠게는 투란의 볼모 백 명을 거느리고 아흐라시얍이 사이야우쉬에게 보냈던 금은보화를 가지고 아흐라시얍에게 갔다. 성문 안으로 들어서자 아흐라시얍은 그를 매우 친절하게 맞아 주었으나, 그가 전하는 말을 듣고는 이내 낙심했다. 아흐라시얍은 군대의 지휘자인 피란에게 의견을 물었다. 피란이 말했다.

"오, 왕이시여, 만수무강하소서! 폐하에게는 오직 한 가지 길이 있을 뿐입니다. 이란의 왕자는 고귀한 사람으로서 옳은 일을 했습니다. 그는 자신의 아버지 카이 카우스의 사악한 계획을 거부하고 있습니다. 그러므로 폐하께서 그를 따뜻이 맞아 주시고 공주님과 결혼을 시켜 폐하의 아들로 삼으세요. 카이 카우스가 죽으면 그가 이란의 왕좌에 오를 터이니, 그로써 오랜 원한이 사랑으로 해소될 것입니다."

아흐라시얍은 피란의 말이 구구절절 옳은지라 곧장 대필자를 불러서 사이야우쉬에게 편지를 쓰게 했다. 그는 사이야우쉬에게 투란의 문은 활짝 열려 있으며, 자신이 사이야우쉬의 아버지로서의 역할을 할 수 있고, 카이 카우스에게 받지 못한 사랑을 투란에서 찾게 될 것이라고 했다.

"나는 그대에게 옳은 일 말고는 아무것도 요구하지 않을 것이며, 그대를 조금도 의심하지 않을 것이오."

그는 왕실의 인장으로 편지를 봉해서 칙사인 젠게에게 건네주면서 서둘러 떠나라고 했다. 사이야우쉬는 편지를 읽고 뛸 듯이 기뻤지만, 한편으로는 마음이 어수선산란하기도 했다. 조국의 적과 친구가 되어야 하는 상황이 가슴 아팠던 것이다. 그러나 다른 대안이 없었으므로 그는 카이 카우스에게 편지를 썼다. 그는 편지에서 자신이 판단컨대 옳지 않은 일을 할 수 없으며, 수다베로 인해 야기되었던 난감한 상황들을 설명하고, 자신이 한 약속을 깨뜨릴 수 없었다고 덧붙였다. 사이야우쉬는 바흐람과 상의해서 편지를 썼고, 투스가 이란에서 돌아올 때까지 그에게 군대의 지휘를 맡겼다. 그리고 병사들 가운데 백 명을 뽑아 그들과 함께 국경을 넘었다.

카이 카우스는 소식을 전해 듣고 크게 실망한 나머지 충격에 빠졌다. 그는 아흐라시얍과 사이야우쉬에 대한 분노가 끓어올랐다. 그러나 전투를 하려 하거나 전쟁을 거론하지는 않았다.

한편 사이야우쉬가 투란에 도착하고 보니 온 나라가 그에게 경의를 표하기 위해 치장하느라 바빴다. 피란이 그를 마중 나왔고,

그 뒤로 화려한 장식용 천을 씌운 하얀 코끼리들이 선물을 싣고 줄지어 따라오고 있었다. 피란은 사이야우쉬 앞에 선물을 내려놓고 아흐라시얍이 눈이 빠지게 기다리고 있다면서 환영의 말을 쏟아 냈다.

"왕에 대해서 무슨 말을 들었든 괘념치 마시고 그를 우호적으로 대하세요. 아흐라시얍은 평판이 썩 좋진 않지만 신경 쓸 것 없어요. 좋은 사람이니까요."

사이야우쉬는 피란과 함께 아흐라시얍에게 갔다. 아흐라시얍은 그의 건장하고 아름다운 외모에 흐뭇해하면서 그를 포옹했다.

"세상을 어지럽히는 악은 평정될 것이다. 이제 두 나라에 우정이 깃들 테니, 양과 표범이 함께 먹이를 먹을 수 있으리라."

아흐라시얍은 사이야우쉬의 머리 위에 축복이 내리기를 빌고 그의 손을 이끌어 왕좌 옆에 앉혔다. 왕이 피란에게 말했다.

"카이 카우스는 분별력이 없거나, 이렇게 멋진 아들을 별로 사랑하지 않는가 보구나."

아흐라시얍은 사이야우쉬가 단박에 맘에 들어서 그에게서 눈을 떼지 못했다. 그는 사이야우쉬에게 별궁에서 지내게 하고 화려한 옷감과 금은보화를 잔뜩 주었다. 또한 잔치를 준비하고 무예를 겨루는 경기를 열었다. 사이야우쉬는 자신의 용맹함을 한껏 펼쳐 보였다. 그를 바라보는 투란 왕의 눈에는 사랑이 깃들었고, 가슴에는 기쁨이 넘쳤다. 그는 사이야우쉬가 아들처럼 느껴졌다. 사이야우쉬는 투란의 궁정에서 즐거움과 슬픔을 느끼고, 충만함과 비애를 겪으면서 여러 날을 보냈다. 아흐라시얍은 사이야우쉬를 한시도 곁에서 떠나지 못하게 했고, 입만 열면 그저 사이야우쉬에 관한 얘기였다. 이러구러 열두 달이 흘렀고, 마침내 사이야우쉬는 펠리바 피란의 딸을 아내로 맞이했다. 그리고 다시 몇 년이 흐르는 동안 그는 내내 아흐라시얍의 궁전에 머물렀다. 어느 날 피란이 사이야우쉬에게 아흐라시얍의 딸과 결혼하라고 했다.

"자네의 조국은 이제 투란이야. 그러니 하루빨리 힘을 키워야 해. 만약 자네가 아흐라시얍의 딸과 결혼한다면 호랑이가 날개를 단 격이니 세상에 두려울 것이 없을 것이고, 천운으로 아들이라도 태어난다면 두 나라가 우호적인 관계를 맺을 수도 있지 않겠나."

피란의 말이 백번 옳았으므로 사이야우쉬는 아흐라시얍에게 페랑기스 공주와 결혼하고 싶다고 운을 떼었다. 아흐라시얍은 흔쾌히 승낙했다. 그리하여 결혼식이 성대하게 치러졌고, 아흐라시얍은 사이야우쉬에게 선물을 어마어마하게 주었다. 또한 군주로서 다스릴 땅을 주었으며, 사이야우쉬를 아들로 삼고 축복했다. 그는 사이야우쉬가 마침내 자신의 영토로 떠나자 허전허전하기 짝이 없었다.

사이야우쉬는 1년 동안 자신의 영토에 머무르면서 여러모로 궁리하다가 양쪽 경계선을 방문한 후 그 가운데에 도시를 건설했다. 그곳은 강디스라고 불렸는데, 천상의 세계처럼 아름다운 곳이었다. 사이야우쉬는 많은 집을 짓고, 많은 나무를 심었으며, 구기 경기를 즐길 수 있는 넓은 공간을 마련했다. 그는 도시를 만들고 나서 사뭇 기뻤으며, 그의 주위에 있는 사람들도 즐거워했다. 사이야우쉬가 있어서 세상이 더 행복해졌고, 그의 삶은 구름이 드리워지지 않은 맑은 하늘 같았다. 그러나 무비드들은 강디스로 인해 그에게 불행이 닥칠 것이라고 충고했다. 사이야우쉬는 그 말을 듣고 갈등했으나, 시간이 흘러도 별다른 재앙이 일어나지 않자 더는 신경 쓰지 않았다. 그는 강디스에서 보내는 시간이 즐거웠고, 궁녀들의 집에서 행복하게 지냈다. 그는 아흐라시얍을 신뢰했다.

그러나 별자리로 예언된 운명은 반드시 이루어지는 법! 몇 년이 흐른 뒤 게르시와쯔는 아흐라시얍이 사이야우쉬에게 품고 있는 사랑을 시샘하게 되었다. 또한 사이야우쉬의 권력도 시기했다. 그는 사이야우쉬를 파멸시킬 방법을 궁리했다. 어느 날 그는 아흐라시얍을 찾아가 사이야우쉬가 건설한 도시에 대해 사람들의 칭찬이 자자한데, 그곳에 한 번 가 보고 싶다고 했다. 아흐라시얍은 순순히 승낙하고 나서, 아들 사이야우쉬에게 사랑한다는 말을 전해 달라고 했다. 게르시와쯔는 강디스로 달려갔다. 도시의 주인은 그를 반갑게 맞이했고 왕의 소식을 물었다. 사이야우쉬는 여러 날 동안 그를 위해 잔치를 벌였고, 자신이 가진 것들을 기꺼이 그에게 보여 주었다. 그리고 그가 떠날 때가 되자 선물을 듬뿍 안겨 주었다. 사이야우쉬는 게르시와쯔가 자기를 좋아하지 않는다는 사실을 몰랐으므로, 그런 선물들이 시기심에 불을 댕기리라고는 짐작조차 못했다.

게르시와쯔가 돌아오자 아흐라시얍은 사랑하는 아들에 대해 물었다. 게르시와쯔가 대답했다.

"오, 왕이시여, 그는 이제 폐하가 알던 사람이 아닙니다. 그의 정신은 자신의 힘에 대한 자부심으로 기세등등해졌고, 그의 가슴은 이란에 쏠려 있습니다. 저의 안전을 도모한다면 모르는 체하는 게 마땅하겠으나 폐하에게 사실대로 말씀드리는 게 옳다고 판단했습니다. 저는 사이야우쉬가 자기 아버지와 내통하고 있으며, 그들은 폐하를 파멸시키기 위한 방법을 강구하고 있다는 사실을 알게 되었습니다."

아흐라시얍은 동생의 말을 백 퍼센트 믿지는 않았지만 그의 증언을 수긍하지 않을 수도 없었다. 아흐라시얍은 아무 말도 하지 않았다. 게르시와쯔는 아흐라시얍의 속내를 알 수 없어서 답답했다. 그는 며칠 뒤, 다시 왕 앞에 나아가 사이야우쉬를 비방했고, 투란이 치욕을 당하지 않으려면 조치를 취해야 한다고 부추겼다. 마침내 아흐라시얍은 게르시와쯔가 쳐 놓은 그물에 걸려들었다. 그는 게르시와쯔에게 사이야우쉬를 불러오라고 했다. 그리고 페랑기스 공주도 함께 와서 아버지와 잔치를 벌이자고 했다. 게르시와쯔는 신이 나서 달려갔고, 젊은 군주에게 아흐라시얍의 말을 전했다. 사이야우쉬가 말했다.

"아흐라시얍의 뜻에 따를 준비가 되어 있습니다. 제 말의 굴레를 당신의 군마에 연결하겠어요."

그때 게르시와쯔는 속으로 생각했다. '만약 사이야우쉬가 아흐라시얍의 눈앞에 나타나면 그의 용기와 탁 트인 기상 때문에 내 거짓말이 들통 날 것이다.'

그는 사이야우쉬에게 매우 슬픈 표정을 지어 보였다. 사이야우쉬가 어안이 벙벙하여 이유를 물어보았다. 게르시와쯔는 자신이 사이야우쉬를 깊이 사랑하고 있다고 전제한 뒤 아흐라시얍이 사우야우쉬를 모함하는 말에 속아 넘어갔다고 했다. 그러니 지금 왕의 궁정에 가면 안 된다고 충고했다.

"일단 내가 먼저 가서 아흐라시얍의 마음을 누그러뜨리도록 설득할 것이다. 그가 이성을 찾으면 곧장 너를 부르겠다."

진실하며 교활함을 모르는 사이야우쉬는 그의 말을 전적으로 믿고 수긍했다. 그는 아흐라시얍에게 안부의 말과 함께 페랑기스가 앓아누워 있으므로 그녀를 두고 떠날 수 없다는 편지를 써서 보냈다. 게르시와쯔는 편지를 가지고 떠나면서, 사이야우쉬에게 깨진 평화를 복원하겠다고 장담했다. 하지만 그는 아흐라시얍에게 편지를 전하지 않았다. 왕은 사이야우쉬가 오지 않자 노발대발하며 그를 공격하기 위해 군대를 소집했고 직접 군대를 지휘했다.

투란 군대가 사이야우쉬가 건설한 도시 근처로 다가갔을 때 게르시와쯔가 사이야우쉬에게 비밀스럽게 특사를 보내 말했다.

"속히 달아나라. 아흐라시얍을 설득하는 데 실패했다. 왕이 직접 강디스를 공격하러 가고 있다."

사이야우쉬는 크게 상심했다. 그는 페랑기스에게 자신이 아흐라시얍의 손에 죽게 될 경우의 대비책을 알려 주었다. 한때 아버지였던 사람과 전쟁을 해야 하는 상황을 용납하기 힘들었던 것이다. 그는 식솔들에게 자신의 죽음을 미리 준비하게 했다. 그는 말의 머리를 끌어안고 눈물을 닦으면서 말했다. "오, 용감하고 현명한 나의 말이여, 내 말을 들어라. 내 아들 카이 코스로의 시대가 와서 내 복수를 위해 일어설 때까지는 어떤 사람도 가까이하지 말라. 오직 그 애에게서만 안장과 고삐를 받도록 하라."

사이야우쉬는 주위에 있던 이란 사람들에게 고향으로 돌아가라고 했고, 모든 준비가 끝나자 성문 밖으로 나갔다. 그는 자신에 대한 아흐라시얍의 의혹이 사라지기를 바랐으므로, 자신의 병사들에게 투란 병사들과 싸우라는 명령을 내리지 않았다. 그는 아흐라시얍 앞으로 가서 왜 자신에게 화가 났는지 물었다. 게르시와쯔는 아흐라시얍의 대답을 막으면서 사이야우쉬에게 비난을 퍼부었다. 사이야우쉬가 자신을 푸대접했으며, 아흐라시얍을 비방했다는 것이다. 사이야우쉬는 어처구니가 없었다. 그는 일방적으로 자신을 나무라는 적의 말을 반박하려고 했지만 여의치 않았다. 아흐라시얍은 사랑하는 사이야우쉬의 얼굴을 마주하고 보니 더욱더 화가 치솟았다. 이란에 대한 불신이 워낙 뿌리 깊은 탓에 자기 동생의 말을 믿는 쪽으로 마음이 기울었던 것이다. 그는 사이야우쉬가 하는 말을 귓등으로 흘려보내고 병사들에게 자신이 사랑하는 사람을 공격하라고 했다. 그러나 사이야우쉬는 자신의 맹세를 기억하고 있었다. 그는 아흐라시얍에게 대항하려 하지 않았고, 투란 병사들의 공격에도 방어하지 않았으며, 그의 주위에 있는 병사들도 칼을 뽑으려 하지 않았다. 순식간에 그들은 살해되었고 자신들의 군주인 사이야우쉬의 주위에 주검이 되어 쓰러졌다. 아흐라시얍의 기사 하나가 차마 사이야우쉬를 죽이지 못하고 밧줄로 묶어서 왕 앞으로 데려갔다. 그러자 아흐라시얍은 사이야우쉬를 사막으로 데려가서 목을 베라고 했다. 병사들이 수군거리면서 사이야우쉬의 아름답고 진실한 얼굴을 바라보았다. 귀족들 가운데 한 명이 앞으로 나와 그를 살려 달라고 했다. 그러나 게르시와쯔는 아흐라시얍을 쏘삭거려서 마음이 약해지지 않도록 했다.

게르시와쯔가 여전히 젊은 군주의 험담을 하는 동안 아흐라시얍의 딸 페랑기스가 궁녀들의 집에서 나와 아버지에게 자기 말을 들어 달라고 간청했다. 아흐라시얍이 거절하려고 하자 그녀는 막무가내로 아버지 앞으로 나아가 자기 남편을 용서해 달라고 애원했다. 페랑기스는 사악한 혀들이 그를 모함했음에 틀림없다고 맹세했으며, 아버지가 자신에게 주었던 기쁨을 지켜 달라고 간절히 말했다.

"오, 왕이시여, 제 말을 들어 주세요. 사이야우쉬를 처형하신다면 폐하는 폐하 자신의 적이 되시는 거예요. 폐하의 어리석음으로 투란을 위기에 빠뜨리지 마세요. 오, 과거에 이란에 저질렀던 일들을 기억하세요. 카이아니데스 가문에서 복수를 하고 말 거예요. 늦기 전에 제발 이성적으로 판단하세요."

그러나 아흐라시얍의 눈은 분노로 어두워져 있었다. 그가 말했다.

"당장 돌아가라. 그리고 다시는 내 앞에 나타나지 마라. 너는 옳고 그름도 판단하지 못한단 말이냐?"

그는 딸을 묶어서 지하 감옥에 가두라고 했다.

그 모습을 지켜본 게르시와쯔는 이제 때가 무르익었다고 생각했다. 그는 사이야우쉬를 지키고 있는 병사들에게 데리고 나가 죽이라는 신호를 보냈다. 그들은 사이야우쉬의 머리채를 감아쥐고 사막까지 갔으며, 게르시와쯔의 칼이 고귀한 왕족의 가슴에 박혔다. 사이야우쉬가 숨을 거두고 그들이 그의 목을 베었을 때, 땅 위로 거센 폭풍이 일었고 하늘이 어두워졌다. 그들은 겁에 질려 벌벌 떨었으며, 자신들이 한 짓을 후회했다. 사이야우쉬의 궁에서는 한바탕 소란이 일어났고, 페랑기스의 통곡 소리가 아흐라시얍의 귀에까지 들려왔다. 왕은 그녀도 처형하라고 소리쳤다. 그러자 피란이 말했다.

"그래서는 안 됩니다. 왕이시여, 어찌 자기 자식을 해치려 합니까? 사악하고 어리석은 행동을 그만 멈추십시오. 더는 죄 없는 사람이 피를 흘려서는 안 됩니다. 페랑기스를 보고 싶지 않다면 그 애를 저에게 맡겨 주세요. 제가 슬픔으로부터 그 애를 지켜 줄 것입니다."

아흐라시얍이 대답했다. "그대가 원하는 대로 하라."

아흐라시얍은 다행이라고 여겼다. 사랑했던 친구의 얼굴을 떠올리게 하는 딸을 보고 싶지 않았던 것이다. 그리하여 피란은 페랑기스를 산 위에 있는 자기 집으로 데려갔고, 아흐라시얍은 궁전으로 돌아갔다. 왕은 우울했고 마음이 평온하지 못했다. 사이야우쉬의 생각을 떨쳐 버릴 수 없었다. 그는 이미 자신이 한 짓을 후회하고 있었다.

10
카이 코스로의 귀환

얼마 지나지 않아 피란의 집에서 페랑기스가 해산을 했다. 사이야우쉬의 피를 이어받은 아들이었다. 팔다리가 늘씬하고 요람에서도 마치 왕처럼 누워 있는 아이를 보면서 피란은 아흐라시얍으로부터 아이를 반드시 지켜 내겠다고 굳게 맹세했다. 피란은 왕에게 아이의 탄생을 알리고 제발 아이를 해치지 말라고 애원했다. 그즈음은 아흐라시얍도 사이야우쉬의 죽음을 슬퍼하면서 마음이 약해져 있었으므로, 투란 사람들에게 복수할지도 모르니 아이를 죽여야 한다는 말들에 귀를 닫고 있었다.

"내가 사이야우쉬에게 저지른 사악한 행동을 후회한다. 설사 투르와 카이 코바드의 자손인 이 아이가 비록 나에게 불행을 가져올 운명이라고 하더라도, 나는 별의 예언을 피해 가려고 발버둥 치지 않을 것이다. 그러므로 아이를 남자답게 키우도록 하라. 하지만 나는 아이가 사람들의 자취가 별로 없는 깊은 산속 양치기들 틈에서 자라기를 바란다. 아버지인 사이야우쉬에 대해, 그리고 내가 그에게 저지른 잔혹한 일에 대해 알지 못하도록 말이다."

피란은 아흐라시얍의 뜻에 동의했고, 아이의 목숨을 구하게 되어 기뻤다. 그는 페랑기스에게서 아이를 건네받아 칼룬의 산속에서 양 떼를 돌보는 목동들에게 아이를 부탁했다.

"이 아이를 그대들의 영혼처럼 지켜 주시오. 비나 먼지에 더럽혀지지 않도록 하시오."

아무도 아이에 대해 몰랐고, 페랑기스조차도 아이의 행방을 알지 못했다. 피란은 때때로 심란했다. 아직은 싸움이 시작되지 않았지만 먼 훗날 아이로 인해 어떤 불행이 투란을 덮칠지 조마조마했기 때문이다. 그러나 그는 친구인 사이야우쉬에게 아흐라시얍을 믿게 만들었고, 사이야우쉬를 지켜 주겠다고 했던 약속을 잊지 않고 있었다. 그는 아무도 별들의 운행을 바꿀 수 없다는 것을 알고 있기에, 자기 마음을 진정시킬 수밖에 없었다.

세월이 어느 정도 흘렀을 때, 양치기들이 피란을 찾아와 그 기상이 왕처럼 용맹한 어린 소년을 통제하기가 매우 힘들다고 호소했다. 피란은 카이 코스로를 보러 떠났다. 과연 카이 코스로는 아름다움과 힘이 군계일학이었다. 피란은 카이 코스로를 다정한 마음으로 꼭 안아 주었다. 그러자 카이 코스로가 말했다.

"어르신처럼 위풍당당한 분이 양치기의 아들을 품에 안다니 어인 까닭인지요?"

피란은 소년에 대한 사랑이 불타올라 깊이 생각하지 않고 대답했다.

"오, 왕들의 자손이여, 너는 양치기의 아들이 아니란다." 그는 소년에게 출생의 비밀을 알려 주었으며, 소년의 지위에 어울리는 옷을 입혀 집으로 데려왔다. 그 뒤로 카이 코스로는 피란과 어머니인 페랑기스의 품에서 자랐다. 행복한 날들이 흘러갔다.

어느 날 밤 아흐라시얍은 전령을 보내 피란을 궁전으로 불러들였다. 피란이 눈앞에 나타나자 왕이 말했다.

"사이야우쉬의 자식 때문에 마음이 편치 못하다. 내가 나약해서 그 아이를 살려 둔 게 후회스럽다. 꿈속에서 그 아이가 투란에 큰 불행을 가져오는 것을 보았다. 아무래도 재앙을 막기 위해서는 그 아이를 죽여야겠다."

현명한 조언자인 피란이 아흐라시얍에게 말했다.

"오, 왕이시여, 그 아이 때문에 심란해하지 마세요. 그 아이는 어리석으니까요. 비록 얼굴은 요정처럼 아름답지만, 왕관을 써야 할 머리에는 판단력이 없답니다. 그러니까 아무것도 모르는 그 아이를 양 떼 속에서 지내도록 내버려 두세요."

피란의 교묘한 말솜씨에 아흐라시얍은 마음이 진정되었다. 왕이 말했다.

"카이 코스로를 데려와라. 정말 신경 쓰지 않아도 괜찮은지 내

눈으로 확인해야겠다."

피란은 감히 왕의 요구를 거절할 수 없었다. 그는 집으로 돌아와 소년에게 왕 앞에서 이러이러하게 말하라고 단단히 주의를 주었다. 피란은 소년을 훌륭한 군마에 태워 궁정으로 데려갔다. 소년의 미모와 왕족다운 태도에 너 나 할 것 없이 함성을 질렀다. 아흐라시얍은 소년을 보고 눈이 휘둥그레졌고 몹시 당황했다. 그는 소년의 건장한 팔다리에서 눈을 떼지 못했고, 피란에게 소년의 머리카락 한 올도 건드리지 않겠다고 했던 약속을 가까스로 기억해 냈다. 왕은 소년의 기상을 시험해 보기 위해 질문을 던졌다.

"젊은 양치기여, 밤과 낮을 어떻게 구별하느냐? 양 떼와 함께 있을 때는 무엇을 하느냐? 양과 염소의 숫자를 어떻게 헤아리느냐?"

카이 코스로가 대답했다. "사냥을 하지는 않습니다. 밧줄도 없고 활과 화살도 없으니까요."

왕은 가축들에게서 얻는 젖에 대해 물었다. 카이 코스로가 대답했다.

"호랑이와 고양이는 위험해요. 그들은 억센 발톱을 갖고 있으니까요."

아흐라시얍이 세 번째로 질문했다.

"네 어머니의 이름은 무엇이냐?"

카이 코스로가 대답했다.

"사자가 위협하면 개들은 감히 짖지도 못해요."

왕은 이란으로 돌아가 적에게 복수하고 싶은지 물어보았다. 카이 코스로는 대답했다.

"표범이 나타나면 용감한 사람도 겁에 질려 심장이 터질 것 같지요."

아흐라시얍은 의미심장하게 웃고는 더는 소년에게 질문하지 않았다. 그는 피란에게 말했다.

"아이를 제 어미에게 데려다 주고 사이야우쉬가 세운 도시에서 잘 기르도록 하라. 아이가 투란에 해를 입히진 않을 것 같구나."

피란은 서둘러 카이 코스로를 데리고 나왔다. 위험이 지나갔으므로 일단은 마음이 놓였다. 카이 코스로는 아버지의 집에서 자랐다. 페랑기스는 아들에게 사이야우쉬에 대해, 그리고 복수에 대해 이야기했다. 그녀는 남편인 사이야우쉬에게 들은 대로 이란의 영웅들과 그들의 용맹함을 아들에게 들려주었다.

한편 카이 카우스는 아들 사이야우쉬의 죽음에 대해 알게 되었고, 온 나라가 통곡으로 뒤덮였다. 삼나무 위의 나이팅게일조차 노래를 멈췄고, 숲 속의 석류나무 이파리들은 슬픔으로 시들었다. 카이 카우스의 왕좌 주위에 있던 영웅들은 상복을 입었고, 투구를 벗고 머리에 흙을 뿌렸다. 이 소식을 들은 루스템은 비통해하면서 땅에 엎드렸고, 이레 동안 식음을 전폐한 채 땅바닥에서 일어나지 않았다. 여드레 되는 날 트럼펫 소리를 울려 용사들을 불러 모은 뒤 그들과 함께 이란을 향해 행진했고, 카이 카우스 앞에 나가 자신의 말을 들어 달라고 했다.

샤는 머리에서 발끝까지 흙을 뒤집어쓴 채 왕좌에 앉아 있었다. 루스템은 애통해하는 그의 모습을 아랑곳하지 않고 다짜고짜 샤를 비난했다.

"오, 사악한 성품의 왕이여, 폐하가 뿌린 씨앗으로부터 싹튼 열매가 어떻게 되었는지 보시오! 수다베에 대한 어리석은 사랑과 그녀의 교활한 속셈이 폐하의 머리에서 왕관을 앗아 가 버렸소. 이란은 폐하의 어리석음과 의심 때문에 소중한 것을 잔인하게 빼앗기고 괴로워하고 있어요. 왕이 여자의 치마폭에 놀아나기보다는 차라리 수의를 입고 누워 있는 게 더 나았을 것을. 가엾은 사이야우쉬! 그와 같은 영웅이 세상에 또 있을까? 그의 끔찍한 죽음에 대한 복수를 하기 전에는 내게 휴식도 없고 즐거움도 없을 것이오."

카이 카우스는 펠리바의 말을 듣고 부끄러움으로 뺨이 붉어졌지만 평정을 잃지 않았다. 루스템의 말이 구구절절 옳았기 때문이다. 루스템은 입을 꾹 다물고 있는 왕을 뒤로하고 궁녀들의 집으로 가서 사이야우쉬를 죽이려 했던 수다베를 찾았다. 루스템은 그녀의 왕좌를 부수고, 그녀의 가슴에 단검을 꽂아 목숨을 앗아 버렸다. 이 소식을 들은 카이 카우스는 두려워서 부들부들 떨었다. 감히 루스템에게 대항할 수 없었기 때문이다. 루스템은 즉시 군대를 소집했다.

"나의 철퇴 앞에서, 마치 심판의 날이 온 것처럼 세상이 겁에 질려 떨게 만들 것이다."

전쟁 준비가 끝나자 그들은 출발을 서둘렀다. 번쩍이는 갑옷들로 주위가 환했고, 요란한 북소리가 여기저기서 들려왔다.

아흐라시얍은 사이야우쉬의 복수를 위해 이란에서 엄청난 군대가 짓쳐들어온다는 소식을 듣고 가장 사랑하는 아들 사르카에게 투란 군대를 이끌고 나가 맞서 싸우라고 했다. 그는 사르카에게 잘의 아들 루스템을 조심하고 목숨을 보전하라고 신신당부했다. 사르카는 투란의 검은 군기를 들고 싸우러 나갔고, 루스템이 진을 치고 있는 들판을 향해 진격했다. 양쪽 군대가 마주 보고 서자 그들의 가슴은 불타올랐다. 전투는 치열했고, 그날 많은 용사가 전사했다. 사르카는 루스템의 손에 사로잡혔다. 그는 아흐라시얍이 가장 사랑하는 아들이었기에 목숨을 건질 수 없었다. 루스템은 사르카를 사이야우쉬가 살해당한 방식대로 죽이라고 했다. 적의 가슴을 비통함으로 찢어 놓기 위해서였다.

아흐라시얍은 이 소식을 듣고 슬픔으로 정신을 잃었다. 그는 머리를 쥐어뜯고 땅바닥을 뒹굴며 울부짖었다. 그는 아들의 죽음을 앙갚음하기 위해 떨쳐나섰다. 아흐라시얍은 기사들에게 말했다.

"이후로 그대들은 자지도 먹지도 숨을 쉬지도 말고 오직 복수만을 생각하라. 이 죽음을 되갚아 주기 전에는 절대로 멈추지 않을 것이다."

아흐라시얍의 군대가 루스템을 향해 행진하는 와중에 용감하고 진실한 용사인 피란의 동생 필삼이 홀로 루스템에게 결투를 신청했다. 피란은 새파랗게 젊은 동생을 만류했으나, 필삼은 형의 충고에 귀를 기울이지 않았다. 루스템은 튼튼한 창으로 무장하고 필삼과 싸우기 위해 나왔다. 분노에 휩싸인 루스템이 필삼을 사납게 공격했고, 안장 위에서 그를 들어 올려 허리춤을 잡고 더러운 물건을 던지듯이 투란 진지 한가운데로 내동댕이쳤다. 그리고 천둥 같은 목소리로 외쳤다.

"너희들에게 충고하겠다. 그를 황금 옷으로 수습하라. 내 철퇴가 그를 파랗게 만들어 놓았으니." 투란 사람들이 필삼의 시체를 보고 통곡했으며, 싸울 용기를 잃었다. 아흐라시얍이 병사들의 사기를 돋우려 했으나 소용없었다. 그가 속절없이 중얼거렸다.

"나를 지켜 주던 행운이 잠들었구나." 양쪽 군대는 다시 맞붙었고, 루스템의 군대가 아흐라시얍의 군대를 또 물리쳤다. 아흐라시얍은 달아날 기회만 노렸다. 투란의 군대는 값비싼 보물들을 남겨둔 채 바람처럼 흩어졌다.

아흐라시얍이 달아나면서 피란에게 말했다. "사이야우쉬의 아들을 어떻게 해야 할지 알려 다오."

피란이 대답했다. "아이를 죽여서는 안 됩니다. 그 애는 폐하를 해치지 않을 테니까요. 그 애를 멀리 코텐으로 보내는 게 좋을 듯합니다. 이란 사람들이 그 애의 존재를 알지 못하게 숨겨야 합니다."

아흐라시얍은 피란의 말대로 했다. 그는 전령을 시켜 어린 왕과 그의 어머니를 중국으로 보냈다. 아흐라시얍은 중국과의 국경 지역으로 피신했다. 아무도 그가 어디에 숨어 있는지 알지 못했다. 투란 땅은 철저히 약탈당했다. 아흐라시얍이 어리석게도 사이야우쉬를 죽였기 때문에 이란 사람들은 불과 칼로 복수를 감행했다. 루스템은 아흐라시얍의 왕좌에 앉아 7년 동안 투란 땅을 다스렸다. 8년째 되는 해에 전령이 와서, 이란에서는 카이 카우스가 홀로 고전하고 있으며, 사람들은 샤가 저지르는 어리석은 짓들이 어떤 결과를 가져올지 두려워하고 있다고 전했다. 그리하여 루스템은 샤를 보좌하기 위해 떠났다.

루스템이 투란을 떠났다는 소식을 전해 들은 아흐라시얍은 두려움을 떨쳐 버리고 강력한 군대를 모았다. 그는 자기 나라의 국경을 공격하여 영토를 되찾았다. 아흐라시얍은 쑥대밭이 된 투란을 보고서 눈물을 흘렸다. 그는 군대에 복수를 부추겼다. 그들은 이란을 공격해서 이란 군대를 무찔렀으며, 그 뒤에도 적이 쉴 틈을 주지 않았다. 그들은 불과 칼을 들고 이란 군대의 뒤를 쫓아 들판을 초토화했다. 이란에서는 7년 동안 비가 내리지 않았고, 행운이 이란을 외면했으므로 나라의 곳간은 바닥나 버렸다. 백성들은 끝없는 불운에 시달리면서 신음했고, 자불리스탄의 루스템에게도 도움을 기대할 수 없었다. 어느 날 밤 대장장이 카와의 후손인 구달즈가 꿈을 꾸었다. 그는 비를 잔뜩 머금은 먹구름을 보았고, 그

위에 천사 세로슈가 앉아 있는 것을 보았다. 천사는 구달즈에게 말했다.

"조국을 고통과 아흐라시얍의 손아귀에서 구하고 싶으면 내 말을 잘 들어라. 투란에 왕족의 후손인 사이야우쉬의 아들이 살고 있다. 그는 용감하며 영리하다. 또한 투르와 카이 코바드의 자손이기도 하다. 오직 그만이 이란을 구할 수 있다. 그러니 그대의 아들 게우를 보내 카이 코스로를 찾도록 하라. 아들에게 그를 찾을 때까지 말안장에서 내리지 말라고 전하라. 오르마즈드의 뜻이 그러하다."

구달즈는 잠에서 깨어난 뒤 꿈을 보여 준 신에게 감사하면서 흰 수염이 땅에 닿도록 절을 했다. 태양이 떠올라 밤의 어둠을 몰아내자 그는 아들에게 꿈 이야기를 들려주고 서둘러 길을 떠나라고 했다.

게우가 대답했다. "제가 살아 있는 한 아버님의 명을 따를 것입니다." 구달즈가 물었다. "누구와 함께 갈 것이냐?"

게우가 대답했다. "제 말과 밧줄이 있으면 충분합니다. 제가 군대를 이끌고 가면 여러모로 의심을 살 것입니다. 하지만 혼자 가면 아무 문제 없습니다."

구달즈가 말했다. "서둘러라. 평화가 너와 함께하기를 바란다." 게우는 늙은 아버지께 작별 인사를 한 다음 군마를 준비하여 길을 떠났다. 그는 어디서나 혼자 있는 사람을 만나면 카이 코스로에 대해 물었다. 그 이름을 알지 못하면 그 사람의 목을 베었다. 자신의 비밀스러운 임무와 목적지를 아무도 알지 못하게 하기 위해서였다.

게우는 날이면 날마다 투란의 이쪽 끝에서 저쪽 끝까지 정신없이 헤매고 다녔지만 카이 코스로에 대해 아무것도 알 수 없었다. 그러는 새 7년이 흘렀고, 그는 점점 여위었고 나날이 절망에 빠져갔다. 그는 말안장 위에서 쉬고 야생 당나귀 고기를 먹고 야생 당나귀 가죽을 걸치고 더러운 물을 마셨다. 그는 점차 회의가 밀려들었고 아버지의 꿈이 악마의 농간이 아닌지 의심스럽기도 했다. 어느 날 생각에 잠긴 채 숲 속을 걷다가 숲 한가운데 이르러 샘물을 발견했다. 그런데 샘물가에 삼나무처럼 늘씬한 젊은이가 손에 술잔을 들고 머리에는 꽃으로 만든 왕관을 쓰고 앉아 있었다. 그의 풍채에 어느덧 게우의 근심이 사라지고 자기도 모르게 가슴이 두근거렸다. 그는 혼잣말을 했다.

"이 사람이 왕이 아니라면 이제까지 나는 헛수고를 한 것이 틀림없다. 마치 사이야우쉬의 얼굴을 보는 것 같구나."

그는 젊은이에게 다가갔다. 카이 코스로가 그를 보고 미소를 지으면서 말했다.

"오, 게우여, 그대가 내 앞에 나타난 것을 환영해요. 그대가 이곳에 온 것은 신의 뜻이니까요. 자, 이제 나에게 투스와 구달즈, 루스템, 카이 카우스 왕의 소식을 전해 주세요. 그들은 행복한가요? 카이 코스로에 대해 알고 있나요?"

게우는 순간적으로 당황했지만 곧 신에게 감사를 드린 다음 카이 코스로에게 물었다.

"오, 젊은 왕이시여, 누가 당신의 영민한 머리를 당해 낼까요? 누가 구달즈와 투스, 루스템과 카이 카우스에 대해 말해 주었는지, 그리고 어떻게 제 이름과 얼굴을 알아보았는지 말해 주십시오."

카이 코스로가 말했다. "어머니가 아버지에게 들은 대로 얘기해 주신 거예요. 저는 사이야우쉬의 아들이니까요. 아버지께서 죽음에 이르기 전 제 어머니 페랑기스에게 이란에서 게우가 와서 저를 왕좌로 인도해 줄 것이라고 예언하셨답니다."

게우가 말했다. "당신의 말이 진실임을 알 수 있도록 당신 몸에 있는 카이아니데스 혈통의 증표를 보여 주세요."

카이 코스로는 소매를 걷었다. 카이 코바드 시대 이후로 모든 왕가에 새겨져 있는 문장을 보자 게우는 땅에 엎으려 젊은이에게 경의를 표했다. 카이 코스로는 흙바닥에서 게우를 일으켜 세워 포옹하면서, 지금까지의 여정과 그가 겪은 어려움들에 대해 물어보았다. 게우는 젊은 왕을 자신의 말에 태우고 인도산 칼을 손에 든 채 앞장서서 걸었다. 그들은 사이야우쉬가 세운 도시로 갔다.

페랑기스가 그들을 반갑게 맞아들였다. 그녀의 영리한 머리는 금세 상황을 파악했던 것이다. 그녀는 그들에게 무슨 일이 있어도 지체하지 말라고 충고했다.

"아흐라시얍이 이 사실을 알게 되면 즉시 우리를 치기 위해 군대를 보낼 터이니 그들이 오기 전에 달아나야 한다. 이제부터 내가 하는 말을 잘 들어라. 말안장과 굴레만 가지고 구름 위까지 솟은 산으로 올라가거라. 산등성이에 올라가면 사이야우쉬의 양 떼가 풀을 뜯고 있는 낙원 같은 푸른 풀밭이 나타날 것이다. 그들 가운데 전투용 군마인 베자가 있단다. 내 아들아, 그 말에게 다가가 품에 안고 네 이름을 속삭여라. 네 이름을 들으면 베자가 너를 태워 줄 것이다. 베자를 타고 네 아버지를 죽인 자로부터 달아나야 한다."

게우와 카이 코스로는 페랑기스가 말한 대로 했다. 베자는 사이야우쉬의 말안장과 그가 걸치던 표범 가죽을 보자 한숨을 쉬었고, 눈에는 눈물이 고였다. 베자는 즉시 카이 코스로를 등에 태웠고, 그들은 페랑기스에게 돌아갔다. 그녀는 자신의 보물 가운데 사이야우쉬의 갑옷을 꺼내 아들에게 주었다. 카이 코스로는 룸의 쇠사슬 갑옷을 입고 용사처럼 위장한 다음 군마에 올라탔다. 모든 준비를 마치고 나자 그들은 아흐라시얍의 나라에서 달아났다.

이 소식을 전해 들은 피란은 절망에 빠져 소리쳤다.

"이제 아흐라시얍의 두려움이 현실로 다가올 것이다. 그에게 나는 변절자가 되겠구나."

피란은 켈바드에게 300명의 기사와 함께 카이 코스로를 뒤쫓아 그를 쇠사슬로 결박해서 데려오라고 명령했다.

한편 페랑기스와 그녀의 아들은 지쳐서 길가에서 잠이 들었다. 게우가 그들을 지키고 있었다. 켈바드가 기사들과 함께 나타나자 게우는 그들이 추적자라는 것을 알아차렸다. 그는 카이 코스로를 깨우지 않고 혼자 힘으로 그들을 물리쳤다. 게우는 그들이 가고 난 뒤에야 카이 코스로와 페랑기스를 깨워 서둘러 길을 떠나자고 재촉했다.

피란은 단 한 사람에게 무참히 패하고 돌아온 켈바드 일행을 보고는 도무지 믿을 수 없었으며, 켈바드에게 화가 솟구쳤다. 그는 직접 카이 코스로를 추적하기로 하고 천 명의 용감한 전사들과 함께 출발했다. 피란은 아흐라시얍의 분노가 두려웠으므로 스스로의 변명을 위해 떠난 것이기도 했다. 별자리가 한 바퀴 돌기도 전에 그는 도망자들을 따라잡았다. 게우와 젊은 왕은 잠이 들고 마침 망을 보고 있던 페랑기스는 군대가 다가오는 것을 보고 일행을 깨웠다. 게우는 카이 코스로에게 싸우지 못하게 했다.

"설사 일이 잘못되어 저 하나 죽는 거야 무슨 문제가 되겠습니까? 제 아버지는 일흔 살이고, 저에게는 아들이 여덟이나 있습니다. 하지만 전하께서 목숨을 잃으면 어느 누가 왕이 될 자격이 있겠습니까?"

카이 코스로는 할 수 없이 게우의 뜻대로 했다. 게우는 용감하게 맞서 싸워 피란의 군대를 물리치고 늙은 피란을 올가미로 사로잡았다. 그는 피란을 밧줄로 묶어 페랑기스와 카이 코스로 앞으로 데려갔다.

피란은 카이 코스로에게 자비를 구하지 않았다. 단지 하늘의 축복이 그의 머리 위에 내리기를 빌었을 뿐이다. 그는 사이야우쉬의 운명을 한탄했다.

"오, 왕이여, 그대의 노예인 내가 아흐라시얍 가까이 있었더라면 그대의 아버지는 목숨을 잃지 않았을 것을. 그대와 그대의 어머니 페랑기스를 내가 지켜 주었는데, 이제 나는 그대의 손에 목숨을 잃게 되는군요."

카이 코스로는 그 말을 듣고 피란에게 마음이 기울었고, 어찌해야 할지 몰라 어머니를 바라보니 어머니 역시 눈에 눈물이 가득했다. 그녀는 자기 아버지인 아흐라시얍에게 저주의 말을 퍼부었으며, 새삼 사이야우쉬의 운명이 안타까워 통곡했다. 그녀는 아들에게 선한 노인을 살려 달라고 했다.

"그의 다정함이 우리 슬픔의 피난처가 되어 주었다. 이제 우리가 그에게 받은 은혜를 기억해야 한다."

그때 게우가 말했다.

"오, 왕비시여, 그런 말씀은 거둬 주십시오. 저는 피란의 피로 땅을 물들이겠다고 맹세했습니다. 어찌 제가 맹세를 저버릴 수 있겠습니까?"

카이 코스로가 말했다. "오, 사자와 같은 영웅이시여, 그대가 신 앞에서 했던 맹세를 깨뜨릴 수는 없지요. 그대의 마음을 만족시키고 그대의 맹세를 지킬 수 있는 방법이 있습니다. 단검으로 피란의 귀를 뚫어 그의 피가 땅을 물들이면 그대의 복수와 나의 관용이 둘 다 충족될 것입니다."

게우는 카이 코스로의 말대로 했고, 피란의 피가 땅을 붉게 물들이자 그를 발이 빠른 군마에 태운 뒤 말에 묶었다. 그리고 말에서 그를 풀어 줄 그의 아내를 제외하고는 어느 누구도 그들에 대한 이야기를 하지 않겠다는 맹세를 하게 했다. 피란이 맹세하자 말이 출발했고, 그는 카이 코스로에게 은총이 내리기를 빌고 또 빌었다.

한편 그동안 아흐라시얍은 점점 인내심을 잃어 갔고, 카이 코스로의 소식을 듣고 나서 스스로 거대한 군대의 지휘자가 되었다. 피란의 군대가 단 한 사람의 손에 패했다는 소식을 듣고 아흐라시얍의 뺨은 두려움으로 창백해졌다. 마침내 펠리바 피란이 군마에 묶인 채 나타났을 때 그의 분노는 걷잡을 수 없이 폭발했다. 그는 큰 소리로 고함을 지르면서 피란을 당장 끌고 나가라고 했다. 그는 반드시 게우를 죽일 것이며, 카이 코스로와 그의 어미도 굴복시키겠다고 맹세했다. 그는 끝없이 증오의 말을 내뱉으면서, 카이 코스로가 제이한 강을 건너 이란 땅으로 들어가기 전에 반드시 그를 찾아내라고 부하들을 닦달했다. 그러나 아흐라시얍이 카이 코스로 일행을 따라잡기 전에 세 사람은 이미 강둑에 이르렀다.

배는 정박 중이었고 뱃사공은 그 옆에 잠들어 있었다. 게우가 그를 깨워서 강을 건너게 해 달라고 했다. 탐욕스러운 뱃사공은 게우가 서두르는 것을 눈치채고 말했다.

"왜 내가 당신들을 강을 건네주어야 하오? 꼭 그래야 한다면 내게 당신의 쇠사슬 갑옷이나 검은 말, 저 여자와 젊은이가 쓰고 있는 황금 왕관, 그 네 가지 가운데 하나를 주시오."

게우가 길길이 뛰며 말했다.

"네놈은 어리석기 짝이 없구나. 네가 지금 뭘 달라고 하는지 알고나 하는 소리더냐."

게우는 카이 코스로에게 몸을 돌려 말했다.

"전하가 진정 카이 코스로라면 두려움 없이 물속으로 들어가 이 강을 건너십시오. 전하의 선조인 페리둔이 그랬던 것처럼요."

비가 내린 뒤라 강물이 불어 있었지만 젊은 왕은 개의치 않았다. 그는 베자를 타고 밀려드는 물결 속으로 들어갔다. 아버지의 말은 그를 태우고 거센 강물을 건넜다. 페랑기스는 용감한 게우와 함께 그 뒤를 따랐다. 카이 코스로는 맞은편 강기슭에 닿자 말에서 내려 이란 땅에 입을 맞추었다. 그리고 위대한 신에게 감사드렸다.

그들이 간신히 맞은편 기슭에 도착하자마자 아흐라시얍과 그의 군대가 강가에 이르렀다. 아흐라시얍은 뱃사공에게 왜 그들을 배로 강을 건네주었느냐고 다그쳤다. 이에 뱃사공이 자초지종을 설명하자 왕은 좌절하였다. 이제 예언이 이루어지리라는 것을 깨달은 것이다. 그는 어깨가 축 처져서 곧장 궁전으로 돌아갔다.

카이 코스로가 샤의 궁정에 다다랐을 때, 게우는 전후 사정을 적은 편지를 카이 카우스에게 보냈다. 카이 카우스는 기마병들을 보내 손자를 데려오라고 했다. 카이 코스로를 환영하기 위해 도시는 치장을 했고, 귀족들은 반갑게 그를 맞이했다. 카이 카우스는 더없이 흡족했으며, 백성들은 카이 코스로를 왕위 계승자로 받아들였다. 오직 투스만이 못마땅해서 뾰루퉁해 있었다. 투스는 프리버즈에게만 경의를 나타내겠다고 마음먹고 카이 카우스 앞으로 나아가 말했다.

"프리버즈도 폐하의 아들입니다. 그런데 어찌 아흐라시얍의 자손이기도 한 자에게 왕관을 물려주려 합니까?"

게우가 말했다. "사이야우쉬의 아들이 왕좌를 물려받는 게 당연하네."

하지만 투스는 막무가내였고, 카이 코스로에게 충성을 맹세하는 것을 거부했다. 이란의 귀족들은 두 편으로 나뉘어 다투었다.

그때 귀족 가운데 한 명이 카이 카우스 앞으로 나아가 샤의 뜻을 분명히 밝혀 달라고 했다.

"만약 우리가 갈라진다면 모두 아흐라시얍에게 희생되고 말 것입니다. 그러니 샤께서 분란을 해결해 주십시오."

카이 카우스가 대답했다. "양편이 다 일리가 있으니 시비를 가리기가 어렵구나. 둘 다 나에게는 사랑스러운 아들이고 손자인데 내가 어찌해야 한단 말이냐? 뾰족한 수가 없으니 이렇게 하자. 이 나라의 국경 근처에 있는 바흐만의 숲에는 끊임없이 불을 피우는 악마가 살고 있다. 카이 코스로와 프리버즈는 군대를 이끌고 그곳으로 가도록 하라. 악마의 성을 정복한 자에게 왕관과 보물을 물려줄 것이다."

그리하여 프리버즈와 카이 코스로는 출전을 하게 되었고, 연장자인 프리버즈가 먼저 군대를 이끌고 나갔다. 하지만 프리버즈는 성벽 뒤에 숨어 있는 악마와의 싸움에서 이기지 못했고, 이레째 되는 날 낭패감을 느끼면서 원정에서 돌아왔다. 이제 카이 코스로가 나갈 차례였다. 그는 사악한 악마에게 오르마즈드의 이름으로 그곳을 자신에게 달라고 요구하는 편지를 쓰고 사향을 뿌렸다. 카이 코스로는 창끝으로 편지를 찍은 다음 불타는 요새로 다가가서 그것을 성벽 너머로 던졌다. 순간 천둥 같은 소리가 온 세상에 진동하더니, 하늘에 다시 빛이 돌아오자 성은 땅 위에서 사라지고 없었다.

이에 카이 카우스는 사이야우쉬의 아들이 마법을 배운 것을 알게 되었고, 그에게 왕의 자격이 있음을 깨달았다. 또한 그가 현명하고 용감하다는 것이 밝혀졌다.

카이 카우스는 이제 쇠약해졌으므로 왕위에서 물러나기로 했다. 그를 대신해서 카이 코스로가 카이아니데스의 왕관을 쓰게 되었다.

11

피루드

카이 코스로가 이란의 왕좌에 앉아 나라를 다스린 뒤 얼마 동안
은 세상에 그의 명성이 자자했고, 모두가 한목소리로 그의 지혜로
움을 칭찬했다. 카이 코스로는 땅 위에서 근심을 몰아냈고, 아흐라
시얍이 꼼짝 못하도록 그의 힘을 압박했다. 세상 모든 곳에서 카
이 코스로에게 경의를 표시하러 찾아왔다. 루스템과 노인이 된 잘
도 그의 말에 복종했다. 그들의 군대는 평원을 흑단처럼 검게 물
들일 정도였고, 전쟁 나팔 소리는 심장을 떨리게 했다. 카이 카우
스는 자신의 펠리바를 기리기 위해 큰 연회를 준비했다. 손님들이
연회에 자리를 잡고 앉자 그는 사이야우쉬를 칭송했다. 그는 자신
이 저지른 악행을 후회하며 애통해했고, 아흐라시얍의 머리 위에
저주를 퍼부었다. 카이 카우스는 자신의 손자 카이 코스로에게 말
했다.

"네가 내 앞에서 굳게 맹세하고 그것을 신중하게 지키기를 명한다. 나에게 맹세하라. 네 심장이 늘 아흐라시얍에 대한 증오로 가득 차 있을 것임을, 망각의 물이 그 불꽃을 꺼뜨리지 않게 할 것임을, 그를 네 어머니의 아버지로 생각하지 않을 것임을, 오직 살해된 사이야우쉬만을 네 조상으로 섬길 것임을. 그리고 한 가지 더, 칼과 철퇴 말고는 그와 너 사이에 어떤 중재자도 없을 것임을 맹세하라."

카이 코스로는 불을 향해 돌아서서 할아버지의 요구대로 맹세했다. 그리고 가장 높은 곳에 있는 신의 이름을 걸고 그것을 지키기로 약속했다. 카이 카우스는 왕실의 두루말이에 그 맹세를 적어 넣도록 하고 루스템 펠리바에게 그것을 맡겼다. 그때부터 이레 동안 쉬지 않고 먹고 마시며 연회를 계속했다. 여드레 되는 날 카이 코스로가 왕좌에 앉았다. 그는 귀족들을 불러 모아 자기 아버지의 복수를 할 때가 무르익었다고 말한 다음 군대를 소집하라고 명령했다. 카이 코스로는 귀족들이 군대를 이끌고 자기 앞에 모이는 날을 정해 주었다.

카이 코스로가 군대를 인수하기 위해 그들이 모여 있는 들판으로 가는 날이 되었다. 그는 전투용 코끼리에 올라탔고, 힘을 상징하는 왕관을 썼다. 목에는 최고의 지위를 나타내는 사슬 목걸이를 걸었으며, 손에는 강력한 철퇴를 들었다. 팔에는 값비싼 팔찌를 하고, 보석이 흩뿌려진 듯한 옷을 입었다. 군대가 진을 치고 있는 한

가운데에 들어서자 그는 은구슬들을 황금 컵 속으로 던져 넣었다. 병사들이 그 소리가 신호라는 사실을 알아차리고 모두 일어나 샤 앞으로 행진해서 지나갔다. 맨 먼저 프리버즈의 군대가 나타났다. 프리버즈는 사프란처럼 짙은 황색 말을 타고 황금 신발을 신고 칼과 철퇴를 들고 있었다. 안장에는 튼튼한 밧줄이 한 뭉치 매달려 있고, 머리 위로는 태양처럼 붉은 깃발이 휘날리고 있었다. 카이 코스로는 그의 머리 위로 축복이 내리기를 빌었다. 프리버즈 뒤로 현명한 조언자 구달즈가 나타났고, 그의 뒤로 사자 모습을 수놓은 깃발이 따라왔다. 그들은 샤의 앞에서 경의를 표했으며, 카이 코스로는 친근하게 화답했다. 그들 뒤로 귀족들과 기사들이 나타났으며, 모두들 황소처럼 사기가 하늘을 찌를 듯했고 전쟁터에서 달아날 사람은 없어 보였다. 심벌즈 소리와 전투용 코끼리에 매달아 놓은 종소리가 요란하게 울려 퍼졌고, 창과 표적들이 햇살에 반짝였으며, 다양한 색깔의 깃발들이 바람에 나부꼈다. 카이 코스로는 영웅들을 축복하고 나서 황금과 보석, 노예들, 룸의 양단, 금으로 짠 옷감, 비버 가죽 등 귀중한 선물들을 자기 앞에 쌓아 놓고 몇 무더기로 나누었다. 그는 아흐라시얍과의 전투에서 용맹하게 싸운 이들에게 줄 선물이라고 말했다. 샤는 성대한 연회를 베풀었으며, 귀족들과 기사들은 샤의 궁전에서 즐거운 시간을 보냈다.

태양이 빛의 검을 빼 들자 음울한 밤이 겁을 먹고 달아났다. 카이 코스로는 진격의 나팔을 불라고 했다. 군대는 샤 앞에 모였고,

샤는 투스에게 카와의 깃발을 들고 선두에서 군대를 이끌라고 명령했다.

"내 뜻에 따르고 군대를 올바르게 이끌라. 그대가 내 아버지의 복수를 해 주기 바란다. 그러나 전투 이외에는 그 누구도 괴롭히지 말라. 열심히 일하는 사람들에게 자비를 베풀고, 노약자들의 목숨을 구하라. 또한 내 동생인 피루드가 살고 있는 켈랏을 지나가서는 안 된다는 것을 명심하라. 그는 피란의 딸이 낳은 자식이며, 그곳에서 행복하게 살고 있다. 나는 그에게 불행이 닥치는 것을 원치 않는다. 그는 이란 사람의 이름도 알지 못하며, 결코 이란 사람을 해친 적도 없다. 그러니 그에게 어떤 해도 끼치지 말라."

투스가 대답했다. "폐하의 뜻을 기억할 것이며, 폐하가 정해 준 길을 따라갈 것입니다."

군대는 투란을 향해 출발했고, 여러 날 행진한 끝에 길이 갈라지는 지점에 이르렀다. 한쪽 길은 샘물조차 없는 사막으로 이어지는 길이었고, 다른 쪽 길은 켈랏으로 향하는 길이었다. 그곳에 다다르자 군대는 멈춰 서서 투스의 지시를 기다렸다. 투스가 구달즈를 찾아가 물었다.

"저 사막에는 물이 나오는 곳이 없습니다. 긴 행군에 지친 병사들에게 휴식이 필요할 텐데 물 한 모금 없이 견딜 수 있을까요? 차라리 켈랏으로 향하는 길로 가서 병사들을 잠시 쉬게 하는 게 나을 듯싶습니다."

구달즈가 대답했다. "샤가 그대에게 군대의 지휘권을 맡겼으니 그대가 판단해야겠지. 다만 내가 생각하기에는 샤가 가라고 한 길을 선택하는 것이 좋을 듯하네."

그러자 투스가 웃으면서 말했다. "오, 고귀한 영웅이시여, 심려하지 마세요. 샤께서도 제 마음을 이해해 주실 테니까요."

투스는 군사들에게 켈랏 쪽으로 진군하라고 했다. 그는 카이 코스로의 명령을 기억하지 못했다.

한편 피루드는 단봉낙타와 전투용 코끼리들이 일으키는 흙먼지로 하늘이 어두워지는 것을 보고 자신의 참모인 토카레에게 무슨 일이냐고 물었다. 토카레가 대답했다.

"오, 젊은 왕자여, 저들은 왕자님 형의 군대입니다. 카이 코스로는 왕자님 아버지의 죽음을 앙갚음하기 위해 투란으로 군대를 보내는 것이지요. 군대가 지금 켈랏으로 진격해 오고 있으니 전투가 어디에서 벌어질지 알 수 없겠군요."

토카레의 말을 듣고 경험이 별로 없는 피루드는 당황했다. 그는 언덕에 자리 잡은 자기 성을 안전하게 단속하고 양 떼를 불러 모았다. 피루드는 성루에 앉아 바다처럼 밀려오는 갑옷 입은 병사들을 내려다보다가 사이야우쉬를 잃은 뒤 하루도 눈물 마를 날 없는 어머니를 만나러 갔다. 그는 어머니에게 상황을 설명하고, 자기가 어찌해야 하는지 물었다. 어머니가 대답했다.

"오, 나의 아들아, 잘 들어라. 이란에 새로운 샤가 왕위에 올랐는

데 바로 네 형이다. 아버지가 같으니까 말이야. 이제 네 형이 아버지의 복수를 위해 군대를 보냈으니, 네가 멀리서 구경만 하기보다는 앞장서는 게 좋을 듯하구나. 이란군의 지휘자를 찾아가서 너의 정체를 알려라. 얼토당토않은 이가 영광을 거두거나 너에게 합당한 지위를 차지하지 않도록 해라."

피루드가 말했다. "그토록 잘난 영웅들 가운데 누가 저를 전투에 참여하게 해 주겠어요?"

어머니가 대답했다. "네 아버지의 친구 분이었던 바흐람을 찾아가라. 또한 토카레의 말에도 귀를 기울여라. 이란 사람들에게 너의 정체가 알려질 때까지는 군대와 함께 가서는 안 된다."

피루드가 말했다. "오, 나의 어머니, 어머니의 말씀을 따르겠습니다."

피루드는 토카레와 산꼭대기로 올라가 발아래 있는 엄청난 군사들을 내려다보았다. 피루드가 용사들에 대해 묻자 토카레가 아는 대로 대답했다. 그는 영웅들의 깃발을 세면서 피루드에게 이란에 있는 권력자들의 이름을 알려 주었다.

때마침 그들의 모습을 투스가 보았다. 그는 화가 나서 말했다.

"신중한 기사를 저 두 사람에게 보내어 누구인지 알아보도록 해라. 저들이 우리 병사들이면 머리를 채찍으로 200대 내리치고, 터키 인이거나 첩자라면 내가 직접 다스릴 테니 즉시 데려오도록 해라."

구달즈의 아들 바흐람이 나섰다. "제가 다녀오겠습니다."

바흐람이 말을 타고 산 위로 올라갔다. 피루드가 그 모습을 보고 토카레에게 물었다. "오만한 태도로 오는 저 사람은 누구냐? 방자한 것을 보니 나를 우습게 여겨서 마지못해 오는 것 같구나."

토카레가 말했다. "오, 왕자님, 공연히 흥분하지 마세요. 이름은 모르겠지만 구달즈의 문장이 보이는 것을 보니 아마도 그의 아들인 모양입니다."

정상 가까이 다가온 바흐람이 천둥처럼 고함을 질렀다.

"너희들은 누구인데 산꼭대기에 앉아서 우리 군대를 내려다보는 것이냐? 투스 펠리바가 두렵지도 않은가?"

피루드가 대답했다.

"나에게 함부로 말하지 말라. 나는 그대에게 그런 대접을 받을 이유가 전혀 없다. 그대는 나를 사막의 야생 당나귀로 여기고 자신은 무시무시한 사자라고 생각하는가? 분별력 있는 사람이라면 세 치 혀가 사람 잡는다는 말을 염두에 두어야 할 것이다. 그대에게 말하노니, 그대는 용기나 힘이 결코 나만 못할 것이다. 나를 보라, 그리고 내가 머리와 가슴과 지혜를 가지고 있는지 그렇지 않은지 판단하라. 내가 그것들을 갖추고 있다고 여겨지면 공허한 말로 나를 위협하지 말라. 나는 우호적인 마음으로 그대에게 충고하는 것이다. 그대가 섣불리 행동하지 않겠다면 몇 가지 묻고 싶다."

바흐람이 말했다. "말하라. 내가 대답할 수 있는 것이면 아는 대로 말할 것이니."

피루드는 군대의 대장들이 누구누구이며, 어디에서 왔느냐고 물었다. 바흐람은 용사들의 이름을 말했다. 피루드가 다시 물었다.

"왜 바흐람의 이름은 말하지 않는가? 내가 보고 싶은 용사는 그들 가운데 하나도 없구나."

바흐람이 대답했다. "오, 젊은이여, 누가 그대에게 바흐람과 구달즈와 게우에 대해 알려 주었는지 말해 보라."

피루드가 말했다. "어머니께 들었다. 어머니는 내게 바흐람을 찾아가라고 했다. 그는 아버지의 친구 분이었다고 들었다."

바흐람이 말했다. "그럼 그대는 사이야우쉬의 아들 피루드가 틀림없구나."

피루드가 대답했다. "그렇다. 나는 쓰러진 삼나무의 가지이다."

바흐람이 말했다. "카이아니데스 가문의 증표를 볼 수 있도록 팔을 걷어 보라."

바흐람은 피루드의 팔을 보고 카이 코바드의 자손임을 확인하자 예를 갖추어 경의를 표하고 피루드에게 다가갔다. 피루드는 바흐람에게 자기 궁전에서 이란군에게 성대한 연회를 베풀고 싶으며, 연회가 끝난 뒤에 자신이 군대를 지휘하여 투란으로 진격해 들어가고 싶다고 솔직히 털어놓았다. 그리고 투스에게 자신의 안부 인사를 전해 달라고 덧붙였다. 바흐람이 말했다.

"오, 젊고 용감한 왕자시여, 제가 투스에게 왕자님의 뜻을 전하겠습니다. 하지만 불뚝성이 있는 투스가 어찌 나올지는 저도 잘 모르겠습니다. 그는 용맹스럽지만 자만심이 강하지요. 그래도 왕자님이 카이아니데스 가문의 후손이라는 사실을 무시할 수는 없을 터이니 어찌 됐건 왕자님 말을 따를 것입니다."

바흐람은 그 자리를 떠나면서 말했다.

"만약 투스가 왕자님 뜻을 받아들이면 제가 다시 오겠습니다. 하지만 제가 아닌 다른 사람이 오면 절대로 그 사람을 믿어서는 안 됩니다."

바흐람이 투스에게 사정이 이러이러하다고 설명하자 투스는 노발대발하면서 피루드를 비난했다. 제까짓 게 뭔데 언감생심 자신의 자리를 빼앗으려 드느냐며 바흐람의 말은 믿으려고도 하지 않고 오히려 그의 행동을 호되게 꾸짖고는 그 젊은이를 죽여 버리겠다고 맹세했다. 투스는 부하들에게 젊은 터키 인의 목을 베어 오라고 소리쳤다. 바흐람이 그들을 막아서며 말했다.

"투스가 너희들에게 피루드를 죽이라고 한 것은 모르는 일로 하라. 그는 카이 코스로의 동생이며, 사이야우쉬의 아들이다. 충고하건대, 샤의 동생에게 부당한 짓을 하지 않아야 너희들 신상에 좋을 것이다."

부하들이 에뜨거라 하며 각자의 막사로 돌아가 버렸다. 이에 투스가 펄펄 뛰며 또다시 명령을 내렸다. 그러자 투스의 사위인 립니즈가 나섰다. 그는 말을 타고 산으로 올라갔다.

피루드가 말을 타고 오는 용사를 보더니 적개심에 차서 칼을 높이 휘두르면서 토카레에게 말했다.

"바흐람이 오지 않는 걸 보니 투스가 내 말을 무시했구나. 가슴이 다 서늘해지는군. 토카레, 저 사람은 누구냐?"

토카레가 대답했다. "저 사람은 립니즈예요. 매우 교활한 기사인데, 투스의 딸과 결혼해서 그의 사위가 되었죠."

피루드가 물었다. "저자가 나를 공격하면 나는 말을 죽여야 하느냐, 아니면 말을 탄 자를 죽여야 하느냐?"

토카레가 대답했다. "사람을 향해 무기를 겨누세요. 저자가 죽으면 투스는 왕자님의 뜻을 받아들이지 않은 것을 후회할 거예요."

그리하여 피루드는 립니즈의 가슴을 향해 활을 쏘았다. 그는 죽어서 말안장에서 떨어졌고, 그의 말은 겁에 질려 진지로 돌아갔다. 립니즈의 말이 주인 없이 돌아오자 투스의 분노는 더욱더 불타올랐다. 그는 아들 제라습에게 립니즈의 피에 대한 복수를 하라고 했다. 피루드는 제라습이 다가오는 모습을 보고 토카레에게 적의 이름을 묻고는 활을 쏠 준비를 했다. 투스에게 자신은 모욕적인 대우를 못 참는다는 것을 가르쳐 주려는 것이었다. 제라습은 피루드와 싸워 보지도 못하고 말안장에 앉은 채 숨을 거두고 말았다. 그의 말은 재빨리 진지로 돌아갔다. 마침내 투스의 분노가 폭발했고, 그는 직접 피루드와 맞서기 위해 말을 타고 달려갔다.

투스가 오는 모습을 보고 토카레가 말했다.

"이번에는 투스가 직접 오네요. 왕자님은 저 악어와 맞설 수 없으니 어서 성으로 달아나세요. 그곳에서 별들의 섭리를 기다리는 게 좋습니다."

피루드는 자존심이 상해서 큰 소리로 말했다. "투스가 무에 그리 대단하다고 내가 두려워하겠느냐? 나는 절대 달아나지 않을 것이다."

토카레가 말했다. "저 사자 같은 용사를 죽여서는 안 됩니다. 자기 군대의 대장이 목숨을 잃으면 왕자님의 형이 분노할지도 모릅니다. 게다가 저들이 대장의 복수를 하려고 몰려들면 왕자님이 어찌 당해 내겠습니까? 투스의 말을 향해 화살을 겨누세요. 군주는 말을 타지 않고서는 싸우지 않으니까요. 투스가 타고 있는 말을 죽임으로써 왕자님의 무예를 그에게 충분히 보여 줄 수 있습니다."

토카레의 말대로 피루드의 화살이 목표를 향해 날아갔다. 투스가 타고 있던 말이 쓰러지자 그는 진지까지 걸어갔고, 피루드에 대한 분노가 머리끝까지 끓어올랐다. 귀족들 또한 펠리바가 모욕을 당하자 화가 났다. 게우가 말했다.

"그 젊은이는 어찌 감히 우리의 군대를 무시하고 우리에게 이런 치욕을 주는가? 그가 비록 카이아니데스의 일족이고 카이 코바드의 자손이라고 해도 이렇게 속수무책으로 당할 수는 없다."

게우는 말을 마치기가 무섭게 갑옷을 입고 피루드와 싸우러 갈 채비를 했다.

한편 피루드는 게우가 오는 모습을 보고 한숨을 쉬면서 말했다. "이 군대는 용맹하지만 선과 악을 구분하지 못하는구나. 나는 그들이 사이야우쉬의 복수를 하지 못할까 봐 두렵다. 그들의 지휘자가 분별력이 있다면 나를 적대적으로 대하지 않을 텐데 몹시 아쉽구나. 자, 지금 오는 새로운 적은 누구냐?"

토카레가 대답했다. "구달즈의 아들 게우입니다. 명성이 자자한 기사지요. 힘이 아주 장사여서 사자도 그 앞에서는 벌벌 떤답니다. 그가 카이 코스로를 이란으로 모셔 갔고, 어떤 화살로도 꿰뚫을 수 없는 사이야우쉬의 갑옷을 입고 있지요. 그러니까 말을 향해 화살을 겨누세요. 그렇지 않으면 아무리 활을 쏘아도 소용없을 거예요."

용감한 피루드는 토카레가 말한 대로 화살을 쏘았고 게우의 말은 쓰러졌다. 게우가 안전하게 돌아오자 귀족들이 기뻐했다. 하지만 그의 아들 바이준은 화가 나서 아버지를 비난했다.

"아버지께서는 군대도 아닌 단 한 명의 기사가 두려워서 등을 보이고 돌아오셨습니까?"

그러더니 그는 립니즈와 제라습의 복수를 하기 전까지는 말에서 내리지 않겠다고 맹세했다.

게우는 자제력이 없는 젊은 아들이 걱정스러웠다. 하지만 바이준은 무모했고, 게우가 보기에 이미 각오를 단단히 한 것 같았다. 그는 아들에게 사이야우쉬의 갑옷을 입혀서 보냈다.

피루드가 또 다른 기사가 오는 모습을 보고 그의 이름을 물었다. 토카레가 대답했다.

"이란에 저 사람과 견줄 만한 젊은이는 없습니다. 이름은 바이준이고, 용사 게우의 외아들이죠. 그는 사이야우쉬의 갑옷을 입고 있기 때문에 말을 맞혀야 해요. 그렇지 않으면 왕자님 활은 아무 소용 없지요."

그래서 피루드는 말을 향해 활을 쏘았고 바이준의 말도 이내 고꾸라졌다. 바이준이 소리쳤다.

"오, 젊은이여, 정확하게 목표를 맞혔구나. 너는 이제 용사들이 말을 타지 않고 어떻게 싸우는지 보게 될 것이다."

그러고는 곧장 산을 달려 올라와 거의 피루드가 있는 곳에 이르렀다. 피루드는 성문 안으로 달아났다. 그는 성벽 위에 올라가 적의 머리 위로 돌을 퍼부었다. 그러자 바이준이 그를 조롱하면서 말했다.

"오, 명성이 자자한 영웅이여, 말도 안 탄 사람을 피해서 달아나다니, 정말 용감하구나! 네 용기는 어디로 사라진 것이냐?"

그는 진지로 돌아가 투스에게 카이아니데스의 자손이 매우 용감하며 활솜씨가 뛰어나다고 했다. 그리고 그에게 맞서는 누구에게도 겁을 먹지 않았다고 덧붙였다. 투스가 말했다. "나는 그의 성을 가루로 만들고 그를 죽여서 그가 야기한 피의 대가를 톡톡히 치르게 할 것이다."

찬란한 태양이 사라지고 별들의 군단과 함께 검은 밤이 땅 위에 내리자 피루드는 성의 문단속을 철저히 했다. 그러는 동안 그의 어머니는 불길한 전조를 예감하고 하염없이 눈물을 흘렸다. 그녀가 말했다.

"오, 아들아, 별들이 불행의 빛을 드러내는구나. 네가 몹시 걱정스럽다."

피루드가 말했다. "저는 어머니가 걱정돼요. 지금까지도 어느 하루 눈물 마를 날 없이 사셨는데 앞으로 또 어찌하나요. 저는 분명히 아버지처럼 젊은 나이에 죽게 될 거예요. 하지만 이란 사람들에게 자비를 구걸하지는 않을 것입니다."

피루드는 어머니에게 궁녀들이 사는 곳으로 돌아가서 자신의 영혼을 위해 기도해 달라고 했다. 빛나는 태양의 얼굴이 하늘 위로 다시 떠올랐을 때, 사방에서 철커덕거리는 갑옷 소리가 들려왔다. 피루드는 이란 군대가 진격해 오는 것을 보고 병사들을 이끌고 성문 밖으로 나갔다. 전투를 할 만한 들판이 없었으므로 그들은 산자락에서 싸웠고, 터키 군의 머리가 무수히 잘려 나갔다. 피루드도 적에게 엄청난 피해를 입혔으니, 이란 병사들은 사자처럼 싸우는 그의 모습을 볼 수 있었다. 그러나 젊은 영웅의 별은 기울어 가고 있었다. 아무리 용감한 사람이라도 혼자서 한 나라의 군대를 당해 낼 수는 없는 법이다. 그가 말을 돌려 성안으로 돌아가려고 하자 근처에 숨어 있던 레함과 바이준이 길의 양쪽에서 그를 가로막았다. 피루드는 포기하지 않고 게우의 아들을 공격했다. 그러나 레함이 뒤에서 다가와 거대한 곤봉으로 그를 내리쳤다. 피루드는 자신의 운명이 다했음을 깨닫고 성안에 있는 어머니에게 갔다. 어머니가 아들을 보고 울음을 터뜨리자 그가 말했다.

"울지 마세요, 어머니. 이란 사람들이 곧 저를 쫓아올 테고 어머니와 시녀들을 가만두지 않을 거예요. 그러니까 모두 담에서 구덩이 속으로 몸을 던지면 머지않아 죽음이 여러분을 찾아올 거예요. 바이준이 이곳에 들이닥쳤을 때 살아 있는 사람이 하나도 없어야 해요. 저에게 남은 시간이 없어요. 이란의 영웅들이 제 젊음을 앗아 갔으니까요."

피루드의 어머니를 제외한 여자들은 그의 말을 따랐다. 그의 어머니는 아들이 마지막 숨을 거둘 때까지 곁에 있었다. 아들이 숨을 거둔 뒤, 그녀는 커다란 불을 피워 그 속에 그의 보물들을 던져 넣었다. 마구간에 가서 말들도 죽였다. 그녀는 곧 이란 인들이 들어올 성안을 폐허로 만들어 놓고 아들의 발치로 가서 칼로 자기 몸을 찔렀다.

성문의 빗장을 부수고 성안으로 들어온 이란 병사들은 피루드와 그의 어머니의 시체를 보았다. 병사들은 눈물을 멈출 수 없었다. 그들은 투스의 분노가 야기한 일을 비통해했으며, 카이 코스로가 이 사실을 알게 되면 무슨 일이 벌어질지 두려웠다. 구달즈가 투스에게 말했다. "그대가 먼저 증오심을 보였으니 자업자득이야.

지휘자는 섣불리 흥분해서는 안 되는데 말이지. 그대가 카이아니데스 일족의 젊은이와 그대의 아들을 죽음으로 몰아넣고 말았네."

투스가 그제야 후회의 눈물을 흘리면서 탄식했다. "불행이 나에게 가까이 오나 보구나." 그는 피루드를 황금 의자에 앉히고 왕족의 무덤을 만들어 장사 지낸 뒤 왕가의 표지로 무덤을 장식했다. 그는 군사들과 함께 들판으로 돌아와 사흘 동안 죽은 듯이 지내며 애도를 표했다. 나흘째 되는 날, 출발을 알리는 나팔 소리가 울려 퍼졌고, 투스는 군대를 이끌고 투란을 향해 출발했다.

한편 아흐라시얍은 이란에서 쳐들어온다는 소식을 듣고 피란에게 군대를 소집하라고 명령했다.

"카이 코스로가 마침내 본색을 드러낸 것이다. 그의 영혼 속에 우리에 대한 관용 따위는 애초부터 없었다는 얘기지."

그들이 군대를 정비하는 동안 땅 위에 양탄자를 까는 것처럼 눈보라가 끝도 없이 몰아쳤다. 만물이 얼어붙고, 오랫동안 땅도 태양도 볼 수 없었다. 이란 병사들은 먹을 양식이 모자랐으므로 서슴지 않고 군마를 잡아먹었다. 드디어 태양이 모습을 드러내자 땅은 물웅덩이로 변했다. 이란 병사들은 여전히 굶주림에 시달렸다. 마침내 투스가 말했다.

"이란으로 돌아가자." 그러자 용사들이 말했다. "아흐라시얍의 코앞에서 달아날 수는 없습니다."

그리하여 이란 군대는 적과 싸울 태세를 갖추었다. 곧바로 격렬한 전투가 시작되었고, 투란 사람들의 머리가 수도 없이 굴러다녔다. 승리는 이란 쪽으로 기울었다. 투스는 뛸 듯이 기뻐하며 성대한 연회를 베풀어 용사들을 격려했다. 용사들은 포도주를 마시고 취하여 해롱거리며 하나둘 손에서 무기를 내려놓았고, 진지에 보초도 세우지 않았다. 이러한 상황을 눈치챈 피란이 천우신조의 기회를 놓칠 리 없었다. 밤이 되자 피란은 이란의 진지를 공격했다. 이란군은 지혜로운 구달즈를 제외한 모든 귀족이 헬렐레 퍼져 있었다. 구달즈는 투란군이 짓쳐들어오자 투스의 천막으로 달려가 소리쳤다.

"지금이 포도주 잔을 기울일 때인가?" 구달즈는 아들들을 불러 모으고 군대를 정비했다. 그러나 투란 군대는 완전히 전투 태세를 갖춘 데 비해 이란 병사들은 술에 취해서 우왕좌왕 갈팡질팡 꼴이 말이 아니었다. 결과는 불을 보듯 뻔했다. 태양이 다시 떠올라 날이 밝자 땅 위는 이란 병사들의 시체로 뒤덮여 있었다. 애끓는 통곡 소리가 이어졌고, 너나없이 포로가 되어서 상처를 치료해 줄 사람도 없었다. 투스는 절망으로 넋이 나가 있었기 때문에, 꼿꼿이 이성을 지키고 있던 구달즈가 샤에게 이 비통한 소식을 알리기 위해 전령을 보냈다. 전령은 쏜살같이 달려 금세 궁정에 도착했다. 카이 코스로는 전령이 전하는 말을 듣고 불같이 화가 나서 투스에게 저주를 퍼부었다. 그는 방법을 찾느라 밤을 꼴딱 새웠다. 수탉이 울자 그는 카이 카우스의 아들 프리버즈에게 편지를 썼다. 프리버즈에게 카와의 깃발을 들고 황금 장화를 신고 투스 대신 군대를 지휘하라는 내용이었다. 또한 현명한 구달즈의 의견에 무조건 따르라고 이른 뒤 투스가 자신의 명령을 어긴 것에 대해 덧붙였다.

"나는 이제 누가 친구이고 누가 적인지 도대체 알 수가 없다." 그는 편지를 봉인한 다음 전령에게 주었다. 전령은 전속력으로 달려 이란군 진지에 이르렀다. 프리버즈는 병사들 앞에서 편지를 읽었다. 투스는 샤의 뜻대로 지휘권을 프리버즈에게 넘기고 이란으로 돌아갔다.

투스는 카이 코스로의 왕좌 앞에 엎드렸다. 샤는 그를 일으켜 세우지도 않았고, 귀환을 반기는 말도 하지 않았다. 마침내 샤가 입을 열자 분노의 말들이 쏟아져 나왔다. 그는 자신의 불쾌한 심정을 노골적으로 드러내면서 피루드를 죽음으로 몰고 간 것을 나무랐다.

"그대가 이번에 저지른 짓을 생각하면 목을 베어도 시원치 않다. 그러나 그대의 수염이 하얘질 때까지 나라를 위해 애쓴 노고를 인정하여 그대는 지하 감옥에서 살게 될 것이고, 그대의 사악한 성품이 그대의 간수가 될 것이다."

샤는 투스를 당장 끌고 가서 쇠사슬로 묶으라고 명령했다.

한편 투란에서는 프리버즈가 피란에게 휴전을 제의했다. 피란이 대답했다.

"이번 전쟁은 너희들이 시작했다. 하지만 너희들의 휴전 제의를 받아들이겠다. 기간은 한 달 동안이다. 충고하노니, 왔던 길로 되돌아가 투란을 떠나는 게 좋을 것이다."

그런데 프리버즈가 군대를 퇴각시키지 않았으므로 병사들은 혼란에 빠졌다. 프리버즈는 싸울 준비를 하는 데 시간을 보냈고, 준비가 끝나자 투란군에게 다시 전투를 벌이자고 했다. 전투는 해가 질 때까지 계속되었고, 이란 군대는 평정을 잃었다. 끔찍한 살육이 자행되었고, 투란 병사들은 아무도 달아나지 않았으나 영웅이 많이 죽었다. 이란 병사들은 힘이 소진될 때까지 싸웠다. 그들이 전쟁을 시작했으나 패배했음을 깨달았다. 살아남은 사람들은 구차한 목숨이나마 건지려고 가까스로 달아났다. 비참하기 짝이 없는 일이었다.

다음 날 날이 밝아 오자 피란은 경비병을 보내어 이란 군대의 상황을 알아보라고 했다. 그들의 막사가 들판에서 사라졌다는 말을 듣고 그는 승리의 소식을 아흐라시압에게 전했다. 왕은 더없이 기뻤으며, 온 나라가 잔치를 열어 병사들을 위로하게 했다. 피란이 도시로 입성하자 테라스마다 화려한 색깔의 양탄자로 장식되어 있었고, 집들은 룸의 아라스 천으로 덮여 있었으며, 용사들을 향해 은 조각들이 비처럼 쏟아졌다. 왕은 피란에게 선물을 듬뿍 주었다. 그리고 그에게 높은 명예를 안겨 주면서 여러 가지 비밀스러운 목적을 위해 코텐으로 보냈다.

"그대의 군대는 긴장을 늦추지 말라. 루스템은 꼭 돌아올 테니까

적을 믿어서는 안 돼. 그대는 계속 루스템의 나라를 감시하도록 하라. 그대가 경계를 늦추면 그는 반드시 쳐들어와서 그대를 멸망시킬 것이다. 이란 병사들이 두려워하는 사람은 오직 루스템뿐이다. 그러니 경계하고 또 경계해야 한다. 하늘이 그대와 나의 왕좌를 지켜 주기를."

피란은 아흐라시얍의 말을 주의 깊게 들었고 그 말이 옳다고 여겼다. 그는 자신의 영토로 돌아온 뒤 사방에 경비병을 세워 두고 루스템 펠리바의 움직임을 주시했다.

12

카이 코스로의 복수

뼈아픈 패배 후 이란 군대에는 울부짖는 소리가 끊이지 않았고, 병사들은 혼란에 빠져 이란으로 후퇴했다. 샤 앞에 서고 보니 그들의 심장은 고통으로 찢어지는 듯했다. 그들은 두 손을 가슴 앞에 모은 채 노예처럼 초라한 모습으로 서 있었다. 카이 코스로는 그들을 보고 있자니 무참히 죽은 피루드가 떠올랐고, 이러한 불행의 싹이 된 투스에게 또다시 분노가 치밀었다.

"그자와 그자의 코끼리들과 심벌즈를 저주한다." 이후 샤는 궁정에서 물러나 은거하면서 백성들에게 얼굴을 보이지 않았다. 귀족들은 루스템을 찾아가 백성들을 위해서라도 샤가 평정심을 찾았으면 좋겠다고 호소했다. 루스템은 샤를 만나 군대와 지휘관들과 투스를 어여삐 여겨 달라고 애원했다. 카이 코스로는 펠리바의 말에 귀를 기울였고, 다시 군대 앞에 환한 모습을 드러냈다. 샤는 투스에게 다시 한 번 카와의 깃발을 맡겼고 게우에게 옆에서 행군하면서 투스의 성급함을 견제하도록 했다.

이란 군대는 다시 투란을 향해 출발했다. 아흐라시얍도 소식을 듣고 군대를 소집했다. 막강한 투사들인 중국의 카칸 군대와 쿠샨의 카무스 군대가 그들과 합류했다. 인도와 아시아의 산악 지대에서도 투란의 왕인 아흐라시얍을 지원하기 위해 군대를 보냈다. 아흐라시얍은 이러한 상황에 만족했으며, 만약 루스템만 합류하지 않는다면 승리는 따 놓은 당상이라고 큰소리를 땅땅 쳤다.

양쪽 군대는 오랫동안 격렬한 전투를 치렀다. 공격과 방어를 주고받았으며, 사방에서 칼들이 번쩍이고 화살이 소나기처럼 쏟아졌다. 용사들의 피가 먹구름에서 쏟아지는 장대비처럼 흘러내렸다. 시간이 갈수록 이란 군대는 힘을 잃어 갔고 죽은 사람들의 숫자를 헤아릴 수 없을 지경이었다. 아흐라시얍은 투란의 승리에 크게 고무되었으며, 마침내 이란 군대가 산속으로 후퇴하자 그는 쾌재를 불렀다. 반면에 카이 코스로는 그 사실을 알고 괴로워하며 통곡했다. 그는 펠리바 루스템에게 안부를 전하면서 이란 군대를 도와 달라고, 믿을 사람은 루스템밖에 없다고 간절히 말했다. 루스템이 대답했다.

"오, 샤여, 제가 철퇴를 휘두르게 된 날부터 이날 이때까지 저는 이란의 전쟁터에서 싸워 왔습니다. 휴식은 저와 인연이 없는 것 같습니다. 저는 여전히 폐하의 노예이므로 당연히 폐하의 말에 복종해야지요. 폐하의 뜻에 따를 준비가 되어 있습니다."

루스템은 즉시 군대를 소집했다. 그러는 동안 이란 군대는 또다시 패배했고, 이란 병사들은 의욕이 꺾이고 말았다. 그들이 적에게 항복해야 하나 마나 고민하는 참에 루스템이 오고 있다는 소식이 구달즈에게 전해졌다. 한마디로 구세주가 따로 없었다. 하지만 피란에게는 청천벽력 같은 소식이었다. 그는 아무도 당해 낼 수 없는 루스템의 힘을 기억하고 있었다. 카칸과 카무스는 그의 두려움을 비웃으면서 루스템은 자기네들 손에 패배할 것이라고 장담했다.

이러지도 저러지도 못하고 불안한 나날이 이어지던 어느 날 밤의 일이었다. 달이 터키석 왕좌의 승리한 왕과 같은 얼굴을 산 위로 드러냈을 때, 이란의 경비병이 소리소리 질렀다.

"들판이 흙먼지로 뒤덮이고 천둥 같은 소리가 울려 퍼져요. 횃불을 든 군대가 끝도 없이 밀려오는데 그 한가운데에 위대한 루스템이 말을 타고 있어요!"

이란 병사들은 삽시간에 거대한 환호성을 내질렀다. 그들은 의욕과 용기가 용솟음쳤다. 그들의 기쁨은 펠리바 루스템에게 보내는 인사였다. 루스템은 병사들을 모아 전투 대형으로 정렬했다. 태양이 검은 베일에 싫증이 나서 밤을 산산이 조각내고 세상에 다시 모습을 드러낼 때 이란 군대는 투란 군대에 전투를 제안했다. 새로운 용기를 가지고 싸운 이란 병사들은 적에게 큰 피해를 입히면서 우위에 섰다. 저녁 무렵, 그날의 승리는 이란에 돌아갔다.

피란은 루스템을 용기 그 자체인 사람이라고 부르면서 말했다.

"이란의 귀족은 지원군이 온 뒤로 용기를 되찾았다. 루스템이 그들의 지휘자가 된다면 그렇게 될 줄 알았다. 내가 두려워하는 사람은 오직 루스템뿐이다."

카무스는 루스템이 온 뒤로 안절부절못하는 피란을 조롱하면서, 태양이 다시 떠오르기 전에 루스템의 군대를 격파하겠다고 굳게 맹세했다.

"성난 코끼리도 나의 군대와는 대적할 수 없다."

날이 밝자 카무스는 루스템에게 일대일로 맞서자고 했다. 루스템은 진지에서 성큼성큼 걸어 나와 들판에서 카무스와 마주 섰다. 그들은 치고받고 엎치락뒤치락하다가 결국 루스템이 그물로 카무스를 사로잡았다. 그는 이란 병사들에게 물었다.

"카무스에게 운명의 시간이 다가왔는데, 그가 어떤 죽음을 맞이하기를 바라는가?"

그러면서 루스템은 귀족들 사이로 카무스를 내던졌고, 그는 귀족들의 창에 최후를 맞이했다. 그들은 그의 시체를 독수리들에게 던져 주었다.

카칸은 카무스가 죽었다는 소식에 복수를 맹세하고 루스템에게 전령을 보내 맞붙자고 했다. 루스템이 전령에게 말했다.

"나는 카칸과 싸우고 싶지 않으며 오직 피란을 보길 원한다. 피란과 인사를 나누고 싶다. 나는 그에게 다정한 마음을 가지고 있다. 그는 나의 양아들 사이야우쉬의 죽음을 가슴 아파했고, 카이 코스로와 그의 어머니에게 온정을 베풀었기 때문이다."

전령에게 루스템의 말을 전해 들은 피란은 그의 막사로 찾아갔다.

"나는 투란 군대의 지휘자 피란입니다. 그대의 이름을 말해 주시오."

루스템이 대답했다. "나는 자불리스탄의 루스템이고 철퇴와 카불의 검으로 무장하고 있습니다."

그는 피란에게 카이 코스로의 안부를 전하고 사이야우쉬와 그의 아들에게 베푼 인정을 칭송했다. 루스템은 피란에게 아흐라시얍을 떠나 카이 코스로에게 가자고 설득했다.

"이란은 무고한 사람들의 목숨을 빼앗고 싶지 않아요. 나를 사이야우쉬의 목숨을 앗아 간 이들에게 데려다 주면 이란은 군대를 철수할 것이고 이 땅에는 평화가 올 것입니다."

피란이 대답했다. "그대의 바람은 실현될 수 없습니다. 사이야우쉬를 살해한 자들은 아흐라시얍의 가까운 친척들이니까요. 그리고 그가 나를 투란군의 지휘자로 임명했기 때문에 그들을 저버릴 수는 없습니다. 그대에게 말하노니, 나에게는 이 전투를 지휘하는 것보다는 차라리 죽는 게 더 나은 일이에요. 내 손자 카이 코스로를 향해 칼을 들어야 하는 심정은 말할 수 없이 괴롭답니다."

루스템은 피란의 말이 진정임을 알았다. 비록 그들 사이의 전투는 피할 수 없는 운명이었지만 그들은 우정을 느꼈다. 그들은 각자의 군대를 정렬했다. 처절하고 끔찍한 전투가 40일 동안 이어졌다. 주위는 온통 파괴되었다. 루스템은 용맹하게 싸웠고, 그 앞에서는 강한 자 약한 자 할 것 없이 무력했다. 들판에는 시체가 넘쳐나서 개미가 그들 사이로 지나갈 수 없을 정도였으며, 상처에서 흘러나온 피가 사방에 흥건했다. 머리와 몸통이 제각각 땅을 뒤덮었다. 표범의 발톱과 코끼리의 코도, 높은 산과 땅 위를 흐르는 강물도, 루스템이 지휘하는 군대와 맞서 싸울 때는 승리를 장담할 수 없었다. 루스템은 피란을 제외하고 투란군 가운데 가장 강한 용사들을 살해했다. 중국에서 온 카칸은 루스템이 던진 밧줄에 사로잡혔고, 루스템은 카칸을 결박하여 승리의 소식과 함께 카이 코스로에게 보냈다. 루스템은 투란 병사들이 달아나자 산속까지 추적했다.

한편 피란은 서둘러서 아흐라시얍을 만나러 갔다. "온 나라가 피바다로 변하고 있습니다. 루스템이 나섰으니 누가 그에게 맞설 수 있겠습니까? 그는 내 뒤를 바짝 쫓아왔습니다. 그러니 어서 달아나세요. 혼자서 그를 당해 낼 수 없습니다. 아아, 폐하가 투란에 불러들인 고통이라니! 폐하는 고귀한 사이야우쉬를 살해하는 화살촉 같은 우를 범해서 우리 가슴에 상처를 냈습니다."

피란은 아흐라시얍에게 시간을 지체하지 말라고 충고했다. 아흐라시얍은 루스템의 코앞에서 달아나 산속으로 몸을 숨겼다. 루스템이 아흐라시얍의 궁전으로 들이닥쳤다가 왕이 달아난 걸 알고 전리품을 빼앗아 부하들에게 나눠 주었다. 그리고 병사들에게 아흐라시얍의 궁전에서 며칠 동안 마음껏 먹고 마시면서 휴식을 즐길 수 있도록 해 주었다. 그는 궁전에 불을 질러 파괴한 뒤 카이 코스로에게 돌아갔다.

루스템이 샤의 도시로 들어서자 사방에서 투란을 무너뜨린 영웅을 맞이하는 환호성이 터져 나왔고, 북소리가 온 이란 땅에 울려 퍼졌다. 카이 코스로의 마음은 낙원에 있는 것처럼 기뻤다. 그는 화려한 천을 덮은 코끼리 등에 올라탄 채 펠리바를 만나러 나왔고, 음악과 가수들을 앞세웠다. 그는 루스템을 성대한 연회에 초대했으며, 값비싼 선물을 산처럼 쏟아부었다. 루스템은 한 달 동안 샤의 곁에 머물렀다. 가수들은 그의 위대한 업적을 노래했고, 플루트와 현악기는 반주를 맡았다. 그러던 어느 날 루스템은 카이 코스로를 찾다가 아버지 잘에게 돌아가고 싶다고 했다. 카이 코스로는 못내 아쉬웠지만 어쩔 수 없었다.

루스템이 자불리스탄으로 돌아가고 나서 얼마 지나지 않아 샤의 궁궐에 양치기가 나타나 카이 코스로와 이야기를 나누게 해 달라고 했다. 샤가 허락하자 양치기가 말했다.

"야생 당나귀 한 마리가 제 말들 사이로 끼어들어 이만저만 피해를 입히지 않습니다. 그놈은 숨 쉬는 게 영락없이 사자 같습니다. 오, 왕 중의 왕이시여, 폐하의 군대에 있는 용사를 보내어 그놈을 죽여 주세요."

카이 코스로는 야생 당나귀가 변장을 하고 나타난 악마 아콘이라는 사실을 알아차렸다. 그는 악마와 대적할 만한 사람이 누가 있을까 고민하다가 잘의 아들 루스템밖에 없다고 판단했다. 샤는 폭풍 앞의 구름처럼 재빠른 전령을 보내 루스템을 다시 불러들였다. 루스템은 라쿠쉬에 올라타고 악마를 찾아 출발했다. 그의 손에는 거대한 철퇴가 들려 있었고, 손목에는 긴 밧줄이 감겨 있었다. 마침내 그는 야생 당나귀를 찾아 밧줄을 던졌지만 당나귀는 눈 깜짝할 사이에 눈앞에서 사라졌다. 루스템은 당나귀가 악마라는 사실을 눈치채고 마법의 기술과 맞서 싸웠다. 그는 포기하지 않았다. 잠시 뒤에 야생 당나귀가 다시 나타났고, 루스템은 다시 한 번 밧줄을 던졌다. 또다시 악마가 그의 손안에서 사라졌다. 악마는 사흘 낮과 사흘 밤을 나타났다 사라지기를 반복했으므로 루스템은 지칠 대로 지쳤다. 그의 몸은 졸음으로 무거워졌다. 루스템은 안전한 장소를 찾아 누우면서 라쿠쉬를 풀어 주었다.

루스템이 자는 것을 보고 악마가 다가가 그가 누워 있는 땅을 부드럽게 만든 다음 그것을 떼어 내어 그의 머리 위로 들어 올렸다. 그것을 루스템에게 던져 죽이려는 것이었다. 악마가 땅을 옮기고 있을 때 눈을 뜬 루스템은 상황을 짐작하고 순간적으로 죽음의 때가 다가온 줄 알고 두려웠다. 그때 악마가 말했다.

"오, 영웅이여, 너는 어떤 죽음을 원하지? 산 위에서 떨어뜨릴까,

아니면 바다로 던져 버릴까?"

루스템은 악마가 자기에게 농간을 부리고 있음을 알아차렸다. 그는 악마가 분명 자신이 원하지 않는 일을 하리라고 생각했으므로 다음과 같이 대답했다.

"물속에서 죽은 사람들은 세로슈의 얼굴을 볼 수 없거나 저세상에서의 삶에서 휴식을 찾을 수 없다는 이야기를 들었다."

그러자 악마가 말했다. "나는 네가 휴식 따위는 알지 못하길 바란다."

악마는 루스템을 바다로 데려가 배고픈 악어들이 우글거리는 곳에 던져 버렸다. 루스템은 당장 칼을 꺼내 오른손으로는 악어들과 싸움을 벌이고, 왼손으로는 해안을 향해 헤엄을 쳤다. 그는 오랫동안 사투를 벌이다가 마침내 밤이 되었을 때 육지에 발을 디뎠다. 그는 신에게 감사를 드린 다음 휴식을 취했다. 그러고 나서 악마를 발견했던 장소로 돌아가 라쿠쉬를 찾았지만 좀처럼 보이지 않았다. 한참을 여기저기 헤맨 끝에 가까스로 아흐라시압의 말들 사이에서 열심히 풀을 뜯고 있는 라쿠쉬를 발견했다. 말을 돌보는 사람들에게 잡혀갔던 것이다. 라쿠쉬는 루스템의 목소리를 듣자 히힝 소리를 내면서 달려왔다. 루스템은 라쿠쉬의 등에 안장을 얹고 올라탄 뒤 말 돌보는 사람들을 죽이고 직접 말 떼를 몰고 갔다.

하필이면 그때 아흐라시압은 말들이 보고 싶어서 숨어 있던 장소에서 나왔다. 그는 말 떼를 몰고 가는 루스템을 보고 절망했다.

그는 펠리바가 자신이 숨어 있는 장소를 알아낸 뒤 자신과 맞서 싸우기 위해 온 줄 알았다. 그래서 주위에 있던 병사들과 함께 루스템에게 결투를 신청했다. 루스템은 비록 혼자 몸이었지만 도전을 받아들였다. 그는 좌충우돌하며 병사들을 제압했다. 병사들 가운데 60명이 그의 칼에 목숨을 잃었고, 40명은 그의 철퇴에 당했다. 아흐라시얍은 또다시 루스템의 코앞에서 달아났다.

아흐라시얍 일행과의 싸움이 끝나자 악마가 다시 나타났다. 악마는 루스템이 지칠 대로 지쳤으니 그를 제압할 수 있으리라 생각했던 것이다. 루스템은 악마에게 달려들어 단번에 으스러뜨렸고 마침내 악마는 목숨을 잃었다. 펠리바는 카이 코스로에게 돌아갔다. 샤는 루스템에게 자초지종을 듣고 그가 가져온 전리품들을 보더니 칭송을 멈출 줄 몰랐다. 카이 코스로는 펠리바를 곁에 두고 싶어 했다. 루스템이 말했다.

"저도 그러고 싶지만 가서 군대를 훈련시켜야 합니다. 사이야우쉬의 죽음에 대한 응징이 아직 이루어지지 않았습니다. 그를 죽인 자들이 여전히 이 땅에 해를 끼치고 있으니까요."

루스템은 또다시 샤의 궁궐에서 떠났다.

13
바이준과 마니제

　다시 이란의 국경 안에 평화가 깃들었다. 칼들은 칼집 속에서 잠을 자고 카이 코스로는 지혜로 세상을 다스렸다. 사람들은 투란의 영광이 땅에 떨어진 것을 기뻐했으며, 샤는 즐거운 마음으로 귀족들에게 연회를 베풀었다.

　어느 날 샤와 귀족들이 포도주를 마시고 있는데 문지기가 들어와 아만에서 온 사람들이 뵙기를 청한다고 했다. 카이 코스로가 승낙하자 아만 사람들이 눈물을 줄줄 흘리며 들어오더니 샤의 발 앞에 엎드려 도와 달라고 호소했다. 카이 코스로가 물었다.

　"누가 그대들을 괴롭혔는가?" 그들이 대답했다. "우리의 골칫거리는 투란에서 넘어온 멧돼지들입니다. 멧돼지 떼가 밭에 나타나 쑥대밭을 만들어서 먹고살 길이 막막해졌습니다. 멧돼지 떼를 쫓으려고 온갖 수단을 다 써 봤지만 실패했습니다. 그래서 폐하에게 펠리바를 보내 달라고 부탁하러 왔습니다. 펠리바라면 멧돼지 떼를 제압할 수 있을 것입니다."

카이 코스로가 대답했다. "그대들이 원하는 대로 해 주겠다." 카이 코스로는 자비로운 태도로 그들을 돌려보낸 다음, 자신의 보물을 관리하는 사람에게 값비싼 보석과 황금으로 치장한 말, 룸의 양단을 가져오라고 했다. 샤는 귀족들에게 멧돼지 떼와 싸우러 가는 사람에게 보물을 아낌없이 주겠다고 했다. 하지만 아무도 선뜻 나서지 않았다. 그때 게우의 아들 바이준이 일어나서 말했다.

"샤께서 허락하신다면 제가 가겠습니다."

게우는 가슴이 철렁했다. 바이준은 하나밖에 없는 아들인 데다 그의 젊은 혈기가 내심 불안했던 것이다. 그는 아들을 만류하고 싶었지만 바이준은 곧바로 말을 이었다.

"오, 왕이시여, 제 청을 들어주십시오. 비록 나이로 따지면 아직 젊지만 신중함으로 따지면 성숙합니다. 폐하의 종으로서 어긋나는 일은 하지 않겠습니다."

카이 코스로는 바이준의 요청을 받아들이되 거진과 함께 가서 그의 현명한 조언에 귀 기울이라고 했다. 그리하여 바이준과 거진은 아만 땅으로 떠났다.

숲에 들어선 두 사람은 잠시 휴식을 취하기로 했다. 그들은 모닥불을 크게 지피고 다시 기운을 차릴 때까지 포도주를 마셨다. 그런데 거진이 잠을 자려고 눕는 것이었다. 바이준이 말했다.

"그러지 말고 멧돼지 떼를 찾는 게 좋겠습니다." 그러자 거진이 말했다. "혼자 가세요. 이 싸움은 당신이 자청한 일이고, 샤의 선물도 당신이 가져갈 테니까요. 저는 지켜보고 있겠습니다."

바이준은 어처구니가 없었지만, 거진의 말에 개의치 않고 혼자 숲으로 들어갔다. 얼마 뒤 바이준과 맞닥뜨린 멧돼지들이 그에게 달려들었다. 바이준은 철퇴로 멧돼지들을 내리쳤다. 멧돼지들의 피로 땅이 붉게 물들었다. 그는 멧돼지들의 뒤를 쫓아 그것들이 사는 굴로 들어가서 한 마리도 달아나지 못하게 했다. 바이준은 멧돼지들을 소탕한 다음 그것들의 거대한 이빨을 뽑아 이란 사람들이 볼 수 있도록 안장에 걸었다. 그는 거진이 있는 곳으로 돌아갔다.

거진은 바이준이 말안장에 승리의 증표를 걸고 돌아오는 모습을 보고 있자니 부럽기 짝이 없었다. 거진은 입으로는 바이준을 칭찬했지만 아리만이 그의 영혼을 사로잡았다. 그는 밤새도록 바이준을 함정에 빠뜨릴 방법을 고민했다. 아침이 오자 그는 새삼스럽게 바이준의 용기를 칭송했고, 두 사람은 함께 포도주를 벌컥벌컥 마셨다. 그들의 분위기는 화기애애했다. 거진이 말했다. "이 지역은 제가 잘 알아요. 루스템과 이곳에 머물렀거든요. 여기서 2파르상쯤 떨어진 곳에 아흐라시얍의 정원이 있어요. 그의 여인들이 봄의 축제를 즐기는 곳이지요. 곧 축제가 열릴 시기예요. 그러니까 그곳으로 가서 투란의 왕이 장막 뒤에 숨겨 놓은 미인들을 직접 보는 건 어떨까요."

그 말에 바이준의 귀가 솔깃해지고 호기심이 생겨서 거진의 말을 따르기로 했다. 그도 젊은 남자였던 것이다. 그들은 나란히 출발했다. 거진은 바이준의 마음을 축제와 음악에 대한 기대로 잔뜩 부풀게 만들었다. 그들이 그곳에 도착할 무렵 바이준은 아흐라시얍의 여인들을 보고 싶어서 안달이 날 지경이었다. 거진은 짐짓 의연하게 굴면서 속으로는 비밀을 감춘 채 흐뭇해하고 있었다. 그는 이런 행동이 불행을 불러오기를 바랐기 때문이다. 바이준은 서둘러서 정원으로 들어가 키 큰 삼나무 그늘 밑으로 몸을 숨겼다. 그는 아름다운 여인들을 보고 한껏 들떴다. 정원은 봄옷을 입고 있었고, 세상은 맑고 푸르렀다. 주위는 온통 달콤한 노래와 음악 소리로 가득 차 있었다. 장미 정원에서 요정 같은 여인들이 나왔다. 여인들은 삼나무처럼 날씬했고, 그 가운데 한 명은 특히 기품이 있었다. 그녀는 아흐라시얍의 딸인 마니제였다.

마니제는 자신의 천막 앞에서 우연히 숨어 있는 바이준을 발견했다. 그녀는 그의 아름다움에 눈이 휘둥그레졌고 금세 그에게 마음을 빼앗겼다. 그녀는 시녀들을 불러서 말했다.

"가서 우리를 훔쳐보고 있는 저 낯선 이에게 누구인지 물어봐라. 아무래도 그는 요정이거나 이승으로 돌아온 사이야우쉬 같구나. 어떤 남자도 저렇게 아름다울 수 없으며, 어떤 남자도 이곳에 들어올 수 없으니까."

시녀 하나가 바이준에게 다가가 마니제의 말을 전했다. 그의 심장은 터질 듯이 두근거렸다. 그가 말했다.

"나는 아만의 멧돼지들을 사냥하기 위해 이란에서 왔는데 우연히 아흐라시얍의 딸을 보게 되었다. 나도 그녀의 아름다움에 대한 소문을 익히 들어서 알고 있었고, 이란에도 널리 퍼져 있다. 가서 이야기를 나눌 수 있는지 물어보라."

시녀가 바이준의 말을 전하니 마니제가 말했다. "그를 이쪽으로 모시고 와라."

그리하여 바이준은 마니제의 천막으로 들어갔다. 그녀는 그를 반갑게 맞아 주었고, 그의 발을 사향과 호박으로 씻게 했다. 또한 그에게 선물로 보석을 듬뿍 주었고, 맛있는 고기가 있는 연회를 마련했으며, 노예들이 그를 둘러싸고 달콤한 음악을 연주했다. 바이준의 마음은 그물에 걸려들 듯 꽁꽁 사로잡혔다. 그는 사흘 밤낮을 마니제의 곁에서 지냈다. 그녀를 향한 그의 열정은 점점 커져 갔다. 그는 이란을 까맣게 잊었고 떠날 생각을 하지 않았다. 마니제 역시 그와 함께 있는 것이 매우 즐거워서 봄의 정원을 닫아야 하는 시기가 되었음에도 그와 헤어지려 하지 않았다. 그녀는 그에게 자신이 조제한 약이 담긴 술잔을 건넸다. 바이준은 술을 마시고 잠이 들었으며 그가 자는 동안 시녀들은 그를 가마에 태워 아흐라시얍의 집으로 데려갔다. 마니제는 그를 여인들의 장막 뒤에 숨겼으며, 그녀의 시녀들 말고는 아무도 그가 그곳에 있음을 알지 못했다.

바이준은 잠에서 깨어나자 이곳이 어디냐고 물었다. 자신이 아흐라시얍의 집에 와 있다는 사실을 알고는 두려움을 느꼈다. 그는 이란으로 돌아가고 싶었다. 하지만 마니제는 그의 불신을 잠재웠으며, 바이준도 이내 그녀의 사랑 속에서 두려움을 잊었다. 그녀는 그를 기쁘게 해 주려고 무엇이든 했고, 시간은 포도주와 즐거움이라는 양 날개를 달고 빠르게 흘러갔다. 많은 날이 쏜살같이 지나갔고 여인들의 궁에서 무슨 일이 일어나고 있는지 아무도 알지 못했다.

그런데 문지기가 그 사실을 알게 되었다. 그는 아흐라시얍에게 공주가 별궁에서 이란 남자와 함께 지내고 있다고 귀띔했다. 아흐라시얍은 그 말을 듣고 이성을 잃을 정도로 화가 나서 마니제를 저주했다.

"그 녀석에게 운명의 순간이 왔다." 그는 자신의 동생 게르시와쯔에게 무장한 남자들을 데리고 당장 별궁으로 가라고 했다. 게르시와쯔는 별궁의 문마다 경비를 세웠다. 그가 별궁으로 들어가자 류트 소리와 흥겨운 웃음소리가 들려왔다. 응징의 순간이 오고 있음을 아무도 깨닫지 못했다. 게르시와쯔가 문을 부수고 아흐라시얍의 딸 마니제의 집에 들어가 흥청거리는 한가운데 서서 노예들이 황금 류트를 연주하고 있는 방 안을 둘러보았다. 아름다운 여인들이 포도주 잔을 들고 있었다. 마니제는 황금 왕좌 위에 앉아 있었고, 그 옆에는 게우의 아들인 바이준이 기쁨에 겨운 표정으로 앉아 있었다.

게르시와쯔는 바이준을 보고 소리쳤다. "오, 비열한 자여, 넌 내 손에 죽게 될 것이다! 어찌 네 목숨이 붙어 있기를 바라겠는가?"

바이준은 경악했다. 그는 검이나 갑옷을 가지고 있지 않았다. 그는 생각했다.

'오늘로 내 삶은 끝장이 나겠구나.' 다행히 그는 자신의 장화 속에 숨겨 두었던 단검을 꺼내 게르시와쯔를 위협했다. 그는 자신을 아흐라시얍에게 데려가지 않으면 게르시와쯔의 가슴을 찌르겠다며 을러댔다.

게르시와쯔는 바이준이 행동이 재빠르며 허튼소리를 하지 않는다는 사실을 알았다. 그래서 몸싸움을 자제했으며, 바이준을 사로잡아서 밧줄로 묶어 아흐라시얍에게 데려갔다. 곤경에 빠진 바이준을 보고 아흐라시얍이 말했다.

"오, 이 사악한 자여, 내 나라에는 어인 일로 왔는가?"

바이준은 전후 사정을 낱낱이 설명하면서 마니제에게 해가 미치지 않게 하려고 요정이 자신을 궁전으로 데려왔다고 덧붙였다. 아흐라시얍은 그 말을 믿으려 하지 않았고, 자신의 궁정 문 밖에 교수대를 세우고 바이준을 매달라고 명령했다. 궁녀들이 사는 집을 더럽히고, 밤도둑처럼 왕의 궁전으로 숨어들었다는 죄목이었다. 바이준은 아흐라시얍에게 자비를 호소했으나 아무 소용이 없어 끝내 궁정 밖으로 끌려 나갔다. 아흐라시얍의 신하들이 교수대를 마련했으며, 바이준은 꽁꽁 묶인 채 그 아래에 섰다. 그는 뼈아픈 눈물을 흘렸다. 그는 바람에게 자신의 소식을 이란의 샤에게 전해 달라고 기도했으며, 자기가 죽으면 투란은 반드시 응징을 당하리라고 저주했다.

바이준이 죽음을 기다리고 있는데 마침 펠리바 피란이 왕에게 예를 표하러 오다가 그 모습을 보았다. 피란은 영문을 몰라 어리둥절해하다가 상황을 전해 듣고 몹시 불안해졌다. 피란은 말에서 내려 교수대 아래 젊은이에게 다가가 어찌 된 일이냐고 물었다. 바이준은 자초지종을 설명한 뒤 자신의 사악한 동료가 이러이러하게 덫을 놓았다고 덧붙였다. 피란은 자신이 돌아올 때까지 처형을 미루라고 한 뒤 아흐라시얍에게 갔다. 피란은 왕에게 지혜가 담긴 조언을 하면서 사이야우쉬의 죽음을 상기시켰다. 그리고 바이준이 이란에서 중요한 위치에 있는 사람이라는 것과 그의 피가 반드시 복수를 불러들일 것이라고 일깨워 주었다. 그는 투란이 새로운 전쟁을 할 준비가 안 되어 있다면서, 아흐라시얍에게 바이준을 지하 감옥에 가두라고 호소했다.

"바이준에게 쇠사슬을 채워서 땅속에 가두면 이란은 그를 찾지 못할 것입니다."

아흐라시얍은 피란의 조언이 현명하다고 판단하여 그의 의견을 받아들이기로 했다. 바이준은 사막으로 끌려갔다. 그는 밧줄에 묶이고 무거운 쇠사슬에 짓눌린 채 깊은 구덩이에 던져졌다. 입구는 악마 아콘이 바닷속 가장 깊은 곳에서 가져온 거대한 돌로 막았다. 태양도 달도 보이지 않는 곳이었다. 아흐라시얍은 바이준이 구덩이 안에서 이성을 잃고 돌아 버릴 것이라고 믿었다. 그는 바이준을 지하 감옥에 가둔 뒤 게르시와쯔에게 자신에게 불명예를 안긴 딸의 궁으로 가서 그녀의 값비싼 옷과 왕관, 베일을 찢어 버리라고 했다.

"마니제도 사막으로 끌고 가서 바이준이 갇혀 있는 지하 감옥을 보여 주고 단단히 일러라. 그동안 바이준과 봄날을 누렸으니 이제 그의 시중이나 들라고 말이야."

게르시와쯔는 아흐라시얍이 이른 대로 마니제의 베일을 찢어 버린 뒤 바이준이 갇혀 있는 곳까지 맨발로 걸어가게 했다.

마니제는 슬픔으로 좌절하여 눈물을 그칠 수 없었다. 그녀는 자신의 운명을 한탄하며 밤낮으로 사막을 헤맸다. 그녀는 구덩이로 가서 안으로 들어갈 수 있는 방법을 찾아보았다. 하지만 구덩이의 입구를 막고 있는 거대한 돌은 꿈쩍도 하지 않았다. 며칠 뒤 그녀는 가까스로 손을 집어넣을 수 있는 틈을 발견했다. 그것만으로도 매우 기뻤다. 그녀는 날마다 도시로 가서 구걸하여 빵을 얻었다. 아무도 그녀가 아흐라시얍의 딸이라는 사실을 알지 못했지만 그녀의 안쓰러운 처지를 동정하여 자신들이 가진 걸 기꺼이 나눠 주었다. 그녀는 그렇게 얻은 음식을 구멍을 통해 바이준에게 주었다. 그녀는 그에게 따뜻한 위안의 말을 해 주었고 그의 심장이 살아 있도록 돌봐 주었다.

한편 거진은 몹시 곤혹스러워하며 이란으로 돌아왔다. 그는 샤와 게우에게 어떻게 말할까 고민하다가 한 가지 꾀를 내었다. 그는 바이준과 자기가 힘을 합쳐 멧돼지들을 제압했다면서 자신의 뛰어난 기량 덕분이었다고 호들갑을 떨었다. 그런데 숲에서 갑자기 야생 당나귀가 튀어나와 바이준을 낚아채어 가 버렸는데 아무래도 악마 아콘의 짓 같다고 말했다. 그때 카이 코스로가 궁금한 것을 몇 가지 세세히 물어보았더니 거진의 이야기가 앞뒤가 맞지 않았다. 이에 카이 코스로는 거진을 미심쩍어하며 그를 감옥에 가두라고 명령했다.

"바이준의 소식을 알게 될 때까지 가둬 놓아라."

게우는 사랑하는 외아들의 행방을 알 수 없어 비탄에 빠졌다. 카이 코스로는 그에게 따뜻한 위로의 말을 건네고 기마병들을 보내 바람 따라 오가는 사람들에게 바이준의 소식을 수소문하라고 말했다.

"만약 뉴루즈 축제가 시작될 때까지 그의 소식을 알지 못하면, 온 세상을 볼 수 있는 수정 구슬로 그를 찾아 운명의 비밀을 읽어 보겠다."

기마병들은 이란의 들판과 안난 땅의 협곡들을 샅샅이 뒤지면서 바이준을 찾았으나 아무 성과 없이 돌아왔다. 뉴루즈 축제가 다가오자 카이 코스로는 룸의 양단으로 만든 옷을 입은 뒤 카이아니데스의 왕관을 벗고 오르마즈드 앞에 자신을 낮추었다. 샤는 수정 구슬을 손에 들고 신에게 세상의 일곱 구역을 볼 수 있도록 허락해 달라고 기도했다. 신이 그의 기도를 들어주었다. 카이 코스로는 지구 구석구석을 살펴보았으나 어디에서도 바이준을 볼 수 없었다. 그는 좌절했고 마음속 깊이 슬픔을 느꼈다. 바이준이 세상을 떠났다고 생각했기 때문이다. 그때 오르마즈드가 그에게 바이준이 갇혀 있는 구덩이를 보여 주었다. 카이 코스로는 바이준과 옆에서 그를 돌보고 있는 처녀를 보았다. 카이 코스로는 게우를 불러서 말했다.

"이제 마음을 추스르게. 그대의 아들은 살아 있고 귀족 출신의 처녀가 보살피고 있으니까. 단, 바이준은 거대한 돌이 가로막은 감옥에 갇혀 있다네. 루스템만이 그를 데려올 수 있어. 그러니 서둘러 자불리스탄으로 가서 잘의 아들에게 다시 한 번 우리를 도와 달라고 간청하는 게 좋겠네."

카이 코스로는 루스템에게 상황을 설명하는 편지를 써서 게우에게 건네주었다. 게우는 즉시 자불리스탄을 향해 달려갔다.

때마침 잘이 루스템의 궁정으로 들어서는 게우를 보았다. 그는 샤가 게우를 전령으로 보낼 만큼 이란에 큰일이 생겼나 보다고 짐작했다. 잘은 황급히 게우에게 다가와 상황을 전해 듣고 그를 안으로 들였다. 루스템은 야생 당나귀 사냥을 하러 나가서 궁정에 없었다. 잘은 연회를 열어 게우를 위로했다. 루스템은 궁정으로 돌아와 얘기를 듣고 눈물을 글썽이며 게우에게 위로의 말을 건넸다.

"마음을 추스르세요. 나는 바이준의 쇠사슬과 감옥을 부수고 그의 손을 잡을 때까지 라쿠쉬 등에서 안장을 내리지 않을 겁니다."

루스템은 샤의 편지를 읽고 카이 코스로에게 가서 존경을 나타낸 뒤 말했다.

"오, 왕 중의 왕이시여, 저는 폐하의 명령을 따를 준비가 되었습니다. 폐하에게 충성을 다하게 하기 위해, 폐하를 편안하고 즐겁게 하기 위해, 영원히 싸우게 하기 위해 어머니가 세상에 저를 내보내셨으니까요."

루스템은 바이준을 구하러 함께 갈 사람들을 명성이 자자한 용사들 가운데서 뽑았다. 거진은 루스템에게 안부의 말을 전하고 나서 샤에게 자신을 변호해 달라고 애원했다. 그는 자신의 잘못을 진심으로 뉘우쳤으며 바이준을 구하러 갈 때 데려가 달라고 간청했다. 루스템은 카이 코스로에게 거진을 용서해 달라고 했다. 샤는 그러고 싶은 마음이 없었지만 루스템이 워낙 강경하게 요구하는지라 펠리바가 원하는 대로 하기로 했다. 카이 코스로가 말했다.

"투란에 갈 때 데려갈 사람들과 가져갈 보물들을 말해 보게."

루스템이 말했다. "대규모의 군대는 필요치 않습니다. 바이준을 구해 오는 일은 책략을 잘 세워야 하는 일이라고 생각하니까요. 보석과 질 좋은 양단, 양탄자, 값비싼 물건들을 주면 상인으로 변장하고 갈 생각입니다."

카이 코스로는 루스템에게 자신의 보물이 들어 있는 창고의 열쇠를 주었다. 루스템은 값비싼 물건들을 골라서 낙타 백 마리에 실었다. 그는 상인으로 변장하고 자신과 함께 갈 용감한 기사 일곱 명과 국경에 숨어서 대기하고 있을 군대가 필요했다. 모든 것이 준비되자 대상으로 변장한 일행이 출발했다. 그들은 여행을 계속해서 마침내 코텐 시에 도착했고, 사람들이 몰려와 그들이 싣고 가는 물건들을 구경했다. 변장한 루스템이 피란의 집으로 들어갔다. 그는 피란에게 선물을 가득 안겨 주고, 자신의 물건을 모두 팔때까지 국경 안에 머물러도 좋다는 승낙을 받았다. 루스템은 자기가 머물 집을 빌려서 물건을 진열하고 물건들을 교환하기도 했다. 이란에서 상인들이 왔다는 소문이 온 나라에 퍼졌고, 필요한 물건이 있는 사람들이 도시로 몰려들었다. 이 소식은 마니제의 귀에까지 들어갔다. 마니제는 코텐으로 가서 루스템에게 물었다.

"게우의 아들 바이준에 대한 소식이 이란에 알려졌나요? 그를 구하러 군대가 오지 않나요? 오, 고귀한 상인이시여, 간절히 부탁드려요. 이란으로 돌아가거든 게우와 카이 코스로와 위대한 루스템을 찾아가서 그들에게 바이준의 소식을 전해 주세요. 그가 감옥에서 죽어 가지 않도록 도와주세요."

그녀가 누군지 모르는 루스템은 자신의 비밀이 탄로 날까 봐 조마조마하여 무뚝뚝하게 말했다.

"나는 평화를 원하는 사람이고 아무것도 모르는 상인이오. 나는 게우도 바이준도 샤도 알지 못해요. 그러니 돌아가시오, 아가씨가 나의 장사를 방해하고 있으니. 내 관심은 장사뿐이오."

그러자 마니제가 슬픔에 잠겨 그를 바라보더니 눈물을 흘리면서 말했다. "이란 사람들은 이 가엾은 여자의 소원을 거절하는군요." 루스템은 자신이 심한 것 같아 목소리를 낮추어 물었다.

"아가씨는 대체 누구요? 그 일이 아가씨와 관련이라도 있단 말이오?"

그가 그녀에게 음식을 갖다 주게 한 뒤 상냥한 말로 위로하자 마니제가 말했다.

"저는 아흐라시얍의 딸이에요. 바이준 때문에 아버지가 저를 버렸어요."

그녀는 루스템에게 그동안의 일을 모두 이야기했다. 그리고 자신이 사랑하는 사람을 보살피고 있고, 그를 살리기 위해 최선을 다하고 있다고 했다. 또한 바이준이 쇠사슬에 묶여 나날이 쇠약해지고 있으며, 그들은 오직 펠리바 루스템만을 믿고 있다고 덧붙였다. 그녀가 말했다.

"이란 사람들이 왔다는 말을 듣자마자 서둘러 여기까지 왔어요. 바이준의 소식이 위대한 용사들에게 전해졌기를 바라면서요."

루스템은 그녀에게 연민을 느꼈고 마음이 움직였다. 그는 그녀에게 상냥한 말로 위로하고, 맛있는 고기를 주면서 바이준에게 갖다 주라고 했다. 루스템은 닭고기 속에 자신의 문장이 새겨져 있는 반지를 숨겨 두었다. 바이준은 반지를 발견하자 마침내 자신의 고통이 끝났음을 알았다. 그는 자기도 모르게 소리 내어 웃었고, 그의 웃음소리가 구덩이의 벽을 울렸다.

마니제가 웃음소리를 듣고 끝내 그가 정신을 놓아 버렸는가 싶어 억장이 무너졌다. 그녀는 구덩이에 입을 대고 말했다.

"오, 불행한 이여, 태양도 달도 별도 볼 수 없는데 왜 그대의 마음이 밝아졌나요?"

바이준이 대답했다. "가슴속에서 희망이 솟아올랐어요."

마니제가 물었다. "희망의 빛이 어디에 보이나요?"

바이준이 말했다. "당신을 믿어도 좋을지 모르겠어요. 여자들은 비밀을 지킬 수 없으니 말이지요."

그 말을 듣고 마니제는 마음이 아팠다. 그녀는 바이준에게 서운하다면서 자신이 겪은 고초를 상기시켰다. 바이준은 자신의 성급한 말을 후회했다. 그녀가 신중하고 강인한 사람임을 누구보다 자신이 잘 알았기 때문이다. 그가 말했다.

"나에게 굳게 맹세하면 말할게요."

마니제가 맹세하자 바이준이 말했다.

"이란에서 온 상인이 나를 구하러 온 사람이에요. 그곳으로 다시 가서 그 사람에게 '오, 왕 중의 왕의 펠리바여, 당신은 라쿠쉬의 주인인가요?'라고 물어봐요."

마니제는 서둘러 길을 떠났다. 그녀는 루스템에게 자기가 들은 대로 물었다. 루스템이 대답했다.

"당신의 친구에게 가서 말해요. 라쿠쉬의 주인이 그를 구하러 여기에 왔다고."

루스템은 마니제에게 커다란 장작불을 지필 만한 나무를 모아 두었다가 밤이 되면 불을 붙여서 바이준이 있는 곳을 알려 달라고 했다. 마니제는 장작을 찾으러 얼마나 돌아다녔는지 지쳐 쓰러질 지경이었다. 나뭇가지를 꺾다가 그녀의 연약한 살이 가시에 찢기기도 했다. 하지만 사랑하는 바이준을 위해 모든 것을 기쁘게 견뎠다. 밤이 되자 그녀는 장작더미에 불을 붙였고, 루스템이 일곱 명의 동료와 함께 왔다. 그들이 차례로 구덩이를 막고 있는 바위를 들어 올려 보았으나 꿈쩍도 하지 않았다. 루스템은 신에게 힘을 달라고 기도했다. 그는 구덩이 입구로 다가가 허리를 구부리고 바이준에게 구덩이 속으로 들어가게 된 연유를 물었다. 그러고 나서 말했다.

"그대에게 꼭 할 말이 있네. 다행히 내가 이 바위를 옮겨서 그대가 구덩이 속에서 나오게 되면 거진을 용서해 주게. 그는 몹시 후회하고 있다네. 거진은 용맹한 사람이니 그대와 평화롭게 지냈으면 하네."

바이준이 말했다. "펠리바는 거진이 저지른 온갖 사악한 짓을 알지 못해요. 미안하지만 펠리바의 청을 받아들일 수 없어요. 저는 그에게 복수를 하고 말 거예요."

루스템이 말했다. "내 뜻을 저버릴 정도로, 그대를 구하기 위해 내가 여기까지 온 우정을 간과할 정도로 그대의 마음이 뒤틀렸다면, 나는 그대가 이곳에서 죽어 가게 내버려 둘 수도 있다네."

그러자 바이준은 큰 소리로 울부짖으면서 자신이 처한 불행한 상황을 한탄했다. 그러고는 마지못해 말했다. "펠리바가 원하는 대로 하겠어요."

루스템은 바위를 끌어안고 안간힘을 썼다. 마침내 바위가 들리자 사막으로 멀리 던져 버렸다. 구덩이 속으로 밧줄을 집어넣자 바이준이 그것으로 몸을 묶었고 루스템이 끌어 올렸다. 바이준은 차마 눈 뜨고 볼 수 없을 정도로 처참했다. 그야말로 피골상접이 따로 없었다.

루스템은 바이준의 몸에서 쇠사슬을 끊어 낸 뒤 망토로 몸을 덮어 주고 마니제와 함께 말에 태워 도시에 있는 그의 집으로 돌아왔다. 그들에게 물을 먹이고 새 옷을 입힌 뒤에 군대가 숨어 있는 곳으로 보낼 생각이었다. 루스템이 바이준에게 말했다.

"나는 투란을 공격할 참이야. 그대는 싸우기에는 너무 쇠약해졌어."

바이준이 말했다. "그렇지 않아요. 마니제만 안전한 곳으로 보내세요. 사내대장부가 보호를 받을 수는 없어요."

그는 사슬로 된 갑옷을 입고 무장을 한 뒤 말에 올라타 펠리바

옆에 섰다. 그들은 어둠을 틈타 아흐라시얍의 궁전을 습격했다. 궁전에 다다르자 루스템이 돌쩌귀를 떼어내 문을 열고 궁전으로 들어갔다. 그는 장막 앞을 지키는 경비병들을 죽이고 아흐라시얍의 방 안으로 들어가 천둥 같은 목소리로 외쳤다.

"자거라, 어리석은 자여, 깊이 잠들기를 바란다. 바이준이 구덩이 속에서 신음하는 동안 너는 왕좌에서 편안히 쉬었을 것이다. 하지만 이란에서 투란까지 길이 뻗어 있음을 잊었더냐. 게다가 너의 사악한 마음은 아무도 너에게 복수하러 오지 않을 거라 믿었느냐. 자, 똑똑히 보아라. 나는 잘의 아들 펠리바 루스템이고, 네 궁전의 문을 부수었으며, 바이준을 감옥에서 구해 주었다. 그리고 너에게 복수하러 왔다."

잠에서 깨어난 아흐라시얍은 두려움에 가득 차 비명을 질렀다. 그는 경비병들을 불렀으나 루스템의 손에 이미 저세상으로 떠난 사람들이 올 리 없었다. 아흐라시얍은 문 쪽으로 달려갔다. 아직 어두운 틈을 타 그는 루스템의 코앞에서 가까스로 달아났다. 자신의 궁전을 루스템의 손에 넘겨주고 만 것이다. 루스템은 훌륭한 노예들과 말, 보석들을 전리품으로 얻고 서둘러 군대가 있는 곳으로 돌아갔다. 날이 밝으면 아흐라시얍이 군대를 이끌고 올 것이 뻔했기 때문이다. 아니나 다를까, 날이 밝자 망을 보던 병사들이 투란 군대가 몰려온다고 소리쳐 알렸다. 루스템은 병사들에게 전투 명령을 내리고, 마니제와 노예들과 전리품을 이란으로 보냈다.

그는 앞장서서 병사들을 이끌었고 바이준이 그 옆에 섰다. 격렬한 전투가 벌어졌고 대규모의 살상이 일어났다. 주검들과 찢어진 갑옷들이 땅 위를 뒤덮었다. 투란의 깃발이 내려졌고, 아흐라시얍은 적에게 등을 보이고 달아났다.

루스템은 흡족하여 카이 코스로에게 돌아갔고, 샤는 뛸 듯이 기뻐했다. 샤는 게우와 구달즈와 다른 용사들과 함께 펠리바를 마중 나왔다. 카이 코스로는 루스템을 포용하며 말했다.

"오, 내 영혼과 함께하는 용감한 이여, 그대는 태양과도 같네. 그대를 바라보는 사람은 누구나 그대의 위대한 업적을 보게 되니까 말이야. 그대와 같은 아들을 둔 잘은 행복한 사람이네!"

샤는 루스템을 축복하고 훌륭한 선물을 산처럼 쏟아부었다. 게우와 구달즈도 바이준을 구해 온 루스템을 축복했다. 카이 코스로는 성대한 연회를 준비하라고 했고, 영웅들은 고개를 가누지 못할 정도로 술을 마셨다. 아침이 되자 루스템은 샤 앞으로 나가 간청했다.

"왕이시여, 폐하의 종이 하는 말에 귀 기울여 주십시오. 저는 제 아버지 잘에게 돌아가고 싶습니다."

카이 코스로는 루스템을 곁에 두고 싶었지만 어쩔 수 없는지라 흔쾌히 허락했다.

루스템이 떠나자 카이 코스로는 바이준을 불렀다. 바이준은 샤에게 그동안의 일을 낱낱이 이야기했다. 샤는 바이준을 위해 온갖 고초를 겪은 아흐라시얍의 딸에게 깊은 연민을 느꼈다. 샤는 그녀에게 갖다 주라고 선물을 한 아름 안겨 주면서 말했다.

"그 여인을 그대의 품에 소중히 간직하라. 그녀는 그대를 위해 많은 것을 견뎠으니 그녀를 슬프게 하거나 매정한 말을 하지 않도록 하라. 그녀와 함께하는 그대의 삶이 행복하기를 바라노라."

샤는 말을 마치고 바이준을 보내 주었다. 바이준과 마니제의 이야기는 이렇게 끝난다.

14

아흐라시얍의 패배

이란에 패배한 아흐라시얍은 억장이 무너지는 듯했다. 그는 어찌하여 이란에 다시 행운이 돌아갔는지 곰곰 생각해 보았다. 그는 부하들에게 전령을 보내어 전투의 칼을 뽑고 군대를 소집하라고 했다. 귀족들은 서로 힘을 합쳐 땅을 뒤덮는 군대를 이루어 왕에게 갔다. 아흐라시얍은 자신의 아들 쉬데를 대장으로 임명하면서 말했다.

"평화의 문을 열어라. 오직 카이 코스로만을 적으로 삼아야 한다."

한편 샤는 아흐라시얍이 이란에 맞서기 위해 전쟁 준비를 마쳤다는 소식을 듣고 말굴레와 등자를 다룰 줄 아는 사람은 모두 이란 국경 안에 머물러야 한다는 명령을 내렸다. 군대가 소집되자 그는 현명한 구달즈를 대장으로 임명했다. 카이 코스로는 구달즈에게 양쪽 군대가 전쟁터에서 만나기 전에 펠리바 피란을 이란 쪽으로 끌어들일 방법을 반드시 생각해 내라고 했다. 샤는 피란이 자신에게 베풀었던 은혜를 기억하고 있었으므로 될 수 있는 한 그와 싸우고 싶지 않았던 것이다. 구달즈는 제이한 강을 건너자 샤의 뜻대로 피란을 설득하기 위해 자신의 아들 게우를 보냈다. 그러나 피란은 게우의 말을 들으려 하지 않았다. 그는 군대를 이끌고 나갈 것이며, 아흐라시얍의 명령을 따르는 것이 옳다고 말했다.

양쪽 군대는 전투 대열로 정렬했고, 서로 먼저 공격하고 싶어서 조바심을 쳤다. 그들은 사흘 낮과 밤을 마주 보고 있었으나, 양쪽 다 꼼짝하지 않았다. 구달즈는 부하들 앞에 서서 밤낮으로 별과 태양과 달을 살피면서 전조를 찾았다. 그는 진격해야 하는지 머물러야 하는지를 판단해야 했다. 피란 또한 이란 군대가 무엇을 하는지 살피면서 기다렸다.

바이준은 이러한 상황에 열불이 치밀어 올랐다. 그는 아버지를 찾아가 구달즈가 행동을 개시하게 부추기라고 했다. "할아버지는 지혜를 잃어버린 게 확실해요. 그러니 적을 살펴볼 생각을 않고 하염없이 태양과 별들만 보고 있는 거지요." 게우는 아들을 진정시키려 했으나 소용없었다.

투란 쪽에서는 후만이 점점 인내심을 잃어 가고 있었다. 그는 이란의 귀족들에게 단독으로 결투를 신청할 수 있게 허락해 달라고 형에게 졸라 댔다. 피란은 그의 생각을 바꿀 방법을 찾았으나 헛수고였다. 후만은 전투용 말을 타고 이란의 경계선 안으로 달려갔다. 그곳에 다다르자 구달즈의 아들 레함을 찾아서 힘을 겨뤄 보자고 도전했다. 레함이 말했다.

"내 영혼은 싸움을 하고 싶어서 안달이 났지만 아버지께서 군대를 움직이지 말라고 명령을 내리셨다. 그러니 그대의 제안을 거절할 수밖에 없다. 기억하라, 용감한 터키 인이여, 전쟁터에서 먼저 공격하는 자는 달아날 길을 찾을 필요가 없다는 것을."

후만이 대답했다. "너나없이 레함은 용감한 기사라고 하더니 말짱 헛소문이었구나, 이렇게 겁쟁이인 것을 보니." 후만은 말을 돌려 프리버즈에게 가서 당당한 어조로 말했다.

"그대는 사이야우쉬의 형제이니 그대의 내면에 있는 대단한 용기를 보여 달라."

프리버즈가 대답했다. "구달즈에게 가서 나와 싸울 수 있게 허락해 달라고 하라. 그가 네 말을 들어주면 나 또한 기쁠 것이다."

후만이 말했다. "그대 역시 말로만 영웅이라는 사실을 알겠구나." 그는 말을 돌려 펠리바 구달즈 앞으로 갔다. 그는 목소리를 높여 오만불손한 말들을 쏟아 내면서 구달즈가 군대를 제대로 이끌 수 없을 거라고 했다. 구달즈는 그의 말을 들은 척도 하지 않았다. 그러자 후만은 투란 진지로 돌아가 이란 병사들은 하나같이 비겁하다고 말했다. 투란 병사들은 기쁨의 환호성을 내질렀다.

투란 병사들의 환호성은 이란 진지에까지 울려 퍼졌고, 이란 병사들은 그 소리를 듣고 상심했다. 귀족들은 구달즈에게 불평을 늘어놓으며, 자신들의 용맹함을 증명할 수 있도록 이끌어 달라고 간청했다. 상황을 알게 된 바이준은 사자처럼 분노하면서 할아버지 앞으로 달려가 자기가 후만에게 도전하려고 하니 허락해 달라고 했다. 귀족들이 너 나 할 것 없이 자신에게 반발하자 구달즈는 바이준의 뜻을 받아들여 출정을 허락하면서 사이야우쉬의 갑옷을 입게 했다. 구달즈는 손자에게 축복을 빌어 주면서 반드시 승리하라고 말했다. 바이준은 후만에게 전령을 보내어 싸울 장소를 정하라고 했다. 해가 뜨자 그들은 들판에서 만났고, 후만은 자신의 적수를 소리쳐 부르며 말했다.

"오, 바이준이여, 네 운명의 시간이 다가왔구나. 내가 게우의 가슴을 고통으로 찢어 놓을 테니."

바이준이 대꾸했다. "말을 하면서 시간을 낭비하지 말고 어서 공격하라."

그들은 칼과 화살뿐 아니라 철퇴와 주먹으로도 싸웠다. 격렬한 싸움 끝에 그들은 지쳤지만, 승리는 어느 쪽의 것도 아니었다. 그들은 새벽부터 태양이 그림자를 길게 드리울 때까지 격투를 벌였다. 바이준은 해가 질 때까지 승부가 판가름 나지 않을까 봐 조바심이 났다. 그는 자신에게 힘을 달라고 오르마즈드에게 기도했고, 신이 그의 애원을 들어주었다. 바이준은 후만의 팔을 잡고 땅바닥에 내던졌다. 그는 사이야우쉬의 죽음에 대한 복수로 후만의 목을 잘랐다. 바이준은 신에게 감사했고, 후만의 머리를 높이 쳐든 채 이란의 진지로 돌아왔다. 이란 병사들이 그 모습을 보고 환호성을 질렀다. 투란군의 진지에서는 통곡 소리가 들려왔다. 피란은 슬픔과 분노로 절망했다. 마침내 그는 이란군을 공격하라고 명령했다.

지금까지 본 적 없는 격렬한 전투가 벌어졌다. 세상은 칼과 창으로 뒤덮였고, 구름에서 우박이 쏟아지듯 화살이 빗발쳤다. 땅바닥은 말발굽으로 어지럽혀졌고, 피가 강물처럼 들판으로 흘렀다. 사방에 시체들이 쌓여 있어 말이 발을 디딜 곳이 없을 정도였다. 그러자 군대의 우두머리들이 모여서 말했다.

"만약 우리가 이 싸움을 멈추지 않는다면, 밤이 되었을 때 오직 자전하는 지구와 세상의 주인인 신을 제외하고는 아무것도 남지 않을 것이다."

하지만 그들은 어둠이 그 옷자락으로 땅을 덮어 적의 얼굴이 보이지 않을 때까지 싸움을 그만둘 수 없었다.

이 세상이 흑단처럼 캄캄해졌을 때 양쪽 군대의 지휘관들이 만나서 의논했다. 그리하여 양쪽 군대에서 용사들을 뽑아서 다음 날 두 나라의 운명을 결정짓기로 합의했다. 그들은 이제까지 흘린 피에 가슴 아팠고, 파괴의 손이 멈춰지기를 바랐다. 아침이 되자 각 나라의 대표들, 즉 양쪽 군대에서 열 명의 용사를 뽑았다. 피란과 구달즈가 그들을 들판으로 인도했다. 들판의 양쪽에는 산이 솟아 있었다. 구달즈가 이란의 용사들에게 말했다.

"누구든 적을 굴복시킨 사람은 산으로 올라가 상대로부터 빼앗은 깃발을 정상에 꽂아라. 그러면 진지에서는 우리가 적을 물리쳤음을 알게 될 것이다."

피란도 투란 병사들에게 똑같이 지시했다. 그리하여 양쪽에서 뽑힌 용사들이 얼굴을 마주 보고 늘어섰으며, 각자 자기가 선택한 싸움 상대와 마주 서도록 했다. 프리버즈가 먼저 싸움을 시작했다. 그는 피란의 친척인 켈바드의 맞은편에 섰다. 그는 맹렬하게 상대를 몰아갔고 활로 상대를 물리쳤다. 그는 기쁨에 차서 산으로 달려 올라가 켈바드의 깃발을 꽂았다. 그다음에는 게우가 앞으로 나서서 상대를 맞이했다. 그는 사이야우쉬의 목을 벤 당사자라서 카이 코스로가 증오하는 제례와 싸우기로 했다. 게우는 그를 죽이지 않도록 주의하면서 밧줄을 던져 올가미로 사로잡은 뒤 결박했다. 그리고 그의 깃발을 빼앗아 산으로 껑충껑충 올라갔다. 그 뒤를 구라제가 이었는데, 그 또한 적을 굴복시켰고 산의 정상에 깃발을 꽂았다. 이란의 대표들이 이겼다. 이제 나이 많은 피란과 구달즈의 싸움만이 남아 있을 뿐이었다. 두 사람은 심하게 몸싸움을 하며 치고받다가 결국 구달즈가 피란을 눌렀다.

이란 병사들은 피란의 깃발이 그가 거느렸던 용사들의 깃발과 함께 높이 꽂힌 것을 보자 기뻐서 어쩔 줄 몰랐다. 그들은 기사들에게 하늘의 축복이 내리기를 소리 높여 빌었다. 전령이 승리의 소식과 함께 카이 코스로가 손수 그 비열한 머리를 벨 수 있도록 제레를 포로로 끌고 갔다. 카이 코스로는 소식을 전해 듣고 매우 기뻐했으며, 군대를 방문하기 위해 직접 말을 타고 떠났다. 그는 피란의 시체를 보고 뜨거운 눈물을 흘렸으며, 한때 양아버지이자 친절한 노인이었던 피란을 떠올렸다. 샤는 그를 위해 왕족의 무덤을 만들도록 하고, 그를 황금 왕좌에 앉혀서 매장했으며, 그를 기리는 의식을 공손히 치렀다. 장례가 끝나자 그는 부하들이 투란군을 마저 격퇴하는 것을 도왔으며, 마침내 투란 쪽에서 화해를 청하도록 만들었다. 투란군이 자기들의 갑옷을 가져와 카이 코스로의 발밑에 쌓아 놓자 그는 투란군을 순순히 보내 주라고 했다. 그는 기쁨이 충만하여 이란으로 돌아왔고, 신에게 깊이 감사했다. 하지만 평화의 시간이 그리 길지 않으리라는 것과 아흐라시얍이 복수의 칼을 빼 들고 들이닥치리라는 것도 알고 있었다.

15

카이 코스로의 죽음

카이 코스로가 예상했던 일들이 일어났다. 피란의 죽음을 전해 들은 아흐라시얍은 슬픔으로 넋을 잃을 지경이었다. 그가 소리 높여 통곡하면서 말했다.

"카이 코스로와 그 저주받은 일족의 후손에게 앙갚음하기 전까지 나는 삶의 즐거움을 누리지 않을 것이며 왕관을 쓴 사람으로 살지도 않을 것이다. 사이야우쉬가 뿌린 씨앗이 이 땅 위에서 사라지기를 바라노라!"

카이 코스로가 또 다른 전쟁을 준비하는 것을 알고 주변의 왕들이 그를 돕기로 했다. 카이 코스로는 군대를 소집하고, 복수를 위한 이 전쟁을 승리로 이끌겠다고 맹세했다. 샤는 펠리바 루스템에게 안부 인사를 하면서 자신이 내린 결단을 지지해 달라고 호소했다. 루스템은 샤가 하는 말에 귀를 기울였고, 그를 돕기 위해 자불리스탄에서 막강한 대군을 이끌고 왔다. 샤는 군대를 투르와 루스템에게 맡겼고, 그들이 일으키는 흙먼지가 계곡과 언덕, 사막과 들판을 가득 메웠다. 그들은 피로나 두려움을 모르는 위풍당당한 용사들이었다.

마침내 양쪽 군대가 만났을 때, 아흐라시얍은 아들 페쳉을 불러 이란의 샤에게 쓴 편지를 주었다. 편지에는 이렇게 씌어 있었다.

"네가 한 짓은 관습에 어긋나는 것이다. 아들은 아버지를 향해 손을 올릴 수 없으며, 손자가 고개를 돌려 할아버지를 거스르는 일은 사악한 짓이기 때문이다. 내가 말하고자 하는 것은, 사이야우쉬가 아무 이유 없이 죽임을 당한 건 아니라는 말이다. 그는 자신의 왕을 배신했다. 만약 네가 나를 아리만 일족의 후손이라며 사악하다고 한다면, 너 또한 내 자식의 몸에서 태어났으므로 네가 저지른 모욕이 너 자신에게 돌아간다는 사실을 기억하라. 그러므로 이 싸움을 포기하고 우리 사이에 협정을 맺자. 사이야우쉬의 피는 잊어버리자. 네가 내 말을 받아들이면 보석과 금, 귀중한 물건들을 선물로 주겠다. 그리고 기쁨이 온 나라에 퍼져 나가게 될 것이다."

카이 코스로는 편지를 읽고 아흐라시얍이 단지 자신을 속이려 하는 것을 알아차렸다. 그래서 투란의 왕에게 다음과 같은 편지를 보냈다.

"우리 사이의 불화의 원인은 사이야우쉬의 죽음뿐만이 아니다.

당신이 오래전에 저질렀던 일과 당신의 아버지가 이리쥐에게 저질렀던 짓 때문이기도 하다. 당신이 저지른 일은 여전히 분노를 자아내므로 우리 사이의 문제는 오직 칼로만 해결할 수 있다."

샤는 투란의 귀족들에게 결투를 하자고 제안했다. 카이 코스로는 아흐라시얍의 아들 쉬데와 겨루었고, 아흐라시얍이 사이야우쉬의 목숨을 빼앗은 것처럼 쉬데를 제압했다. 카이 코스로의 싸움이 끝나자 투란의 군대가 복수를 위해 나섰으나 이란 병사들이 그들을 물리쳤다. 아흐라시얍은 죽기보다 싫었지만 카이 코스로 앞에서 달아나야 했다. 카이 코스로가 그 뒤를 쫓았으나 아흐라시얍은 그의 눈을 피해 숨을 생각이 없었다. 아흐라시얍은 카이 코스로를 다시 전투로 끌어들일 생각이었으며 이미 그를 완벽하게 유인했다. 이란 병사들은 전쟁터가 피바다가 될 때까지 투란 병사들을 학살했으며 밤이 하늘을 감쌀 때까지 싸웠다. 용사들은 지칠 대로 지쳐서 까부라졌다. 아흐라시얍은 또다시 투란 국경을 넘어 달아났고, 영주들에게 카이 코스로의 분노로부터 자신을 숨겨 달라고 애원했다. 하지만 귀족들은 샤와 그 곁에 있는 루스템을 두려워했으므로 아흐라시얍의 은신처를 제공하는 것을 거절했다. 그는 지상의 여기저기로 쫓겨 다녔다. 결국 중국을 찾아가 사정사정하자 중국의 왕은 그에게 한동안 숨어 지낼 곳을 마련해 주었다. 하지만 은신처가 발각되자 카이 코스로가 추적해 왔다. 샤는 중국 왕에게 그를 적으로 대하지 않으면 불과 칼로 응징하겠다고 위협했다. 아흐라시얍은 할 수 없이 또다시 달아났으나 어디에 숨든지 카이 코스로가 찾아냈다. 그는 사는 게 고단하고 피곤했다.

카이 코스로는 2년 동안 아흐라시얍을 찾아다녔다. 투란의 영광은 사라졌고 루스템이 그 나라를 다스렸다. 2년이 지나자 아흐라시얍의 권력은 무너졌으며 카이 코스로는 이란으로 돌아가 할아버지인 카이 카우스를 찾아뵈어야겠다고 생각했다. 늙은 샤는 소식을 전해 듣고 매우 기뻐했다. 그는 손님에게 어울리도록 궁전을 치장했고, 성대한 연회를 준비했으며, 귀족들을 초청하여 자신의 손자 카이 코스로에게 경의를 표하라고 했다. 온 나라가 축제 분위기였으며 세상은 마치 황금 옷을 입고 사향과 호박 향수를 뿌린 듯했다. 보석들이 쓸모없는 흙먼지처럼 길 위에 던져졌다.

샤가 성안으로 들어오자 카이 카우스가 손수 그를 맞이하러 나갔다. 카이 카우스는 손자 앞에서 땅바닥에 엎드려 절을 했다. 카이 코스로가 황망하여 부랴부랴 카이 카우스를 일으켜 세웠으며 그의 뺨에 입을 맞췄다. 샤는 할아버지의 손을 잡은 채 자신이 여행하면서 보았던 놀라운 것들에 대해 세세히 이야기했다. 카이 카우스는 손자에게 감탄을 금치 못했고, 끊임없이 칭찬했으며, 선물을 가득 안겨 주었다. 그들은 병사들에게 연회를 베풀고, 오르마즈드의 신전으로 들어가 신과 신이 베푼 모든 은총에 감사드렸다.

한편 그동안에도 아흐라시얍은 세상을 떠돌아다니고 있었다. 그에게는 쉴 수 있는 거처도 먹을 수 있는 음식도 없었다. 그의 영혼은 불안했고, 그의 몸은 지쳤으며, 그는 사방에 도사리고 있는 위험이 두려웠다. 그는 이곳저곳 기웃거리다가 마침 산속에서 동굴을 발견하고 그 속에 기어들어 쉬었다. 그곳에서 자신의 행적을 돌아보면서 한동안 머물렀다. 그의 가슴은 후회로 가득 찼다. 그는 신에게 자신의 죄를 용서해 달라고 큰 소리로 기도했고, 비통한 울음소리가 허공을 가르며 울려 퍼졌다.

그 소리는 훔의 귀에까지 닿았다. 그는 페리둔의 일족인 은자로서 산속에 살고 있었다. 훔은 울음소리를 들으면서 혼잣말을 했다. "아흐라시얍이 애통해하는구나." 그는 그 소리를 따라가다가 아흐라시얍을 발견했다. 그는 아흐라시얍과 몸싸움을 벌였고, 결국 올가미로 사로잡았다. 훔은 아흐라시얍을 결박하여 카이 코스로에게 끌고 갔다.

아흐라시얍이 나타나자 카이 코스로는 다시 그의 비열한 짓을 비난했다. 말을 마치고 나서 그는 칼을 들어 아흐라시얍의 목을 내리쳤다. 아흐라시얍이 자신의 아버지 사이야우쉬에게 했던 것처럼 목을 베었던 것이다. 이로써 투란의 왕좌는 빈자리로 남게 되었다. 그의 사악한 행동이 스스로에게 불행을 불러온 것이다. 전쟁터에서 샤에게 포로로 잡혀 온 게르시와쯔는 형의 운명을 두 눈으로 목격했다. 카이 코스로는 칼을 들어 그가 사이야우쉬를 살해한 것과 같은 방식으로 그를 죽였다.

그것으로 복수는 이루어졌고, 샤는 동쪽 끝에서 서쪽 끝까지 온 나라의 귀족들과 신하들에게 편지를 보내게 했다. 편지에는 복수를 위한 전쟁의 과정과 지상에서 뱀의 일족을 몰아낸 과정이 씌어 있었다. 샤는 그들에게 평화의 방법을 고민하고, 그들의 가슴을 기쁨으로 채우라고 했다. 그즈음 카이 카우스가 세상을 떠날 순간이 다가왔다. 그는 사이야우쉬의 복수를 보게 된 것에 대해 신에게 감사를 드렸다.

"저는 손자가 복수하는 것을 지켜보았습니다. 이제 저는 당신에게 갑니다. 150년의 세월을 살다 보니 어느덧 저는 백발이 되었고 심장은 지쳤습니다."

기도가 끝나자 카이 카우스는 숨을 거두었다. 이제 세상에는 그의 이름만이 남았다. 카이 코스로는 할아버지에게 깊은 애도를 표했다. 애도의 기간이 끝나고 나자 그는 다시 카이아니데스의 왕좌에 올랐고, 60년 동안 세상을 공평하게 다스렸다. 실로 지혜로운 통치였다. 어디를 바라보든지 샤는 따뜻하게 손을 뻗었고, 온 나라가 평화로웠다. 그는 이 모든 것이 신의 은혜 덕분이라고 칭송했다. 카이 코스로는 때때로 스스로에 대해 깊이 생각해 보았고, 자신의 영혼이 아리만에게 사로잡히거나 젬쉬드처럼 자만심에 빠지지 않도록 경계했다. 또한 자신의 행복이 어디에서 왔는지, 은총의 근원이 어디인지 잊지 않으려고 노심초사했다. 그는 스스로에게 다짐했다.

"나는 조학의 후손이므로 조심하는 게 좋다. 어쩌면 나 역시 그와 마찬가지로 땅의 저주를 받았을지도 모른다. 그러므로 악이 나를 덮치기 전에 오르마즈드에게 나를 데려가 달라고 간청할 것이다. 이제 이 땅에서 내가 할 일은 다 끝났으니까."

카이 코스로는 장막을 지키는 이들에게 누가 찾아오거든 상냥한 태도로 돌려보내고 아무도 안으로 들이지 말라고 단단히 이른 뒤 궁정 깊숙한 곳에 은거했다. 그는 무기를 거는 허리띠를 풀고 흐르는 물에 발을 담갔다. 그리고 자신을 창조한 신에게 자신을 바친다고 기도드렸다. 샤는 이레 동안 지치지도 않고 오르마즈드에게 간청했다.

그동안 이란에서 중요한 사람들이 샤의 궁정을 방문하여 자신들의 이야기를 들어 달라고 했다. 하지만 모두 받아들여지지 않았다. 그들은 이토록 태평한 시절에 샤가 어두운 생각에 빠져 있는 이유를 두고 수군거렸다. 그들이 아무리 끈덕지게 요구해도 소용없다는 것을 알게 되자 한데 모여 의견을 나누었다. 구달즈가 말했다.

"잘과 루스템에게 알리고 우리를 도와 달라고 합시다. 카이 코스로가 그들의 말이라면 들을지도 모르니까요."

그들은 게우를 자불리스탄으로 보냈다. 그러던 어느 날, 태양이 세상 위로 황금빛 방패를 들어 올리자 카이 코스로가 장막을 올리라고 했다. 그래서 무비드와 귀족들이 샤를 만나러 들어왔고, 손을 앞으로 모아 탄원하는 자세로 왕좌 앞에 섰다. 카이 코스로가 원하는 게 무엇이냐고 물었다. 그들은 입을 모아 말했다. "우리가 무슨 잘못을 했기에 샤를 만날 수 없는지 이유를 말씀해 주세요."

카이 코스로가 대답했다. "그대들은 잘못한 것이 전혀 없다. 나는 귀족들의 모습을 보면 즐겁기만 하다. 다만 내 가슴이 품고 있는 소망이 가라앉지를 않는다. 그 때문에 나는 밤이나 낮이나 쉴 수 없고, 그것이 얼마나 계속될지도 알 수 없다. 아직 나의 비밀을 그대들에게 말할 때가 무르익지 않았지만, 운명의 순간이 다가오면 반드시 말을 할 것이다. 그러니 집으로 돌아가라. 술잔을 들고 즐겁게 지내라. 어떤 적도 우리를 괴롭히지 않을 것이고 이란은 번영할 것이다."

카이 코스로는 그들을 자애로운 태도로 돌려보냈다. 그들이 가고 나서 샤는 다시 장막을 내리라고 명령했고, 아무도 그의 궁정 안으로 들어갈 수 없었다. 그는 다시 신 앞에 나아가 자신의 정신을 위해 기도했고, 오르마즈드에게 이제 자신이 할 일이 끝났으므로 이 세상을 떠나고 싶다고 간청했다. 그는 이승에서의 삶이 공허할 뿐임을 알게 되었으므로 자신을 창조한 이에게 가기를 염원했다. 다섯 주 동안 카이 코스로는 신 앞에 서 있었고, 먹지도 자지도 않았으며, 그의 마음은 가라앉지 않았다.

어느 날 밤 카이 코스로가 지쳐서 잠이 들었다. 그때 환상이 나타났다. 신이 보낸 천사 세로슈가 그의 앞에 서 있었다. 천사는 카이 코스로에게 위로의 말을 건네면서, 신의 눈으로 보기에 샤는 옳은 일을 하고 있다고 말했다. 그리고 최후를 맞이할 준비를 하라면서 말했다.

"세상을 하직하기 전에 귀족과 영주들 가운데 왕좌에 적합한 사람을 선택하라. 그리고 신이 창조한 모든 것, 땅바닥을 기어가는 작은 개미 한 마리라도 그 사람이 잘 돌볼 수 있게 하라. 모든 것을 잘 마무리하고 나면 그대가 세상을 떠나는 순간이 올 것이다."

카이 코스로는 꿈에서 깨어나자 뛸 듯이 기뻐하며 신에게 넘치는 감사를 드렸다. 그는 왕좌에 앉았고, 그의 보물을 한군데 모았다. 샤는 세상을 떠날 준비를 해 나갔다.

때마침 잘과 그의 아들 루스템이 성안으로 들어왔다. 귀족들이 전한 말 때문에 그들의 가슴은 불안으로 가득 차 있었다. 군사들이 그들을 맞이하면서 흐느껴 울었다. 그들은 잘에게 카이 코스로의 마음을 돌려 달라고 호소했다. "악마가 샤의 판단력을 흐리게 하고 있습니다." 잘과 루스템은 샤의 앞으로 갔다. 카이 코스로는 그들을 보자 한편으로는 놀랍고 한편으로는 반가웠다. 샤는 그들에게 손을 내밀어 인사하고 귀한 자리에 앉도록 권했다. 그러고 나서 이곳까지 어쩐 일이냐고 물었다. 잘이 말했다. "샤가 장막을 내린 채 신하들을 만나지 않는다는 소식을 들었습니다. 백성들이 불안해하고 있어요. 카이 코스로가 옳은 길에서 벗어났다고도 하고요. 그래서 제가 폐하에게 간청하기 위해 이곳까지 왔습니다. 폐하에게 비밀스러운 근심이 있다면 폐하의 종에게 맡기세요. 반드시 해결책이 마련될 것입니다. 미누치르의 시대 이후로 폐하와 같은 샤는 없었습니다. 귀족들은 폐하가 조학과 아흐라시얍의 길로 들어서게 될까 봐 두려워하고 있어요. 그래서 저에게 폐하를 일깨워 달라고 부탁한 것입니다."

노인인 잘의 말을 들으면서 카이 코스로는 화를 내지 않았다. 그가 대답했다.

"오, 잘이여, 그대의 말은 초점이 약간 어긋났소. 나는 악을 저지르지 않으려고 사람들을 피하는 것이오. 나는 신에게 나를 데려가 달라고 기도했어요. 마침내 세로슈가 나에게 왔으니 오르마즈드께서 내 청을 들어주신 것이오."

그 말을 듣고 귀족들은 괴로웠으나, 잘은 화가 났다. 그는 카이 코스로가 제정신이 아닌 것 같았다.

"제가 카이아니데스의 왕좌 앞에 서게 된 이래로 폐하 같은 말씀을 하는 샤는 한 번도 보지 못했습니다. 저는 악마가 폐하를 옳은 길에서 벗어나게 만든 것 같아 두렵습니다. 폐하께 간청하노니, 악마의 말에 귀 기울이지 마시고 이 늙은이의 말에 귀를 열어 주세요. 그리고 옳은 길로 돌아와 주십시오."

잘이 말을 마치자 귀족들은 자기네들을 위해 잘의 말에 따라 달라고 울부짖었다. 카이 코스로는 슬펐지만 화를 내지는 않았다. 그는 깊이 생각한 후에 말했다.

"오, 잘이여, 그대 말을 잘 들었으니 그대도 내 대답을 잘 들으시오. 나는 오르마즈드의 길에서 벗어나지 않았고, 악마가 나를 헤매게 하고 있는 것도 아니오. 그대와 가장 높은 존재인 신에게 맹세할 수 있소. 그러나 나는 사악한 존재인 아흐라시얍의 자손이고 조학의 일족이기 때문에 두려움을 느꼈소. 세상을 억압하려 했던 젬쉬드나 투르처럼 될까 봐 겁이 났소. 보시오, 나는 아버지의 복수를 했고, 세상을 내 뜻대로 따르게 만들었소. 이 나라에 정의를 세웠고, 세상을 즐겁게 만들었으니 이제 내가 할 일은 없소. 사악한 힘이 무너졌으니까 말이오. 그래서 내가 교만해질까 두려워서 오르마즈드에게 데려가 달라고 간청했던 것이오. 나는 왕좌와 권력에 지쳤소. 내 영혼은 휴식을 바라고 있소."

잘은 사뭇 당황스러웠다. 카이 코스로의 말이 진실이라는 것을 알았기 때문이다. 그는 샤 앞에 엎드려 눈물을 흘리며 자신의 무례를 용서해 달라고 했다.

"오, 카이 코스로여, 우리는 폐하가 가지 않기를 바랍니다." 샤는 자신이 깊이 신뢰하는 노인을 용서해 주었고 땅바닥에서 일으켜 세운 뒤 입을 맞추었다. 그는 잘에게 루스템과 함께 돌아가라고 했다. 그는 귀족들에게 군대를 모두 소집해서 들판에 진을 치라고 했다. 잘은 샤의 명령대로 했다.

그 일이 다 끝나자, 카이 코스로는 수정으로 된 왕좌에 앉았다.

손에는 황소 머리가 달린 철퇴를 쥐고, 머리에는 카이아니데스 가문의 왕관을 썼으며, 허리에는 힘의 상징인 허리띠를 둘렀다. 오른쪽에는 루스템 펠리바가, 왼쪽에는 잘이 서 있었다. 그는 목소리를 높여서 병사들에게 지혜로운 연설을 했다. 그는 사람이 지상에 머무는 기간은 매우 짧기 때문에 자신의 최후를 늘 염두에 두게 되었다고 말했다. 또한 자신이 생각하는 죽음에 대해 말했다.

"나는 이미 떠날 준비가 끝났으니 그대들 앞에서 유언을 하려고 한다. 나를 섬기느라 애쓴 그대들에게 많은 것을 줄 것이다. 내가 감사해야 할 사람들을 위해서는 합당한 보상을 내려 달라고 신에게 간청할 것이다. 나의 금과 갑옷과 빛나는 보석들을 이란 백성들에게 남긴다. 그대들 가운데 훌륭한 이라면 누구에게나 내 영토를 나눠 주겠다."

샤는 이레 동안 왕좌에 앉아서 보물들을 이러이러하게 쓰라고 명령을 내렸다. 여드레 되는 날에는 현명한 구달즈를 불러 지시를 내렸다. 그는 가난한 이들, 미망인들, 고아들을 잘 돌보라고 하면서 이제 그만 근심의 눈물을 거두라고 간절히 말했다. 샤는 구달즈에게 많은 보물을 하사했고, 그가 자신을 위해 했던 일들에 감사했다. 또한 잘과 게우, 루스템을 비롯한 귀족들에게 그들의 지위에 어울리는 선물을 한가득 주었다. 신하들에게는 자신에게 요긴한 것을 말하라고 한 뒤 그것이 무엇이든 그들에게 주었다. 샤가 말했다.

"나를 좋지 않게 기억하는 사람이 없기를 바란다." 샤는 루스템을 불러 그의 위대한 업적을 칭찬했고, 펠리바에게 하늘의 축복이 내리기를 기원했다. 많은 날이 지났고, 이러한 일들이 마무리되었을 때, 샤는 지쳤다. 하지만 아직 남아 있는 일이 있었다. 귀족들 가운데 그가 이름을 부르지 않은 사람이 하나 있었다. 다른 귀족들도 그 사실을 알았지만, 아무도 감히 카이 코스로를 달리 생각하지 않았다. 그들은 그의 지혜와 공정함을 알고 있었고, 그가 옳은 일을 행하는 것을 보았기 때문이다.

얼마 뒤에 샤가 바이준에게 말했다.

"샤였던 후셍의 자손인 로후라습을 데려오라."

바이준이 로후라습을 데려오자 카이 코스로는 높은 단에서 내려와 로후라습의 손을 잡고 그를 축복했다. 그리고 그의 머리 위에 카이아니데스의 왕관을 씌워 주고 그를 샤로 예우했다. 카이 코스로가 말했다.

"세상이 그대의 뜻에 순종하기를." 그 모습을 본 귀족들은 당혹스러웠다. 로후라습이 왕국을 다스리는 것에 대해 수군거리면서 불만을 나타냈다. 그들은 왜 자기네들이 로후라습에게 충성해야 하는지 의문을 가졌다. 카이 코스로가 짐짓 화난 목소리로 말했다.

"제대로 알지 못하면 성급하게 혀를 놀리지 말라. 나는 그동안 모든 일을 정의롭게 했고, 신의 눈으로 보았다고 자부할 수 있다.

로후라습은 왕좌에 합당한 사람이며, 그의 통치 아래 이란은 번영할 것이다. 나는 그대들이 그를 샤로 받들고 경의를 표하기를 바란다. 이는 나의 마지막 바람이며, 이를 거스르는 자는 누구든 신에게 반항하는 자로 간주해서 심판이 내려질 것이다."

잘은 카이 코스로의 말이 옳다고 여겼다. 그래서 로후라습 앞으로 가서 그를 샤로 받드는 예를 다했다. 그 모습을 본 군사들이 함성을 질러 경의를 표했다. 이란 전체로 그 소식이 퍼져 나갔다.

카이 코스로는 귀족들에게 말했다.

"나는 이제 죽음을 맞이할 마음의 준비를 하러 간다." 말을 마치자 그는 궁전의 장막 뒤로 들어갔다. 그는 궁녀들에게 자신이 세상을 떠날 것이라고 말했다. 궁녀들이 슬피 울었다. 카이 코스로는 궁녀들을 로후라습에게 데려가 현명한 조언을 해 주었다.

"그대가 정의의 씨줄과 날줄이 되어야 한다." 모든 준비를 마치자 그는 말을 타고 산속으로 떠났다. 로후라습이 배웅하려 했지만 카이 코스로가 만류했다. 잘과 루스템, 구달즈, 구스타헴, 게우, 용감한 바이준과 카이 카우스의 아들 프리버즈, 펠리바 투스가 동행했다. 그들은 평원에서 산 정상까지 그의 뒤를 따랐다.

그들은 카이 코스로가 하려는 일에 애통함을 그치지 못했고, 자기네들끼리 샤가 그러지 못하게 막아야 한다고 의논했다. 그들이 그의 마음을 바꾸려고 하자 카이 코스로가 말했다.

"모든 일이 순조로운데 그대들은 어찌 눈물을 흘리면서 나를 심란하게 만드느냐?"

그들이 동행한 지 이레가 되었을 때 카이 코스로가 말했다.

"이제 그대들은 돌아가라. 지금부터 나는 풀도 나지 않고 물도 없는 길로 접어들 것이다. 그대들이 고통받는 것을 원치 않는다."

나이 많은 잘과 루스템, 구달즈가 샤의 말대로 했다. 어차피 그의 말을 따를 수밖에 없기 때문이다. 그러나 다른 이들은 막무가내로 하루 더 카이 코스로를 따라갔으나 사막에서 기력이 소진되어 버렸다. 저녁이 되었을 때 그들은 개울을 발견했다. 카이 코스로가 말했다. "이곳에서 멈추자." 그들이 천막을 치고 야영할 준비를 끝내자 카이 코스로는 이미 때가 지났다고 말했다. 해가 다시 떠오를 무렵에는 자신이 보이지 않을 것이라면서 떠날 시간이 눈앞에 다가왔다고 했다. 밤이 되자 그는 홀로 개울물에서 몸을 씻고, 자신을 창조한 신에게 기도했다. 그는 귀족들을 잠에서 깨워 이별의 인사를 했다.

"그대들에게 당부하노니, 해가 떠오르면 사향과 호박이 쏟아져 내린다고 해도 이곳에 머물지 말고 곧장 돌아가라. 저 산 너머에서 나무를 뿌리째 뽑아 버리고 나뭇가지에서 잎사귀를 훑어 버릴 엄청난 폭풍이 몰려오고 있다. 게다가 이란에서는 한 번도 본 적 없는 눈이 쏟아져 내릴 것이다. 서두르지 않으면 돌아가는 길을 결코 찾지 못할 것이다."

귀족들은 이 말을 듣고 당황했으며 눈꺼풀을 덮치던 졸음 위로 슬픔이 몰려왔다. 밤의 까마귀가 날아가고 세상의 광휘가 땅 위로 밀려들 때 카이 코스로는 그들 사이에서 홀연히 사라졌다. 귀족들이 그의 자취를 찾아보았으나 소용없는 일이었다. 그들은 비통한 마음으로 눈물을 흘렸다. 프리버즈가 말했다.

"오, 나의 친구들이여, 내 말에 귀 기울여 주게. 어쩌면 카이 코스로가 돌아올지도 모르니까 이곳에서 얼마간 머물렀으면 싶네. 머무르기에 알맞은 이곳을 서둘러 떠나야 할 이유가 없는 것 같네."

귀족들은 그곳에 천막을 치고 야영을 했다. 그들은 카이 코스로에 대한 이야기를 나누면서 눈물을 흘렸지만, 그가 당부한 말은 잊어버렸다. 그들이 잠들었을 때, 강한 바람이 불기 시작했고 먹구름이 몰려왔다. 하늘이 어두워지고, 해가 뜨기도 전에 땅 위는 하얀 수의를 입은 듯 눈으로 덮여 버렸다. 어디가 계곡이고 어디가 언덕인지 구별할 수 없었다. 귀족들이 잠에서 깨어나 돌아가는 길을 찾아보았으나 소용없었다. 눈이 끝없이 쏟아져 내렸고, 그들은 죽을힘을 다했지만 엄청난 눈 속에서 빠져나갈 길이 없었다. 마침내 그들은 눈 속에 파묻혀 간신히 머리만 나와 있는 상태가 되었다. 그리고 얼마 뒤에는 숨이 끊어졌다.

잘과 루스템과 구달즈는 여러 날이 지나도 귀족들이 돌아오지 않자 걱정되어서 기마병들을 보내 그들을 찾도록 했다. 오랜 시간 수색한 끝에 그들의 주검이 발견되었다. 기마병들이 그들의 주검을 수습해 와서 들판에 눕혀 놓았다. 병사들이 그 모습을 보고 애통해하면서 귀족들의 무덤을 만들어 주었다. 카이 코스로가 사라졌다는 소식을 듣고 로후라습은 카이아니데스의 왕좌에 올랐다. 그는 신하들을 불러 충성을 맹세하도록 했다. 이제 카이 코스로도 이름만 남게 되었다.

16

이스펜디야르

로후라습은 수정 왕좌에서 지혜롭게 나라를 다스렸고, 이란을 자기 뜻대로 움직였다. 백성들은 그의 통치에 만족했으나, 로후라습의 아들이며 반항적인 기질을 지닌 구쉬타습만은 예외였다. 구쉬타습은 아버지가 통치권을 물려주지 않으려 했기 때문에 화가 났다. 그는 자신의 바람이 이루어지지 않자 이란에서 몰래 빠져나와 룸을 찾아갔다. 그의 조상인 실림이 건설한 도시였다. 그곳에서 그는 매우 용맹스러운 일들을 했고, 마침내 왕의 신임을 얻어 사위가 되었다.

소식을 전해 들은 로후라습은 그를 다시 불러들이려고 했다. 그는 전령을 보내 구쉬타습의 안부를 묻는 말과 함께 아버지의 궁정으로 돌아오면 왕좌를 물려주겠다고 약속했다. 구쉬타습이 이란으로 돌아오자 로후라습은 아들에게 카이아니데스의 왕좌를 물려

주었다. 로후라습은 120년 동안 공평하게 나라를 다스렸다. 그는 신의 눈에 들게 살았으므로 자신의 최후를 맞이할 준비를 하기 위해 발흐의 사원에 들어가 은거했다. 구쉬타습은 양과 늑대가 같은 개울에서 물을 먹을 수 있을 정도로 현명하고 정의롭게 나라를 다스렸다.

구쉬타습이 왕좌에 올라 어느 정도 세월이 흐른 뒤, 하느님의 선지자 제르두싯이 이란에 나타났다. 그는 샤의 앞에 나아가 가르침을 폈고, 온 나라를 돌아다니면서 새로운 신앙을 전했다. 그는 이란에서 아리만의 힘을 없애 버렸다. 그는 잎사귀가 무성한 큰 나무를 가꾸었고, 사람들은 그 나뭇가지 아래에서 휴식을 취했다. 그들은 누구나 죽은 뒤의 삶에 대해 잘 알게 되었고, 또한 지혜와 믿음에 정통하게 되었다. 제르두싯은 사람들에게 젠드아베스타*를

* 경전 Avesta와 그 주해서 Zend의 합본. 우주의 창조, 법, 전례, 예언자 조로아스터(자라투스트라)의 가르침이 기록되어 있다. 현존하는 〈아베스타〉는 훨씬 방대했던 원래의 경전집 가운데 지금까지 남아 있는 것인데, 이 경전집은 조로아스터가 고대로부터 내려온 전승을 변형시켜 만든 것이 분명하다. 알렉산드로스 대왕이 페르시아를 정복했을 때 방대한 양의 진본(眞本) 사본들은 소멸되었다고 한다. 현존하는 〈아베스타〉는 사산 왕조 시대(3~7세기)에 남겨진 사본들을 모아 표준화한 것이다. 〈아베스타〉는 5개 부문으로 구성되어 있다. 종교적 핵심을 이루는 부문은 찬송가의 수집물인 〈가타스(Gāthāis)〉인데, 조로아스터가 직접 한 말들이 뼈대를 이루고 있다. 그것은 주요한 전례, 즉 하오마(haoma)를 준비하고 바치는 의식인 '야스나(Yasna)'의 핵심을 이루고 있다. 〈비스프라트(Visp-rat)〉는 전례를 덜 다루고 있는 문서이며 조로아스터교의 영적 지도자들에게 존경을 표하는 내용이 실려 있다. 〈벤디다드(Vendidad)〉 또는 〈비데브다트(Vidēvdāt)〉는 조로아스터교 의식법과 민법의 주요 자료이다. 여기에는 창조와 최초의 사람 이마에 대한 이야기도 기록되어 있다. 〈야슈츠(Yashts)〉는 여러 '야자타스(yazatas : 천사들)'와 고대 영웅들에게 바치는 21편의 찬송으로서 풍부한 신화를 담고 있다. 〈쿠르다 아베스타(Khūrda Avesta)〉〈작은 아베스타〉는 특별한 경우에 사용되었던 짧은 찬송과 기도문을 모은 것이다. '젠드아베스타(Zend-Avesta)'는 '아베스타에 관

주면서 영원한 삶을 얻으려면 경전 속의 계율을 지켜야 한다고 가르쳤다.

한편 아흐라시얍의 왕좌를 이어받은 아르자습은 제르두싯에 대한 소문을 전해 듣고 혼잣말을 했다. "이는 절대로 용납할 수 없어." 그는 믿음을 거부했으므로 구쉬타습에게 선조들의 신앙으로 돌아오라는 편지를 보냈다.

"만약 돌아오지 않으려면 전쟁을 준비하라. 진심으로 하는 말이다. 교활한 제르두싯을 내치지 않는다면 나는 그대의 왕국을 정복할 것이다."

아르자습의 오만한 말을 전해 들은 구쉬타습은 어처구니가 없었다. 그는 대필자를 불러서 답장을 보내도록 했다. 그는 편지에서, 제르두싯이 보여 주는 길에서 이탈하는 자는 칼로 응징할 것이며, 그 길을 선택하지 않는 자는 파멸시킬 것이라고 했다. 그리고 이란과의 전쟁을 준비하라고 했다. 구쉬타습은 편지를 보내고 나서 군대를 불러 모았고, 병사들의 숫자가 들판의 풀보다 많다는 것을 알았다. 병사들이 일으키는 흙먼지가 하늘을 검게 뒤덮었고, 말들의 울음소리와 갑옷과 무기의 찰칵거리는 소리에 심벌즈 소리가 묻혔다. 깃발들은 산 위에 우뚝 선 나무들처럼 구름을 찌를 기세였다. 구쉬타습은 자신의 아들 이스펜디야르에게 군대의 지

한 해석'이라는 뜻이다. 원래는 널리 쓰이던 팔라비 번역본을 가리켰으나, 서양의 번역본들을 가리키는 명칭으로 사용되는 경우가 많다.(옮긴이)

휘를 맡겼다. 이스펜디야르는 이름을 떨치는 영웅이었는데, 언변은 칼날처럼 명료하고 마음은 바다처럼 넓었으며, 그의 손은 땅을 적시는 반가운 비를 내리는 구름과도 같았다. 그는 군대를 이끌고 투란을 향해 진격했다.

투란 병사와 이란 병사가 만나 격렬한 전투가 벌어졌고, 두 주일 동안이나 싸움이 지속되었으며, 용사들은 잠시도 눈을 붙이지 못했다. 서로 피곤하다 보니 상대편에 대한 분노가 불타올랐다. 결국 이란의 힘이 우세했고, 아르자습은 이스펜디야르의 눈앞에서 달아났다.

이스펜디야르는 이란으로 돌아왔다. 그는 아버지의 손으로 축복해 주길 바랐다. 구쉬타습이 말했다.

"너는 아직 왕좌에 오를 때가 안 되었다."

그는 다시 아들을 보내어 온 나라에 제르두싯의 믿음을 전파하도록 했다.

이스펜디야르가 떠나 있는 동안 샤의 앞에 구르잠이라는 사람이 나타났다. 그는 사악한 마음을 지니고 있었으며, 이스펜디야르에게 적개심을 품고 있었다. 그는 구쉬타습에게 아들의 험담을 늘어놓으면서, 이스펜디야르가 아버지로부터 통치권을 빼앗으려고 꿍꿍이수작을 부리고 있다고 했다. 이에 구쉬타습이 분노하여 이스펜디야르를 찾아서 당장 데려오라고 명령을 내렸다. 그는 귀족들을 불러 모았다. 이스펜디야르가 나타나자 구쉬타습은 아는 척도 하지 않았다. 그는 귀족들에게 아버지가 죽기를 바라는 아들에 대한 이야기를 들려준 뒤 그런 아들에게 어떤 벌을 내려야 하느냐고 물었다. 귀족들이 한목소리로 말했다.

"폐하가 말씀하신 대로 그렇게 사악한 자식이 있다면 쇠사슬로 묶어서 감금해야 합니다."

그러자 구쉬타습이 말했다. "이스펜디야르를 쇠사슬로 묶어라."

이스펜디야르가 입을 열려고 했으나 단번에 무시해 버렸다. 이스펜디야르는 지하 감옥에 감금되었고, 무거운 쇠사슬이 그의 몸을 짓눌렀다. 햇빛은 그에게 닿지 않았고, 기쁨도 그의 가슴에 깃들지 않았다. 그곳에서 그는 오랜 세월을 견뎠으나, 샤의 마음은 누그러지지 않았다.

한편 아르자습은 이스펜디야르의 용맹함이 속박되어 있고 구쉬타습이 쾌락에 빠져 있다는 소식을 듣고 쾌재를 불렀다. 그는 이란을 공격하고 과거의 패배를 되갚아 주기 위해 군대를 소집했다. 그는 쥐도 새도 모르게 발흐를 공격해 로후라습을 죽이고, 구쉬타습의 딸들을 인질로 잡았다. 아르자습은 제르두싯의 사원에 불을 지르고, 발흐에 많은 피해를 입혔다. 한참 뒤에야 구쉬타습은 비로소 아르자습이 한 짓을 알게 되었다. 크게 상심한 구쉬타습은 군대를 불러 모아 스스로 지휘관이 되었다. 그러나 투란 군대가 이란 군대보다 강하여 그들을 완전히 포위했으므로, 구쉬타습은 그들이 보는 앞에서 달아나야 했다. 샤는 귀족들을 불러 모아 이 심각한 궁지에서 빠져나올 방법을 의논했다. 귀족들 가운데 현명한 이가 말했다.

"이스펜디야르를 감옥에서 풀어 주고 군대의 지휘를 맡기세요. 이스펜디야르만이 이 나라를 구할 수 있습니다."

구쉬타습이 말했다. "그대의 말대로 하겠다. 이스펜디야르가 우리를 적의 손에서 구해 준다면 그에게 왕좌와 왕관을 물려줄 것이다."

샤는 이스펜디야르에게 쇠사슬에서 풀어 주겠다는 전령을 보냈다. 그러나 이스펜디야르는 그들의 말을 들으려 하지 않았다. 그가 말했다.

"아버지는 내가 필요해질 때까지 감금해 두었다. 그런데 내가 왜 그의 명분을 위해 수고를 하겠는가? 나는 아버지를 돕지 않을 것이다."

사람들이 그를 설득했다. 구쉬타습이 구르잠의 말이 거짓이라는 사실을 깨달았으며, 그자를 내쫓기로 맹세했다고 말했다. 이스펜디야르는 요지부동이었다. 그러자 한 사람이 말했다.

"당신의 여동생들이 아르자습의 인질이 되었으니 속히 구하는 게 옳을 것입니다."

이스펜디야르는 그 말을 듣자 벌떡 일어나더니 팔다리에서 쇠사슬을 풀어 달라고 했다. 사람들이 꾸물거리는 데 화가 난 그가 몸부림치자 족쇄가 발밑으로 떨어졌다. 그는 서둘러 아버지를 만나러 갔다. 그날 두 사람 사이에 평화가 찾아왔고, 구쉬타습은 이스펜디야르가 승리를 거두면 왕좌를 물려줄 것이라고 굳게 맹세했다.

이스펜디야르는 이란의 적과 맞서 싸우기 위해 나갔다. 그는 적들을 풀을 베듯이 칼로 베었고, 봄날에 내리는 싸락눈처럼 화살을 퍼부었다. 날아다니는 무기들로 태양이 가려질 정도였다. 이스펜디야르는 투란 왕 아르자습의 힘에 제동을 걸었고, 그를 투란의 국경선 밖으로 내몰았다. 이에 힘입어 이란 병사들이 투란 병사들을 눌렀고, 이스펜디야르는 아버지 앞에 나아가 약속을 지키라고 했다. 상황이 다시 좋아지자 구쉬타습은 자신이 한 약속을 후회했다. 그는 아들에게 왕위를 물려주고 싶지 않았던 것이다. 그는 핑계를 대려고 고민하는 자신이 양심에 부끄럽게 느껴졌지만 생각과는 다른 말을 내뱉었다. 그는 아들에게 화를 냈다.

"네가 이런 요구를 하다니 놀랍구나. 네 여동생들은 아르자습의 인질로 잡혀 고생을 하고 있는데 말이다. 사람들이 우리를 조롱할까 무서우니 전쟁을 끝내지 않는 게 좋겠다. 네 여동생들이 황동 요새 안에 갇혀 있다는 말을 들었다. 아르자습과 그의 부하들도 요새의 성벽 뒤로 숨었다. 그러니 그 성을 무너뜨리고 여동생들을 구해 오너라. 네가 그 일을 해내면 왕좌를 물려줄 것을 맹세한다. 더불어 너는 온 나라에 이름을 떨치게 될 것이다."

이스펜디야르가 대답했다. "저는 샤의 종이오니, 종에게 해야 할 일을 일러 주십시오."

구쉬타습이 말했다. "곧장 떠나라." 이스펜디야르가 대답했다. "가겠습니다. 그러나 가는 길을 모릅니다."

구쉬타습이 말했다. "무비드들이 나에게 알려 주었다. 황동 요새로 가는 길은 세 갈래인데, 첫 번째 길은 가는 데 석 달이 걸리지만 안전하고 풀이 우거진 길이다. 두 번째 길은 가는 데 두 달이 걸리지만 풀이 없는 사막이다. 세 번째 길은 가는 데 일주일이 걸리지만 위험으로 가득 찬 길이다."

이스펜디야르가 대답했다. "자신의 때가 오기 전에 죽을 수 없지요. 용감한 사람이라면 가장 짧은 길을 선택할 것입니다."

세 번째 길에 숨어 있는 위험을 알고 있는 무비드와 귀족들이 그를 단념시키려고 했지만 이스펜디야르는 뜻을 굽히지 않았다. 그는 군대와 함께 출발하여 길이 갈라지는 지점까지 행군했다. 아르자습의 요새에 이르기까지 일곱 단계를 거쳐야 했고, 각 단계마다 위험이 도사리고 있었다. 어느 누구도 일곱 단계를 넘어서거나 요새의 성벽 아래까지 도달한 적이 없었다. 그러나 이스펜디야르는 두려움에 굴복하지 않고 세 번째 길로 들어섰다. 그는 매일매일 위험을 이겨 냈으며, 각 단계는 항상 지나온 단계보다 위험이 컸다. 첫날 그는 사나운 늑대 두 마리를 해치웠고, 두 번째 날은 사자로 변신한 두 악마를 죽였다. 세 번째 날에는 독기 어린 숨을 내뿜는 용을 처치했다. 네 번째 날에는 그를 사악한 길로 유혹하려는 대마법사를 물리쳤고, 다섯 번째 날에는 그 누구도 잡을 수 없었던 거대한 새를 죽였다. 이스펜디야르는 지칠 줄 몰랐고, 쉴 수도 없었다. 그가 가고 있는 위험한 길에는 천막을 칠 만한 곳이 없었기 때문이다. 여섯 번째 날에는 악마가 불러온 거센 눈보라에 파묻혀 군대와 함께 거의 죽을 뻔했다. 하지만 고통 속에서 신에게 기도하자 하늘의 은총이 그의 발밑에서 눈을 사라지게 만들었다. 일곱 번째 날에 그는 군대와 함께 거센 강물에 빠져 죽기 일보 직전이었다. 이스펜디야르는 그것 또한 이겨 내고 아르자습의 성 앞에 서게 되었다. 성을 바라보며 그는 절망했다. 요새는 황동 벽으로 둘러싸여 있었는데 기마병 넷이 말을 타고 잇따라 달려야 건널 수 있는 두께였다. 그는 한숨을 쉬면서 말했다.

"이 요새를 장악하는 것은 불가능해. 나의 고통이 모두 헛수고였구나."

그는 어떻게 해야 할지 곰곰이 생각해 보았다. 마침내 오직 속임수만이 성안에 들어갈 수 있는 방법임을 깨달았다. 그는 옷감 장수로 변장한 다음, 군대에서 뽑아 온 낙타 백 마리의 등에 룸의 양단과 보물을 실었다. 그리고 160명의 건장한 용사를 뽑아서 나무 상자 속에 숨긴 뒤 낙타 등에 실었다. 상인의 행렬을 모두 꾸리자 그는 요새의 성문을 향해 나아갔다.

성문에 다다르자 그는 아르자습에게 성안의 주민들에게 물건을 팔게 해 달라고 간청했다. 아르자습이 승낙한 뒤 집 안에 있는 방을 내주면서 그의 물건들을 안전하게 팔도록 했다. 이스펜디야르는 물건을 풀어 놓고 낙타 등에서 보물을 내려놓았다. 용사들이 숨어 있는 나무 상자는 눈에 띄지 않게 치워 두었다. 그는 한동안 성안에 머물면서 여동생들을 보았다. 그들이 노예로 붙잡혀 있는 모습을 보니 마음이 아팠다. 그가 상냥하게 말을 걸자 여동생들은 그의 목소리를 알아차리고, 그가 자신들을 구하러 왔다는 사실을 알게 되었다. 하지만 그들은 시치미를 떼고 내색하지 않았다. 이스펜디야르는 아르자습의 신뢰가 돈독해졌을 때 그에게 긴요한 부탁이 있다고 말했다. 아르자습은 흔쾌히 승낙했다. 이스펜디야르가 말했다.

"이곳을 떠나기 전에 폐하와 폐하의 신하들을 위해 잔치를 열어 감사의 마음을 표시하고 싶습니다."

아르자습이 받아들이자 그는 성대한 연회를 열었다. 귀족들은 머리가 아플 정도로 술을 마셨다. 달이 은빛 왕좌에 앉을 무렵 귀족들의 머리가 무거워지자 이스펜디야르는 나무 상자에서 용사들을 내보냈다. 그는 귀족들을 덮쳐서 목숨을 빼앗았고, 그들의 피가 연회장에 넘쳐흘렀다. 이스펜디야르는 손수 아르자습을 쓰러뜨렸고, 그의 아들은 교수대에 목을 매달았다. 그는 군대에 신호를 보내어 성안으로 들어와 자신을 돕도록 했다. 성안에 아직 아르자습의 병사가 많이 숨어 있었고, 이스펜디야르 일행이 그들과 맞서기에는 중과부적이었던 것이다. 이스펜디야르의 병사들이 성안으로 들어오면서 황동 요새 안에서는 참혹한 살육이 벌어졌다. 치열한 싸움 끝에 결국 이스펜디야르가 승리했다. 그는 많은 전리품을 가지고 여동생들과 함께 서둘러 이란으로 돌아왔다. 샤는 그의 모습을 보고 기뻐했으며 성대한 연회를 열었다. 그리고 신하들에게 선물을 넉넉히 안겨 주었다. 사람들은 입을 모아 이스펜디야르의 용맹함을 칭찬했고, 온 나라에 기쁨이 넘쳐흘렀다.

17

루스템과 이스펜디야르

연회가 끝나고 얼마 지나지 않아 이스펜디야르는 구쉬타습에게 자신과 했던 약속을 이행해 달라고 했다. 그는 구쉬타습이 자신을 불신하고 감옥에 가두었던 일을 상기시켰다. 또한 자기가 아버지의 명령에 따라 용감하게 행동했으며 자신은 구쉬타습의 아들이라고 못 박았다. 구쉬타습은 그의 말이 옳다는 것을 알았지만 왕위를 물려주고 싶지 않았다. 구쉬타습은 궁리 끝에 얼토당토않은 말을 하면서 아들의 동의를 얻어 내려 했다.

"틀림없이 너는 엄청난 일을 해냈다. 이 세상에 그 같은 일을 할 사람은 잘의 아들 루스템밖에 없다. 그런데 그는 자만심이 커져서 나에게 경의를 표하려 하지 않으며, 아르자습과 전쟁을 치를 때도 도우러 오지 않았다. 너는 즉시 자불리스탄으로 가서 펠리바를 결박하여 데려오너라. 나는 천하의 샤이니 루스템은 내 명령에 따라야 한다. 네가 그 일을 해내면 나는 모든 힘을 내려 주신 신의 이름으로, 하늘에 태양과 별을 밝히는 이의 이름으로 맹세하노니, 더는 질질 끌지 않고 너에게 왕좌를 물려줄 것이다."

이스펜디야르가 말했다. "오, 왕이시여, 지금 하신 말씀은 천부당만부당합니다. 선왕들께서는 그를 지혜롭고 성숙하며 고귀한 사람으로 생각했습니다. 그는 폐하의 왕좌를 지키고자 헌신했습니다. 투란과 싸울 때 폐하가 그를 부르지 않았기 때문에 돕지 않았던 것입니다."

구쉬타습은 이스펜디야르의 말을 들은 척 만 척 하고는 말했다. "루스템을 묶어서 데려오지 않으면 왕좌를 물려주지 않을 것이다."

이스펜디야르가 말했다. "폐하는 저를 곤경에 빠뜨리려는 속셈이지요. 루스템의 힘을 당할 사람은 아무도 없으니까요. 저는 폐하가 왕좌를 물려주고 싶은 마음이 없음을 깨달았어요. 더는 왕의 자리를 꿈꾸지 않겠습니다. 하지만 저는 폐하의 종이므로 명령에 따르는 게 옳겠지요. 자불리스탄으로 가겠습니다. 제가 루스템의 손에 목숨을 잃게 되면, 폐하께서는 신에게 제 피에 대한 대답을 해야 할 것입니다."

이스펜디야르는 샤의 앞에서 물러 나왔다. 그는 깊은 슬픔을 느꼈다. 그는 곧 군대를 불러 모아 세이스탄으로 출발했다.

그들이 길을 떠난 지 얼마 되지 않았을 때, 앞장서서 걷고 있던 낙타가 주저앉았다. 몰이꾼이 여러모로 애를 썼지만 소용없었다. 이스펜디야르가 말했다. "불길한 징조다." 그는 몰이꾼에게 낙타 머리를 자르라고 하여 불운이 그 짐승에게 가고 샤의 영광에 손상을 입히지 않도록 했다. 이스펜디야르는 내내 마음이 무거웠다. 그는 이러한 징조가 무엇을 암시하는 것인지 곰곰이 생각했다.

그들이 자불리스탄 땅에 이르자 이스펜디야르가 말했다.

"신중하고 현명한 루스템에게 전령을 보내야겠다. 펠리바에게 기쁜 마음으로 나를 보러 오라고 청할 것이다. 나는 그를 해치고 싶은 마음이 전혀 없고, 단지 샤의 명령으로 이곳에 왔으니까 말이야."

그는 자신의 아들 바만에게 자세한 이야기를 해 주었으며, 루스템에게 말을 전할 임무를 맡겼다. 그는 구쉬타습이 궁정에서 루스템을 볼 수 없어서 화가 났으며, 루스템을 교만하다고 여긴다고 전하라고 했다. 그는 말했다.

"샤가 펠리바를 데려오라고 저를 보냈습니다. 부디 제게 와 주십시오. 샤가 펠리바에게 어떤 해도 입히지 못하도록 하겠습니다. 저는 샤에게 펠리바를 해치지 않겠다는 약속을 저에 대한 보상으로 요구할 것입니다."

바만은 이스펜디야르의 말을 머릿속에 새기면서 전속력으로 달려갔다. 그런데 루스템의 궁정에는 잘 이외에 아무도 없었다. 하필이면 루스템이 용사들과 함께 야생 당나귀를 사냥하러 나갔다는 것이었다. 잘은 바만을 맞이하고 그를 연회에 초대했다. 바만이 대답했다.

"저는 조금도 지체할 수 없습니다. 이스펜디야르가 길에서 시간을 흘려보내면 안 된다고 신신당부했거든요. 어디로 가면 펠리바를 만날 수 있는지 말씀해 주십시오."

잘은 바만에게 길을 알려 주었다. 바만이 사냥 장소에 이르고 보니 산처럼 덩치가 큰 남자가 야생 당나귀를 구워서 저녁으로 먹고 있었다. 그의 손에는 술잔이 쥐여 있었고, 주위에는 용감한 기사들이 서 있었다. 바만은 혼잣말을 했다. "저 사람이 루스템이구나." 그는 숨어서 루스템이 저녁 식사로 야생 당나귀 한 마리를 통째로 먹는 것을 지켜보았다. 그는 루스템의 힘과 위엄에 놀랐다. 바만은 생각했다. '만약 내가 바위를 굴리면 그는 나를 죽이려고 할 거야. 아버지 이스펜디야르라고 해도 그의 힘을 당하지는 못할 테니까.' 그는 산기슭에서 바위를 캐내어 루스템이 야영하고 있는 곳으로 굴려 보냈다. 마침 제바라가 소리를 듣고 고개를 돌리니 바위가 굴러 내려왔다. 그가 루스템에게 말했다.

"산기슭에서 난데없이 바위가 굴러 옵니다." 그러나 루스템은 미소를 지은 채 앉은 자리에서 꼼짝도 하지 않았다. 바위가 가까이 오자 그는 발을 들어서 멀리 차 버렸다. 바만은 그 모습을 보고 놀랐으며 겁이 나서 감히 가까이 갈 엄두가 나지 않았다. 하지만 가까스로 용기를 내어 다가가니 루스템은 상냥하게 인사를 하면서 반갑게 맞아 주었다. 바만은 여전히 루스템이 먹는 모습을 보면서 입을 다물지 못했고 몹시 겁이 났다. 그는 아버지 이스펜디야르의 전갈을 루스템에게 전했다. 루스템은 그 말을 귀 기울여 들었으며, 그가 말을 마치자 말했다.

"명성이 자자한 영웅에게 안부를 전하고, 내가 그의 얼굴을 보고 싶어 한다고 말하라. 나는 그가 자불리스탄으로 왔으면 좋겠다. 하지만 그의 요청은 악마의 속임수이니, 나는 그에게 지혜의 길에서 멀어지지 말라고 충고하고 싶다. 내가 그에게 하고 싶은 말은 이렇다. '그대의 힘을 믿지 말라. 아무도 바람을 새장 속에 가두지 못하는 것처럼 아무도 내 힘을 당할 수 없다. 또 나는 이제까지 그대의 아버지 샤 앞에서 옳은 일만을 했다. 그러니 아무도 루스템이 쇠사슬에 묶인 모습을 보지 못할 것이다. 그대의 부탁은 어리석은 것이니 깨끗이 포기하고 이곳을 방문하면 영광스럽겠다. 연회를 벌이고 난 뒤에는 그대와 함께 그대의 아버지 구쉬타습에게 갈 것이다. 가는 내내 내 말의 굴레를 그대 말에 연결할 것이다. 그리고 샤를 만나 그에게 충고할 것이다. 샤는 노발대발하겠지만 그것은 옳지 않은 일이므로 금세 사그라질 것이다.'"

루스템은 어머니 루다베에게 궁정에 성대한 연회를 준비해 달라고 전갈했다. 바만은 아버지에게 돌아갔다.

이스펜디야르는 루스템이 전한 말을 듣고 나서 루스템을 만나러 갔다. 루스템이 마중을 나왔고, 두 사람은 개울가에 마주 섰다.

라쿠쉬가 개울을 건넜고, 세상의 영웅이 이스펜디야르 앞에 섰다. 그는 이스펜디야르를 반갑게 맞아 주었고, 샤의 아들에 걸맞은 경의를 표했다. 루스템은 이스펜디야르를 만나 기뻤으며, 그의 얼굴에서 사이야우쉬의 모습을 보았다. 루스템이 말했다.

"오, 젊은이여, 우리를 갈라놓으려고 하는 상황에 대해 함께 이야기를 나누어 보세."

이스펜디야르는 루스템의 말에 동의했다. 루스템은 이스펜디야르를 힘껏 안았고, 그의 강건한 모습에서 눈을 뗄 수 없었다. 루스템이 말했다.

"오, 영웅이여, 그대가 내 집을 방문하면 더 바랄 게 없겠네."

이스펜디야르가 대답했다. "그럴 수 없습니다. 샤가 펠리바를 쇠사슬로 묶어서 데려오기 전까지 쉬거나 지체해서는 안 된다고 했습니다. 펠리바에게 감히 말씀드립니다. 왕 중의 왕의 쇠사슬에 묶이는 것을 불명예라고 여기지 말고 샤의 바람을 기꺼이 들어준다고 생각하십시오. 저는 펠리바를 분노로 대하고 싶지 않거니와 제가 펠리바에게 무례를 저질러야 한다는 사실이 마음 아픕니다. 하지만 제 아버지의 명령을 거스를 수는 없습니다."

이스펜디야르는 루스템에게 그런 요구를 하는 것은 적합하지도 옳지도 않다는 사실을 알고 있었으므로 불안한 마음으로 말했다. 루스템이 대답했다.

"그대가 끝내 거절한다면 몹시 서운할 것이네. 다시 한 번 말하지만 연회를 마친 다음 그대의 요청대로 할 것이네. 단지 쇠사슬로 묶이는 것만 빼고 말이야. 목숨이 붙어 있는 한 아무도 나에게 족쇄를 채울 수는 없어. 내 말에 거짓은 없네."

이스펜디야르가 말했다. "펠리바와 연회를 즐길 수는 없어요. 만약 여의치 않으면 저는 펠리바를 공격해야만 해요. 그러나 오늘은 휴전을 맺고 제 천막에 가서 함께 술을 마셔요."

루스템이 말했다. "기꺼이 그렇게 하겠네. 하지만 우선 옷을 갈아입어야 하네. 사냥용 옷을 입고 갈 수는 없으니 말이지. 식사 준비가 끝나면 전령을 보내게."

루스템은 라쿠쉬의 등에 올라타 자신의 궁정으로 돌아갔다. 그는 만찬에 참석할 준비를 마치고 이스펜디야르가 보낼 전령을 기다렸다. 이스펜디야르는 근심에 가득 차서 동생인 바슌탄에게 말했다.

"서로 공격할 위험이 있는데 우리가 이 일을 너무 쉽게 생각했어. 내가 루스템의 궁전에 가서도 안 되고, 그가 이 천막에 와서도 안 돼. 우리의 불화는 칼만이 해결할 수 있어. 그러니 그를 만찬에 오지 못하게 해야 해."

바슌탄이 말했다. "악마가 형을 혼란스럽게 하고 있군요. 루스템과 이스펜디야르 같은 사람들이 서로 적으로 만나는 것은 어울리지 않아요. 그러니 아버지의 말을 듣지 말아요. 아버지의 욕망은 사악하고, 형을 함정에 빠뜨릴 방법을 찾고 있으니까요. 형은 아버지보다 현명해요. 부디 사악한 계획을 포기해요."

이스펜디야르가 말했다. "내가 아버지의 말을 따르지 않는다면 세상 사람들이 모두 손가락질할 거야. 그리고 다음 세상에서는 창조주 신 앞에서 변명을 해야만 할걸. 루스템 때문에 이승과 저승을 잃을 수는 없어."

바슌탄이 말했다. "어쨌든 내가 옳다고 생각하는 바를 얘기했으니 형이 하고 싶은 대로 하세요."

이스펜디야르는 요리사에게 만찬을 준비하라고 했지만 루스템에게 전령을 보내지 않았다.

루스템은 한참을 기다려도 전령이 오지 않자 화가 나서 말했다. "이것이 왕을 대하는 예의인가?" 그는 라쿠쉬 등에 올라타 이스펜디야르의 천막으로 달려갔다. 이란의 용사들은 펠리바를 보더니 구쉬타습을 비난하는 말을 수군거렸다. 그들은 입을 모아 이스펜디야르를 이곳으로 보내 죽음으로 몰아넣다니 샤가 이성을 잃어버린 게 확실하다고 말했다.

"구쉬타습은 나이가 들수록 보물과 왕좌에 집착하는 것 같아. 이일은 그것들과 자기 자신을 지키려는 술책이야."

한편 루스템은 이스펜디야르 앞에 나타나 말했다.

"오, 젊은이여, 그대는 나를 약속을 어기고 무시해도 되는 하찮은 사람으로 여기는 모양이네. 그러나 나야말로 이란의 왕좌를 온 세상에 빛나게 하였고, 이제까지 여러 샤의 펠리바였으며, 그들을 위해 온갖 고통과 노고를 견뎌 왔다네. 옳지 않은 일을 하며 지낸 날은 하루도 없었고, 이란의 적들을 모두 물리쳤네. 나는 이란 왕의 보호자이자 이 세상 모든 곳에서 선의 대들보 역할을 하는 사람이야. 그대가 나를 이렇듯 경멸하는 것은 옳지 않네."

이스펜디야르가 말했다. "오, 루스템이여, 다짜고짜 화를 내지 말고 제 말을 들어 보세요. 날씨가 덥고 길이 멀어서 펠리바가 피곤하실까 봐 아침에 제가 펠리바를 방문하자고 마음먹었어요. 하지만 기왕에 오셨으니 함께 술잔을 비워 주시기를 간청합니다."

이스펜디야르는 자신의 왼쪽에 루스템의 자리를 만들었다. 루스템이 말했다. "이쪽은 내 자리가 아닐세. 내 자리는 언제나 샤의 오른쪽이기 때문에 내가 그대의 왼쪽에 앉는 것은 적합하지 않네."

이스펜디야르는 황금 의자를 가져오라고 하여 자신의 오른쪽에 놓게 했다. 루스템은 자리에 앉았지만, 이스펜디야르가 자신을 무례하게 대했기 때문에 여전히 화가 나 있었다.

한동안 술을 마시다가 이스펜디야르가 목소리를 높여서 말했다.

"오, 루스템이여, 펠리바의 근본이 좋지 않다는 말을 들었어요. 펠리바는 사움에게 버림받은 악마의 자손이고, 잘은 미천한 새가 키웠으며 보잘 것 없는 것을 먹었다면서요."

루스템이 대답했다. "그대는 어찌 마음에 상처를 주는 말을 하는가?" 루스템은 자신의 선조들인 사움과 네리만이 샤인 후셍의 자손이라고 말했다. 그는 자신의 가문에서 이루었던 위대한 일들을 들추었고, 스스로 성취한 일들도 숨기지 않았다. 루스템이 말했다.

"내가 잘의 아들로 이 세상에 태어난 지 600년이 흘렀네. 그동안 나는 세상의 펠리바로 살았고, 세상에 한 점 부끄러운 일은 없네. 그대는 왕이고, 왕들은 머리를 높이 치켜들고 있는 게 주된 일이긴 하지만, 그대는 이 세상에 태어난 지 얼마 되지 않았으므로 지나간 일들은 잘 모를 게 아닌가."

이스펜디야르는 루스템의 말에 귀를 기울이고 있다가 웃으면서 말했다.

"펠리바의 말을 주의 깊게 들었으니 제 말에도 귀 기울여 주세요."

이스펜디야르는 자신의 조상들을 자랑했고, 자신이 터키 사람들을 물리친 이야기와 구쉬타습이 자기를 감옥에 가둔 이야기를 늘어놓았다. 그리고 자신이 위험한 일곱 단계를 거쳐서 황동 요새에 갔던 이야기와 세상 사람들에게 제르두싯의 믿음을 전파한 이야기도 했다. 그가 말했다.

"우리 자신에 대해 충분히 이야기했으니 이제 지칠 때까지 술을 마셔요."

루스템이 말했다. "그렇지 않네. 그대는 내가 했던 일들을 다 듣지 못했으니까. 너무 많은 일이 있었기 때문에 다 들을 수도 없고 다 말할 수도 없어. 만약 그대가 그 일들을 다 알게 되면 스스로를 나보다 높이거나 나를 쇠사슬로 묶어서 데려갈 생각은 할 수 없을 거야."

그는 다시 자신의 위대한 업적들을 설명했다.

이스펜디야르가 말했다. "아무튼 지금은 실컷 술을 마셔요. 내일은 싸워야 할 게 분명하고, 펠리바가 먹고 마실 수 있는 날도 끝날 테니까요."

루스템이 말했다. "경솔하게 큰소리치지 말게. 그대가 한 말을 후회하게 될 테니까. 그대가 굳이 싸우기를 원하니, 내일 우리가 맞서게 되면 나는 그대를 안장에서 들어 올려 내 집으로 데려가서 성대한 연회를 열어 주고 선물을 잔뜩 줄 거야. 그러고 나서 그대를 샤의 궁전에 돌려보내겠네. 그대가 제자리에 앉으면 나는 펠리바로서 그대를 기쁘게 섬길 것이네."

이스펜디야르가 말했다. "터무니없는 말씀이시네요. 우리는 지금 말다툼을 하면서 시간을 낭비하고 있어요. 만찬을 즐기는 데만 열중하기로 하지요."

그들은 밤이 깊도록 먹고 마셨다. 너 나 할 것 없이 루스템의 식욕에 입이 쩍 벌어졌다.

그들이 헤어져야 할 시간이 되었다. 루스템은 다시 이스펜디야르를 초대했으나 이스펜디야르는 거절하면서 말했다.

"구쉬타습을 거스르지 않으려면 어쩔 수 없이 펠리바를 쇠사슬로 묶어서 이란으로 데려가야 해요. 하지만 펠리바가 그럴 수 없다면 나는 창으로 펠리바를 공격해야만 합니다."

루스템은 그 말을 듣고 가슴이 아팠다. 그는 생각했다.

'만약 내가 쇠사슬에 묶인다면 씻을 수 없는 오명이 될 것이고, 나는 그 불명예를 견딜 수 없을 것이다. 사람들은 루스템이 애송이에게 묶여서 끌려갔다고 조롱할 테지. 그러나 내가 샤의 아들인 이 젊은이를 죽인다면 나는 악한 짓을 하는 것이다. 사람들이 내가 카이아니데스에 반역했다고 말할 테니 나의 영광도 빛이 바랠 것이다. 이 싸움에서는 어떤 선한 결과도 얻을 수 없다. 따라서 나는 지혜로 이 젊은이를 이겨야만 한다.'

그는 목소리를 높여 말했다. "나는 그대가 악마의 충고를 따르지 않기를, 그래서 쇠사슬 이야기는 그만하기를 간절히 바라네. 내가 보기에 구쉬타습은 그대에게 악한 바람을 갖고 있어서 절대로 패배하지 않는 루스템과 싸우게 하려고 이곳으로 보낸 것 같네. 그러니 그대의 선조들을 지켜 주던 사람을 능멸하는 일은 그만두고 연회를 즐기세. 그런 후에 우정 속에서 함께 말을 타고 이란으로 돌아가세."

이스펜디야르가 대답했다. "어르신, 저는 죽어도 도전할 테니 더는 시간을 낭비하지 마세요. 저는 아버지의 명령을 거역할 수 없으니까 싸울 준비를 하세요. 날이 밝으면 펠리바 눈앞에서 세상이 캄캄해질 것입니다."

루스템이 말했다. "오, 어리석은 젊은이여! 내가 철퇴를 잡는 순간 적들의 머리는 이미 사라진 거라네. 그대야말로 최후를 준비하 게나."

루스템은 말을 타고 이스펜디야르의 천막을 떠났다. 그는 말할 수 없이 슬펐다. 그러나 이스펜디야르는 떠나는 그에게 미소를 지 으며 말했다.

"펠리바를 낳은 어머니는 눈물을 흘리게 될 거예요. 제가 펠리바를 라쿠쉬의 등에서 끌어 내려 결박해서 이란까지 데려갈 테니까요."

바슌탄이 다시 이스펜디야르에게 루스템과 화해하라고 간절히 설득했다. 그는 루스템이 이란을 위해 했던 훌륭한 일들을 떠올려 보고 펠리바를 공격하지 말라고 했다.

이스펜디야르가 말했다.

"그는 내 장미 정원에 있는 가시다. 그를 데려가야 내가 왕좌에 오를 수 있어. 그러니 나를 방해하는 짓은 하지마. 네 노력은 헛수 고니까. 제르두싯은 왕의 명령을 존중하지 않는 자는 누구든지 지 옥의 고통을 겪을 것이라고 말했다. 그리고 아버지가 나에게 이 일을 하라고 시켰으니, 비록 루스템에게 해를 입히는 게 마음 아 프긴 하지만 샤의 뜻은 반드시 이루어져야 한다."

바슌탄이 한숨을 쉬며 말했다. "아아! 악마가 형의 정신을 차지 했군요."

집에 도착한 루스템은 표범 가죽과 자신이 쓰는 룸의 투구와 인 도산 창, 라쿠쉬의 전투용 채비를 가져오라고 했다. 그것들을 보면서 그가 말했다.

"오, 나의 전투복이여, 너희들은 오랜 시간 싸움을 쉬고 있었는데 다시 전쟁터로 나가야 하는구나. 이번 싸움은 가장 힘들 것이다. 내 군주의 아들을 상대해야 하기 때문이지. 그렇지 않으면 그가 사람들 앞에서 나에게 불명예를 안겨 줄 테니 어쩔 수 없구나."

루스템은 괴로워서 밤새도록 잘과 그의 최후에 대해, 그리고 자신이 싸움에서 패하면 어떻게 해야 할지에 대해 이야기를 나누었다.

아침이 되자 그는 허리에 칼을 차고 갑옷을 입었다. 그는 다시한 번 이스펜디야르를 설득해 봐야겠다고 마음먹었다. 그는 말을 타고 젊은 왕의 천막으로 갔다. 루스템은 천막에 다가가서 큰 소리로 외쳤다.

"오, 이스펜디야르, 이름을 떨친 영웅이여, 그대와 싸울 사람이 왔네. 그러니 그를 맞을 준비를 하게."

이스펜디야르가 천막에서 나왔다. 그도 무장을 하고 있었다. 그들이 마주 섰을 때, 루스템이 다시 이러한 불경함을 멈추게 해 달라고 기도했다. 그가 말했다.

"그대의 영혼이 피와 전투의 소란스러움을 갈망하고 있다면 우리의 군대가 전쟁터에서 맞서야 그대의 욕망이 충족될 것이네."

이스펜디야르가 대답했다. "펠리바가 하는 말은 어리석어요. 펠리바는 이미 싸울 준비를 하고 왔으니 시간을 낭비할 필요 없어요."

루스템은 한숨을 쉬고 싸울 태세를 갖췄다. 그는 창으로 이스펜디야르를 공격했다. 이스펜디야르가 빠르게 그의 공격을 받아쳤다. 그들은 창이 구부러질 때까지 싸웠고, 그다음에는 칼을 꺼내 들었다. 영웅들은 서로의 공격을 막아 내고 받아쳤다. 칼이 부러지자 그들은 철퇴를 움켜쥐었다. 두 영웅은 상대가 후려치는 것을 방어했다. 그들은 방패가 갈라지고 투구가 찌그러질 때까지, 갑옷이 너덜너덜해질 때까지 싸웠다. 치열한 싸움이었다. 하지만 싸움은 끝나지 않았고, 두 사람은 지쳤으며, 어느 쪽도 승리하지 못했다. 그들은 잠시 싸움을 쉬기로 했다. 잠시 휴식을 취한 뒤 다시 서로를 공격했다. 이번에는 활과 화살을 가지고 싸웠다. 이스펜디야르의 화살이 허공을 가르고 날아가 루스템과 라쿠쉬에게 맞았다. 이스펜디야르가 60여 촉의 화살을 잇따라 쏘았고, 마침내 라쿠쉬는 상처를 입어 죽을 것 같았다. 루스템도 온몸이 피투성이가 되었다. 어느 누구도 그의 몸에 이렇게 심한 상처를 입힌 적이 없었다. 그러나 루스템의 화살은 이스펜디야르의 몸에 아무런 상처도 입히지 않았다. 제르두싯이 주문을 걸어 그의 몸을 어떤 위험에도 끄떡하지 않게 만들었기 때문이다. 그의 몸은 황동과도 같았다.

이스펜디야르는 루스템이 비틀거리며 안장에 올라타는 것을 보고 자신에게 항복하고 쇠사슬로 묶이는 것을 감수하라고 소리쳤다. 루스템이 말했다.

"그렇게 할 수 없네. 아침에 다시 만나세." 그는 몸을 돌려 개울을 건넜고, 그 모습을 본 이스펜디야르는 놀라지 않을 수 없었다. 루스템과 말이 심하게 다쳤음을 알았기 때문이다. 그는 의기양양해서 입으로는 루스템을 헐뜯었지만 마음속으로는 펠리바에게 경탄하고 있었고 그에게 호감을 갖게 되었다.

잘과 루다베가 상처 입은 펠리바를 보고 하늘이 무너질 듯 통곡했다. 그가 적을 물리치지 못한 적이 없었고, 코끼리처럼 강인한 팔다리에 상처를 입은 적도 없었기 때문이다. 그들은 마음이 아파 소리 내어 울었고, 루스템도 그들과 함께 애통해했다. 그들은 어떤 조치를 취해야 할지 고민했다. 그때 잘이 자신을 돌봐 주었던 시무르그와 위급할 때면 자기를 부르라고 주었던 가슴 깃털을 생각해냈다. 그는 새가 가르쳐 준 대로 깃털을 불에 던졌다. 그러자 곧 날개가 허공을 가르는 소리가 들리더니 하늘이 어두워지면서 신의 새가 잘 앞에 나타났다. 새가 물었다.

"오, 나의 아들아, 무슨 일로 유모를 불렀느냐?" 잘은 새에게 상황을 설명하고, 어찌하면 루스템과 라쿠쉬가 죽음을 피할 수 있을지 물었다. 시무르그가 대답했다.

"그들을 나에게 데려와라." 새가 날개로 그들의 상처 부위를 덮어주자 그들은 곧 회복되었다. 새는 루스템에게 왜 샤의 아들과 싸우게 되었는지 물었고, 루스템은 그 이유를 설명했다. 새가 말했다.

"다시 한 번 이스펜디야르를 설득해서 마음을 돌리도록 하라. 만약 그가 그대의 말을 들으려 하지 않으면, 내가 운명의 비밀을 알려 줄 것이다. 누가 이스펜디야르의 피를 흘리게 하든 그는 죽을 운명이다. 사는 동안 그는 기쁨을 알지 못할 것이고, 앞으로 다가올 생애 동안에도 고통에 시달릴 것이다. 이 운명을 거스를 수 없다면 나와 함께 가자. 내가 오늘 밤 적에게 치명적인 방법을 가르쳐 주겠다."

시무르그가 루스템에게 길을 알려 주었고, 루스템은 말을 타고 새의 뒤를 따랐다. 그들은 해변에 이를 때까지 쉬지 않고 갔다. 시무르그는 능수버들이 자라고 있는 정원으로 루스템을 이끌었다. 키가 크고 건강하며 뿌리가 땅속 깊이 뻗고 가지들이 하늘을 찌를 듯한 나무였다. 신의 새는 루스템에게 길고 날씬해서 화살을 만들기에 적당한 나뭇가지를 꺾어 오라고 하면서 말했다.

"이스펜디야르는 오직 눈만 상처를 입을 수 있어. 그러니 그를 죽이려면 이마를 겨누어야 하고 겨냥이 빗나가서는 안 돼."

새는 루스템에게 다시 한 번 그 활을 좋은 목적에 쓰라고 강조했다. 새는 그를 자불리스탄으로 돌아가는 길까지 인도했으며, 그곳에 이르자 그를 축복하고 사라졌다.

아침이 되자 루스템은 라쿠쉬의 등에 올라타 이스펜디야르의 천막으로 갔다. 이스펜디야르는 아직 자고 있었다. 그는 루스템이 상처가 깊어서 죽었을 것이라고 확신하고 있었다. 루스템이 목소리를 높여서 소리쳤다.

"싸우고 싶어서 안달이 난 자가 어찌하여 루스템이 나타날 때까지 자고 있느냐?"

이스펜디야르는 루스템의 목소리를 듣고 나갔다가 그가 눈앞에 서 있는 것을 보고 깜짝 놀랐다. 그는 귀족들에게 말했다.

"마법사 잘의 소행이로구나." 그는 루스템에게 소리쳤다. "싸울 준비를 하시오. 오늘은 나의 강력한 힘으로부터 달아나지 못할 테고 펠리바의 이름이 이 세상에서 사라질 것이오."

루스템이 말했다.

"나는 싸우러 온 게 아니라 평화를 위해 왔네. 사악함으로부터 마음을 돌리고 미움을 뽑아 버리게. 간절히 부탁하노니, 그대의 영혼이 악마들의 소굴에 머물지 않게 하게. 그리고 내가 이란을 위해 했던 일들을 떠올려 보게. 수없이 많은 일을 했지. 내 집에서 잔치를 벌이고, 나란히 말을 타고 샤의 궁정으로 가세. 내가 그대의 아버지 구쉬타습과 화해할 테니."

이스펜디야르는 길길이 뛰며 말했다.

"아직도 포기하지 않았군요. 저에게 신의 길을 따르라면서 아버지의 뜻을 거스르라고 하는군요. 펠리바는 쇠사슬에 묶일 건지 싸울 건지 둘 중 하나를 선택해야 합니다."

이스펜디야르의 말을 듣고 루스템은 자기가 설득하는 데 실패했음을 알았다. 그는 한숨을 쉬고 싸울 준비를 했다. 루스템은 시무르그가 준 화살을 꺼내어 적을 향해 쏘았다. 화살은 젊은 왕의 눈을 꿰뚫었고, 그는 말갈기 위로 쓰러졌다. 그의 피가 바닥을 붉게 물들였다. 루스템이 말했다.

"자업자득으로 쓰디쓴 열매를 맺었구나." 이스펜디야르는 고통 속에서 서서히 정신을 잃어 갔고 마침내 땅바닥으로 떨어졌다. 그의 동생과 아들 바만이 달려왔다. 그들은 그의 상태가 심각한 것을 보고 통곡했다. 이스펜디야르는 간신히 정신을 차리고 루스템을 불렀다. 펠리바는 라쿠쉬의 등에서 내려와 그가 누워 있는 곳으로 왔다. 그리고 그의 옆에 무릎을 꿇었다. 이스펜디야르가 말했다.

"제 삶이 최후를 향해 가고 있어요. 펠리바에게 부탁할 것이 있습니다. 루스템은 제가 얼마나 펠리바를 존경했는지 알 거예요. 저를 죽게 한 것은 펠리바가 아니라 제 아버지 구쉬타습이에요. 예언의 저주가 그의 머리 위에 닥친 것이고, 펠리바는 단지 운명의 도구에 불과했어요. 이제 제가 하는 말을 잘 들어 주세요. 말을 많이 할 수 없으니까요. 펠리바가 제 아들 바만을 맡아 자불리스탄에서 키워 주기를 부탁드려요. 그 애에게 전쟁의 기술과 연회를 여는 법을 가르쳐 주세요. 구쉬타습이 세상을 떠나야 할 때가 되면 바만을 그의 궁정으로 데려가세요. 펠리바의 조언으로 그 애가 사람들 눈에 올바르고 고결하게 우뚝 설 수 있도록 해 주세요."

루스템은 이스펜디야르의 소망대로 하겠다고 맹세했다. 이스펜디야르가 세상을 떠날 순간이 다가왔고, 그는 아들에게 위로의 말을 했다. 그리고 이란에 있는 어머니와 아내들에게 인사를 전했다. 그는 구쉬타습에게 이후로 왕좌를 잃을까 봐 노심초사할 필요가 없다고 전해 달라고 했다. 그는 구쉬타습의 이름을 저주하였고 샤는 자신의 검은 영혼에 어울리는 짓을 했다면서 사람들한테 샤에게 가서 자신의 말을 전해 달라고 했다.

"우리는 심판의 날에 다시 만날 것이고 신의 판결을 듣게 되겠지요."

이스펜디야르가 루스템에게 말했다. "펠리바는 마법의 힘으로 이 싸움을 이겼어요."

루스템이 대답했다. "그건 사실이야. 그대가 내 말을 들으려 하지 않았고, 쇠사슬로 나의 기상을 굽힐 수는 없었기 때문에 어쩔 수 없었어."

이스펜디야르가 말했다. "펠리바를 원망하지 않아요. 펠리바도 어쩔 수 없었던 거예요. 이미 별들이 예언한 것이고, 별이 정한 운명은 반드시 이루어져야 하니까요."

루스템이 말했다. "신에게 맹세컨대 나는 그대의 결심을 돌리려고 무진 애를 썼네." 이스펜디야르가 말했다. "저도 알고 있어요." 말을 마치자 그는 한숨을 쉬었고, 젊은 왕의 태양이 져버렸다. 군사들이 매우 애통해했고, 루스템도 영웅의 죽음을 한탄하면서 그의 영혼을 위해 신에게 기도했다.

"그대의 적들이 자신들이 뿌린 씨앗을 거두게 되길 비네." 루스템은 이스펜디야르를 위해 쇠로 된 관을 준비하여 비단으로 테를 둘러 장식하게 한 뒤 젊은 왕의 시신을 그 속에 눕혔다. 관을 단봉 낙타 위에 싣고 마흔 명이 늘 깨어 있는 채로 그 뒤를 따르게 했다.

이스펜디야르의 병사들이 상복을 입고 그 뒤를 따랐다. 바슈탄이 행렬의 맨 앞에서 안장을 뒤집어 놓고 갈기와 꼬리털을 짧게 자른 이스펜디야르의 말을 끌고 갔다. 말의 옆구리에는 젊은 왕의 갑옷이 매달려 있었다. 사람들 사이로 흐느끼는 소리가 울려 퍼졌다. 군대는 슬퍼하면서 이란으로 돌아갔다.

루스템은 자불리스탄에 남았고, 이스펜디야르의 아들인 바만을 늘 자기 곁에 두었다.

한편 구쉬타습은 이 불행한 소식을 듣고 슬퍼하면서 땅바닥에 엎드렸다. 후회가 밀려왔다. 그는 흙을 머리에 끼얹으면서 신 앞에서 스스로를 낮추었다. 사람들이 와서 그가 이스펜디야르에게 한 짓을 비난했다. 그는 대답할 말을 찾을 수 없었다. 바슈탄이 들어와 그에게 경의를 표하지도 않은 채 그의 교활한 행동을 비난했다.

"이스펜디야르가 최후를 맞이한 것은 시무르그의 탓도 루스템의 탓도 잘의 탓도 아니고 바로 폐하의 잘못이에요. 폐하가 그를 죽게 만들었어요."

구쉬타습은 1년 동안 이스펜디야르에 대한 애도를 멈추지 않았고, 내내 그 화살을 생각하며 눈물을 흘렸다. 사람들은 원망을 멈추지 않았다. "샤가 저지른 짓으로 인해 이란의 영광이 땅에 떨어졌다."

루스템의 궁정에서는 바만이 자라고 있었다. 펠리바는 그 애를 자기 아들처럼 가르쳤다.

18

루스템의 죽음

　사람이 어찌 미리 정해진 삶에서 달아날 수 있을 것인가? 어찌 운명을 벗어날 수 있겠는가?

　잘의 궁전에 아름다운 여자 노예가 한 명 있었는데, 노인의 마음이 그녀에게 기울었다. 마침내 그녀는 영웅 사움을 닮은 잘생긴 사내아이를 낳았다. 잘은 아이의 이름을 슈그닷이라고 지었다. 그는 무비드들에게 아이의 운명에 대해 물었다. 무비드들은 별을 보고 아이의 운명을 점쳤다. 그런데 그 아이가 아버지의 집에 크나큰 불행을 가져올 것이며, 네리만의 아들 사움의 일족을 몰락하게 만들 것이라는 결과가 나왔다. 이 이야기를 듣고 잘은 몹시 괴로워하면서 신에게 아이의 머리 위에 깃든 운명을 바꿔 달라고 기도했다. 그는 아이를 순하게 키웠고, 아이가 자라 어른이 되자 카불로 보냈다. 카불의 왕은 영웅의 모습을 지닌 그를 보고 기뻐했으며, 그를 가까이 두면서 자기 딸과 결혼시켰다.

카불의 왕은 루스템에게 조공을 바쳤다. 그는 내내 그것이 불만이었다. 그는 슈그닷을 사위로 삼았으므로 부담을 덜게 될 거라고 생각했다. 그는 슈그닷에게 그 문제에 대해 의논하면서, 루스템이 조공을 요구하지 않을 방법을 물었다.

슈그닷이 말했다. "그는 어리석은 사람입니다. 그가 내 형이든 낯선 사람이든 상관없으니, 어떻게 그를 속일지 생각해 보지요."

슈그닷과 카불 왕은 밤을 새워 가며 루스템을 파멸시킬 방법을 궁리했다. 마침내 슈그닷이 말했다.

"폐하의 신하들을 불러 모아 연회를 여세요. 그리고 술을 마시면서 저에게 모욕적인 말을 하세요. 그러면 제가 화를 내며 말을 타고 자불리스탄으로 가겠습니다. 루스템에게 폐하에 대한 불만을 털어놓으면 그는 분명히 나의 설욕을 위해 이곳으로 올 거예요. 제가 떠나 있는 동안 루스템이 지나갈 길에 깊은 구덩이를 파 놓으세요. 구덩이의 벽에 빙 둘러 날카로운 창과 칼을 박아 넣고 흙으로 구덩이를 덮어서 아무도 모르게 만들어 놓으세요. 달에게조차 그에 대해 말하지 마세요."

왕이 대답했다. "그것참, 좋은 계략이네." 왕은 성대한 연회를 열어 용사들을 초대했다. 그 자리에서 슈그닷에게 모욕적인 말을 하고 비난했으며, 그가 사움의 자손이 아니라 노예의 아들일 뿐이라고 말했다. 또한 루다베가 그를 루스템의 동생으로 대하는 것을 거부했다고 했다. 뿐만 아니라 루스템까지 폄하했다. 그러자 슈그닷이 화가 난 것처럼 자리에서 일어나 곧장 자불리스탄으로 가서 루스템에게 복수해 달라고 말할 것이라고 맹세했다.

슈그닷이 잘의 궁정으로 와서 루스템에게 카불 왕이 했던 말을 전했다. 루스템은 몹시 화를 내면서 말했다.

"그 말에 반드시 응징할 것이다." 루스템은 군대를 소집해서 카불로 진격할 준비를 했다. 슈그닷이 말했다.

"병사들을 이끌고 갈 필요가 있나요? 카불 사람들은 펠리바의 얼굴을 보기만 해도 복종할걸요. 이렇게 대규모의 군대를 이끌고 가면 펠리바가 카불 왕을 적으로 상대할 가치가 있다고 생각하는 것처럼 보일 거예요."

루스템이 말했다. "네 말이 맞구나." 그는 군대를 해산한 뒤 몇몇 사람만 데리고 카불을 향해 말을 타고 달렸다.

그러는 동안 카불 왕은 슈그닷이 말한 대로 준비를 해 놓았다. 구덩이는 교묘하게 위장했다. 루스템이 도시 가까이 이르자 슈그 닷은 카불 왕에게 전령을 보내 말을 전하게 했다. "루스템이 폐하에게 항의하러 가고 있습니다. 폐하가 했던 말에 대해 용서를 구하는 게 좋을 것입니다."

왕은 루스템을 마중 나갔다. 그의 혀는 꿀을 바른 것 같았으나 가슴속은 독으로 가득 차 있었다. 그는 루스템 앞에서 땅에 엎드려 인사한 뒤 자신이 했던 말을 용서해 달라고 했다.

"펠리바의 종이 머리가 혼란스러운 와중에 했던 말을 염두에 두지 마십시오."

루스템은 카불 왕을 용서했고 곧이어 성대한 연회가 열렸다. 연회를 즐기는 동안 왕은 루스템에게 숲에 야생 당나귀와 숫양이 매우 많다면서, 자불리스탄으로 돌아가기 전에 그곳에서 사냥을 하자고 부추겼다. 루스템은 기꺼이 동의했다. 다음 날 왕은 대규모의 사냥 준비를 한 뒤 루스템 일행을 구덩이 쪽으로 유인했다. 슈그닷이 루스템의 말 옆에서 달리면서 길을 안내했다. 그러나 갈아엎은 흙냄새를 맡은 라쿠쉬가 허공에 앞다리를 들어 올리면서 앞으로 나아가지 않으려 했다. 루스템이 계속 가라고 했으나 라쿠쉬는 듣지 않았다. 라쿠쉬가 겁을 내는 줄 알고 루스템이 화를 냈다. 라쿠쉬는 여전히 뒷걸음질치려 했다. 루스템이 채찍을 들어 후려쳤다. 그는 지금까지 한 번도 자기 말에게 손을 댄 적이 없었다. 라쿠쉬는 깊은 슬픔을 느꼈고, 루스템이 원하는 대로 했다. 그는 앞으로 달려가 구덩이에 빠졌다. 날카로운 창이 말의 몸을 뚫고 들어가 몸을 찢었고, 루스템의 몸도 창에 꿰뚫렸다. 말과 주인은 왕이 숨겨 놓은 쇠꼬챙이에 찔려 붙박였다. 루스템은 안간힘을 써서 몸을 일으켜 밖으로 기어 나왔다. 그는 지쳐서 구덩이 옆에 쓰러졌다. 루스템은 고통으로 서서히 정신을 잃어 갔다.

루스템이 가까스로 정신을 차렸을 때 슈그닷이 보였다. 그는 슈그닷의 얼굴에서 이처럼 대담한 계획을 시도한 사악한 사람의 기쁜 표정을 발견했다. 그는 동생이 자신의 적이었음을 알아차렸다. 그가 말했다.

"바로 너구나." 슈그닷이 말했다. "꿸리바는 칼로 많은 사람을 죽였어요. 그러니 스스로 자초한 일이에요."

그들이 이야기를 나누고 있는 동안 카불 왕이 다가왔다. 그는 루스템이 피투성이가 되어 쓰러져 있는 모습을 보고 슬픔을 가장하면서 울부짖었다.

"오, 위대한 영웅이시여, 이게 무슨 일입니까? 속히 치료를 받을 수 있도록 의사를 보내 드리겠습니다." 루스템이 말했다. "이 교활한 인간아, 의사가 오는 동안 시간이 흐를 것이고, 모든 인간에게 때가 되면 찾아오는 죽음 이외에 나를 치료할 방법은 없겠지."

루스템은 슈그닷에게 말했다. "내 활을 갖다 주고 화살 두 개를 내 앞에 놓아두어라. 마지막 부탁을 거절하지 말라. 내가 죽기 전에 사자가 와서 나를 잡아먹을까 봐 그러는 것이다."

슈그닷은 루스템에게 활을 갖다 주고는 겁이 나서 근처에 있는 나무 뒤로 달아났다. 그 나무는 늙어서 속이 비어 있었으므로 슈그닷은 나무줄기 속에 숨었다. 루스템은 비록 죽음의 그림자로 눈이 흐릿해졌으나 그가 어디에 숨었는지 보았다. 그는 고통스러워하면서 땅바닥에서 몸을 일으켜 온 힘을 다해 슈그닷이 숨어 있는 나무를 향해 화살을 쏘았다. 화살은 명중했고, 사악한 사람의 심장을 꿰뚫었으며, 그는 죽었다. 루스템은 미소를 지으며 말했다.

"자비로운 신이여, 감사합니다. 내 평생 신을 섬기며 살았더니, 아직 나에게 숨이 남아 있을 때 나를 해친 몹쓸 인간에게 앙갚음하도록 해 주시는군요."

이 말을 마치고 그는 숨을 거두었다. 위풍당당하던 영웅이 이 세상에서 사라져 버렸다.

루스템과 동행했던 용사들이 전속력으로 자불리스탄을 향해 달려가 잘에게 슬픈 소식을 전했다. 잘은 절망했고 그의 슬픔은 형언할 수 없었다. 그는 아들을 생각하면서 울음을 그칠 수 없었고, 왕족의 뿌리를 뽑아 버린 슈그닷에게 저주를 퍼부었다.

"왜 내가 이런 날을 보게 되었는가? 왜 내 아들 루스템보다 먼저 죽지 못했는가? 왜 내가 홀로 남아 아들을 추억하면서 슬퍼하고 있는가?"

한편 루스템의 아들 페라모르즈가 아버지의 복수를 위해 군대를 소집했다. 그는 카불로 진격하여 사람이 보이는 족족 쓰러뜨렸다. 왕을 죽이고, 궁전을 부수고, 그 나라를 폐허로 만들었다. 그러고 나서 루스템과 라쿠쉬의 시신을 찾아 나섰다. 그는 그들에게 최대한의 경의를 표했으며, 슬픔 속에서 자불리스탄으로 옮겼다. 잘은 루스템을 위해 훌륭한 무덤을 만들게 한 뒤 그를 눕혔다. 그 옆에는 죽을 때까지 그를 섬긴 말, 라쿠쉬를 안장했다.

루스템의 죽음으로 인한 통곡 소리가 온 나라에 울려 퍼졌다. 그때까지 한 번도 들은 적 없는 울음소리였다. 잘은 비통함에 몸부림쳤고, 루다베는 슬픔으로 정신을 잃었다. 여러 달 동안 세이스탄의 궁정에는 통곡 소리 외에 아무 소리도 들리지 않았다. 루다베는 안락한 생활을 거부했고 울음을 그치지 않았다.

그녀는 지니고 있던 보물을 모두 가난한 이들에게 나눠 주었고, 매일 오르마즈드에게 기도를 드렸다.

"천상을 지배하는 이여, 오직 홀로 존경과 영광을 지닌 이여, 모든 죄인 가운데 루스템의 영혼을 정화하고, 그 애가 이승에서 뿌린 씨앗의 열매를 즐길 수 있도록 허락하소서. 그 애를 당신 곁에 두시옵소서."

모든 이에게 신의 은총이 내리기를 기도한다. 나는 이제까지 왕들의 연대기를 들려주었으나, 막을 내릴 시간이 다가왔으므로 여기에서 이야기를 끝낸다.

옮긴이의 말

옮긴이의 말

　'왕들의 책' 혹은 '왕의 책'이라는 의미를 지닌『샤나메』는 창세부터 이슬람이 페르시아를 정복하기 전까지 기간 동안 이란의 건국신화와 역사를 기록한 책이다. 이것은 아랍의 지배가 시작될 즈음인 1010년, 이란의 시인 피르다우시가 삼십 오년에 걸쳐 6만행에 이르는 페르시아어 대구 형식으로 완성시킨 방대한 서사시이기도 하다. 페르시아어와 페르시아 문화가 심각한 위협을 받는 시점에서, 이 작품으로 페르시아의 민족 서사시는 최종적이고 영원한 형식을 얻었으며, 피르다우시는 사라질 뻔했던 페르시아어를 보존한 시인으로 남게 되었다. 1979년 혁명으로 팔레비 왕조를 축출하며 이란공화국을 건국한 이슬람 근본주의 정부에 의해 마샤드의 벽화로 묘사된 서사시『샤나메』가 지워진 적도 있었지만, 지금은 유아, 초등학생, 중고등학생들이 교과서로 활용되고 있을 뿐 아니라 페르시아 문화를 이해할 수 있는 중요한 자료로 주목받고 있다.

　『샤나메』는 페르시아 세밀화로 화려하게 장식한 삽화본이 다수 전승되고 있는데, 그 중에서도 휴톤 판과 대몽골 판이 유명하다.

어떤 그림은 한 장에 무려 90만 파운드, 우리 돈으로 약 15억 원에 팔리기도 할 만큼 예술적 가치를 인정받고 있다.

『샤나메』의 영어 번역은 19세기 초부터 시도되었는데, 대부분은 축약본이다. 인도회사에 의무관으로 근무하던 제임스 앳킨슨(James Atkinson)이 1832년에 그 첫 번째 영어 역본을 출간했다. 본서에서는 헬렌 짐머른(Helen Zimmern)의 1883년 영어 번역본을 저본으로 삼았다. 중국에서는『열왕기』(列王記), 일본에서는『왕서』(王書)라는 제목으로 번역본이 존재한다. 우리나라에는『샤나메』라는 제목을 단 번역본은 없고, 페르시아 신화를 다룬 몇몇 책에서『샤나메』의 일부 대목들을 확인할 수 있을 뿐이다.

『샤나메』를 이해하려면 그 정신적 배경이 되고 있는 페르시아의 고대 신앙 조로아스터교에 대한 이해가 필요하다. 조로아스터교는 페르시아의 철학자 조로아스터가 창시한 종교로 알려져 있다. 그 교리를 살펴보면, 세상의 악은 아후라 마즈다의 쌍둥이 아들이 자신들의 자유의지로 선택한 성향에 의해 영원한 경쟁관계에 들어서면서부터 시작된다고 한다. 쌍둥이 가운데 하나인 스펜타 마이뉴('자애로운 영')는 선을 선택하여 진리-정의-생명의 속성을 얻는다. 또 다른 하나인 앙그라 마이뉴('파괴의 영')는 파괴-불의-죽음의 힘을 얻게 되는 악을 선택한다. 세계는 결국 커다란 불에 의해 소멸되고(그래서 조로아스터교에는 불을 숭배하는 제례의식이 있고 덕분에 중국에서는 배화교라고 불리기도 했다), 선의 추종자들만이 새 창조에 동참하기 위해 부활하게 된다. 후기 조로아스터교의 이원론적 우주론에서는, 세계의 역사를 빛에 거하는 오르마즈드와 그 아래 어둠에 거하는 아리만의 투쟁으로 인식한다. 결국 아리만은 물질세계에서 승리를 거두지만, 오르마즈드가 만든 함정을 피할 수 없기 때문에 자기 스스로를 파괴하는 운명에 처하게 된다.

『샤나메』에서 다루는 여러 이야기들은 역사를 오르마즈드(선)와 아리만(악)의 투쟁과 대결이라는 이원론적 관점으로 해석하고 있다. 구체적으로 『샤나메』에 기록된 역사는 피슈다디왕조, 카야니왕조, 아슈카니왕조, 사산왕조 등 네 왕조의 이야기며, 그 내용도 단순히 왕들의 행적에 국한 된 게 아니라 영웅이야기, 사랑이야기, 전쟁이야기, 모험이야기 등 다양하고 방대하다. 그리고 이러한 이야기들 속에서 이란의 왕과 영웅들은 선한 생각, 선한 언어와 선한 행위를 하는 자들이기에 빛의 신 오르마즈드의 가호를 받게되며 궁극적으로 아리만에게 영혼을 판 악인들, 주로 터키인이나 투란인 등 주변 국가의 왕들을 물리치면서 행복한 세상을 만들어 간다는 구조로 이루어져 있다.

그것이 가장 잘 드러나는 대표적인 이야기가 사악한 왕 조학과 황소가 키운 페리둔의 대결을 다룬 이야기다. 조학은 원래 미르타스라는 아랍 왕의 아들이었다. 예나 지금이나 악이 무르익으려면 시대적 배경이 조성되어야 하는 법인지? 오랜 세월 동안 평화롭게 세상을 다스리던 젬쉬드는 자만심으로 우쭐해지고 말아 자신이 누리는 번영과 축복의 근원이 어디에서 오는지를 잊었다. 그는 땅 위에서 오직 자기 자신만을 보았고, 스스로를 신이라 부르면서 경배를 받기 위해 자신의 초상을 보냈다. 하지만 그가 그렇게 말하자, 현자들은 슬픔으로 고개를 숙였고, 누구도 샤에게 어떻게 대답해야 할지 몰랐다. 그러자 오르마즈드는 젬쉬드로부터 손을 거두어 들였고, 아리만의 힘이 온 나라에 미치게 되었다.

아리만은 세상을 지배하기 위한 도구로 미르타스의 아들 조학을 선택했다. 조학은 용모가 훤칠하고 영리했으나 순진하고 단순한 청년이었다. 아리만은 귀족으로 변장하고 조학에게 나타나 번드레한 말솜씨로 유혹한다. "그대가 내 말을 듣고 계약을 맺는다면, 그대의 머리를 태양보다 더 높이 오르게 해주리라."

조학은 아리만의 꾐에 넘어가 자기 아버지를 속여서 살해하고 스스로 왕이 된다. 그가 아직은 완전히 교활해지지 않아서 백성을 좋게도 나쁘게도 다스렸는데, 이것을 보고 아리만은 또 하나의 계략을 짠다. 그때까지 사람들은 풀과 잎사귀만 먹고 살았는데, 요리사로 변장한 아리만이 조학에게 짐승의 고기를 요리해서 먹였다. 조학은 고기 요리를 좋아했으며, 그것을 먹고 나서 사자와 같은 용기와 힘이 솟아오르는 것을 느꼈다. 그는 요리사를 불러 상으로 한 가지 소원을 들어주겠다고 한다. 그러자 요리사는 조학의 어깨에 입을 맞추게 해달라고 요구했다. 아리만이 조학의 어깨에 입을 맞추자, 양 어깨에서 각각 검은 뱀이 한 마리씩 솟아올랐다. 놀란 조학이 뱀들을 칼로 잘라냈으나 뱀들은 끊임없이 되살아났다. 결국 조학은 매일 사람 두 명을 죽여 그 뱀들을 먹여 살려야 했다 (*이것은 조로아스터교의 경전『아베스타』에 나오는 다하카, 즉 머리 셋 달린 용의 재현이다. 조학의 머리와 두 뱀의 머리를 합쳐 머리가 셋 달린 괴물이 된 것). 결국 조학은 교만해진 젬쉬드를 몰아내고 이란의 왕이 된다. 그리고 천 년 동안 매일 두 사람을 뱀의 먹이로 바치는 것으로 상징되는 잔혹한 폭정이 지속된다.

이 폭정을 끝내기 위해 세상에 나타나는 영웅이 페리둔이다. 페리둔의 아버지는 일찍이 조학의 뱀에게 희생되었고, 어머니는 아들을 황소에게 보내 양육을 맡긴다. 한편 열여덟 명의 아들 가운데 열일곱 명을 조학의 뱀들에게 먹이로 바쳐야 했던 대장장이 카와가 단 하나 남은 아들을 구하기 위해 반란을 일으키자, 황소와 현자가 키운 페리둔이 산에서 내려와 반란군을 이끈다. 그리고 황소 머리 철퇴를 들고 조학을 물리친다. 천 년 동안 이어진 악마의 지배는 그렇게 끝이 난다.

순진하고 무지했던 청년 하나가 자만심과 탐욕에 이끌려 마침내 악마에게 길들여지는 과정이 분명하게 읽히는 이 이야기에서도 드러나듯이,『샤나메』의 많은 이야기들은 태평성대를 이루었던 지혜로운 왕도 자만심에 사로잡히면 순식간에 세상을 살육과 투쟁으로 얼룩진 전쟁터로 만들 수 있으며, 탐욕에 사로잡혀 내뱉은 한 마디의 사악한 거짓말이 일세를 풍미한 영웅을 처참하게 멸망시킬 수도 있음을 보여주고 있다. 자만심과 허영, 그리고 탐욕에 물들어 저질러지는 거짓과 속임수는, 『샤나메』에서는, 세상을 지옥으로 만들 수 있는 가장 위험한 악으로 규정된다. 이러한 악은 종국에는 스스로 파멸의 길을 가다가 선한 세력에게 뿌리가 뽑힌다. 무소불위의 권력에 취해 자만과 탐욕에 사로잡히기 쉬운 왕들에게 꼭 필요한 교훈임에 틀림없다. 또한 자본주의라는 구조 속에서, 돈의 노예가 되어, 자신의 위치와 탐욕을 지키기 위해 다른 사람들의 목숨 따위는 안중에도 없는 사람들이 출몰하는 오늘날에도 유익한 이야기가 아닐 수 없다.

옮긴이의 말을 쓰고 있는 2014년 4월에 삼백 명 남짓한 아이들이 아무 죄도 없이, 영문도 모르는 채 깊은 바다 속에 갇혀 버렸다. 그리고 그 가운데 아무도 살아 돌아오지 못했다. 그 아이들을 떠올리지 않고서는, 그 아이들을 언급하지 않고서는, 어떤 글도 쓸 수 없었다. 열여덟 명의 아들 가운데 열일곱 명을 탐욕스러운 뱀에게 제물로 바친 뒤에야 비로소 악마에게 대항하게 된 아버지의 이야기를 읽으며, 그런 아버지가 되어서는 안 되겠다는 생각을 한다. 사람들의 구심점이 될 황소가 키운 영웅이 절실하게 필요하다는 생각도 한다. 이 모든 일들이 슬프고 안타깝다.

이 세상을 선과 악으로 분명하게 가를 수는 없다. 그런 세상이 행복할 리가 없고 평화로울 리가 없고 바람직할 리가 없다. 사람

330

들이 다른 사람들을 적과 아군으로 분류하기 시작하는 세상. 나의 행동이 선이냐 악이냐, 라는 척도로만 분류되는 세상. 어쩌면 그곳이 바로 지옥일 수 있을 것이다. 자만과 탐욕을 위해 아이들을 제물로 바치는 잔혹한 시대는 이미 지옥이라고 할 수 있겠지만, 함께 살아가는 사람들을 적으로, 모든 것을 선과 악으로 나누도록 만드는 일들이 세상을 더욱더 지옥으로 만들어가고 있다. 고대의 왕들에게 소중했던 지혜는 지금도 역시 유용하다는 지극히 당연한 말로, 이 책을 옮긴 소회를 마무리한다.

부희령

〈아시아 클래식〉을 펴내며

하루 종일 우리는 인터넷과 신문, 방송 등을 통해서 무수한 정보를 주고받는다. 그럼에도 우리는 늘 진정한 이야기에 목말라 한다. 그 까닭은, 백 년 전 발터 벤야민이 이미 말했듯이, 우리가 알게 되는 일들이 하나의 예외 없이 설명이 붙어서 전달되기 때문이 아닐까. 거기, 상상력이 설 자리는 없다.

"옛날 한 옛날에"로 시작되는 이야기는 한 순간이 아니라 모호해서 오히려 영원한 시간과 관련을 맺고 있다. "어느 마을에"로 시작되는 이야기의 공간 역시 아홉 시 뉴스의 특정 발화(發話) 지점하고는 상관이 없다. 그곳은 어디에도 없고 동시에 어디에나 있다.

그래서 우리는 이렇게 말할 수 있을 것이다.

"이야기는 미래의 모든 곳을 향해 열려 있다."

몽골의 한 소년이 초원을 초토화시킨 참혹한 조드(재앙)의 희생자가 된다. 아직 때가 아니라고 염라대왕이 돌려보내며 한 가지 선물을 준다. 소년은 뜻밖에도 '이야기'를 선택한다. 세상에 이야기가 생겨난 사연이다. 그리하여 바리공주부터 이난나까지, 손가락만한 일촌법사부터 산보다 큰 쿰바카르나까지, 엄마를 무시해서 돌이 된 말린 쿤당에서 두 어깨에서 매일 뱀이 자라는 폭군 자하크까지 크고 작은 이야기들이 나뉘고 또 섞이면서 아시아를 아시아답게 만들어왔다.

우리 현실은 충분히 추하지만, 그래도 아시아의 광대한 설화의 초원에서 새삼 희망을 읽는다. 오늘 밤 우리가 꾸는 꿈이 부디 그 증거이기를!

지은이 아볼 카셈 피르다우시 Hakim Abu'l-Qasim Ferdowsi Tusi

아볼 카셈 피르다우시(940년 경~1020년 경)는 매우 존경받고 영향력 있는 페르시아 시인으로서 흔히 호메로스와 대비되곤 한다. 그는 이란 북동부 호라산 지역의 투스 근처 마을에서 지주의 아들로 태어났다. 이란 민족 고유의 신화·전통·역사를 기초로 975년 경부터 웅대한 민족적 서사시『샤나메』를 집필하기 시작하여 35년여 세월에 걸쳐 약 6만 구절에 이르는 대작을 완성하였다. 대대로 전해진 풍부한 구전 전통분만 아니라 10세기 말에 살해당한 시인 다퀴퀴가 쓴 천여 편에 이르는 시들이 길을 안내해 주었노라 스스로 밝히고 있다. 『샤나메』는 본래 7세기 아랍 정복 이후 페르시아 전통문화 부흥에 앞장 선 사만왕조 만수르 왕자의 후원으로 집필되었지만, 990년 경 튀르크의 가즈나 왕조가 들어선 이후에는 술탄 마흐무드에게 헌정되었다. 하지만 그 과정에서 오해를 받고 고향인 투스를 떠나 망명길에 올라야 했다. 이런 우여곡절을 겪으며 1010년에 완성된 서사시『샤나메』는 그의 작품들 중에서 오늘날까지 전해지는 유일한 작품이다. 이 작품은 제목 그대로 '왕(샤)의 책(나메)'으로서 이란의 건국에서 사산왕조의 멸망에 이르기까지 네 왕조의 역사를 기술하고 있는데, 앞의 두 왕조는 가공의 왕조로서 엄밀한 의미의 역사 실록보다는 신화 혹은 전설에 바탕을 두고 있다. 페르시아의 고대 종교인 조로아스터교로부터 크게 영향을 받아 선과 악의 대립과 투쟁을 서사의 기본 골격으로 삼았다. 『샤나메』에는 훗날 사람들의 입에 오르게 되는 수많은 무용담과 사랑의 이야기가 실려 있는데, 작품 전반에 걸쳐 운명론이 저류를 이룬다. 화려했던 중세 페르시아 문화의 결정체라 할 이 책은 지금은 존재하지 않는 중세 페르시아어로 집필되어 언어학적인 측면에서도 그 가치를 높이 평가받는다. 훗날 페르시아문학사가 그를 '페르시아어의 아버지'라 일컫는 것도 이 때문이다. 사후 그의 유해는 그가 살던 투스 집의 정원에 묻혔는데, 20세기에 들어와 복원되어 현재는 국가적 기념물로 관리되고 있다.

영역 헬렌 짐머른 Helen Zimmern

헬렌 짐머른(1846~1934년)은 독일에서 출생한 영국 작가이자 번역가이다. 1850년 부모와 함께 영국으로 이주했고, 곧 귀화했다. 1873년부터 독일 신문을 비롯해 다양한 매체에 독일 문학에 관한 비평문을 쓰기 시작했다. 영국과 독일에서 이탈리아 예술에 대한 강의를 했고 이탈리아 드라마와 소설과 역사서를 번역했다. 그녀는 프리드리히 니체와 친구가 되어, 1880년대 중반 스위스에서 그의 작품 두 개를 번역했다. 지은 책으로『한자 마을들』, 『쇼펜하우어; 그의 인생과 그의 철학』, 『레싱; 그의 삶과 그의 작품』, 『새로운 이탈리아』 등이 있고, 니체의 『인간적인 너무나 인간적인』과 『선악을 넘어서』, 그리고 『샤나메』 등을 번역했다.

옮긴이 부희령

서울에서 태어나 서울대학교에서 심리학을 공부했다. 어렸을 때부터 책읽기를 좋아해서 언젠가는 재밌는 책을 만드는 사람이 되겠다는 꿈을 가졌다. 책 만드는 사람은 되지 못했지만, 아이를 키우고, 살림을 하고, 농사를 짓고, 과외 선생 일을 하다가 마흔이 다 되어 뒤늦게 글 쓰는 일을 시작했다. 2001년 경향신문 신춘문예에 「어떤 갠 날」이 당선되어 작품 활동을 시작했다. 지금은 소설 집필과 함께 번역가로도 활동하고 있다. 지은 책으로 소설집『꽃』과 청소년 소설『고양이 소녀』가 있고, 『살아 있는 모든 것들』, 『원 챈스』, 『에르미따』, 『샤나메』 등 다수의 번역서가 있다.

샤나메

2014년 7월 7일 초판 1쇄 펴냄 | 2018년 1월 29일 초판 2쇄 펴냄 | 2020년 12월 15일 초판 3쇄 펴냄

지은이 아볼 카셈 피르다우시 | 영역 헬렌 짐머른 | 옮긴이 부희령
펴낸이 김재범 | 편집 정경미 | 관리 홍희표, 박수연
인쇄·제책 굿에그커뮤니케이션 | 종이 한솔 PNS | 디자인 다랑어스토리, 나루기획
펴낸곳 (주)아시아 | 등록 2006년 1월 27일 | 등록번호 제406-2006-000004호
전화 02-821-5055 | 팩스 02-821-5057
주소 경기도 파주시 회동길 445 (서울 사무소: 서울시 동작구 서달로 161-1 3층)
이메일 bookasia@hanmail.net | 홈페이지 www.bookasia.

orgISBN 979-11-5662-023-5 04800ISBN
        978-89-94006-53-6 (세트)
* 값은 뒤표지에 표시되어 있습니다.

이 도서의 국립중앙도서관 출판시도서목록(CIP)은 서지정보유통지원시스템 홈페이지
(http://seoji.nl.go.kr)와 국가자료공동목록시스템(http://www.nl.go.kr/kolisnet)에서
이용하실 수 있습니다.(cip제어번호:cip2014010669)